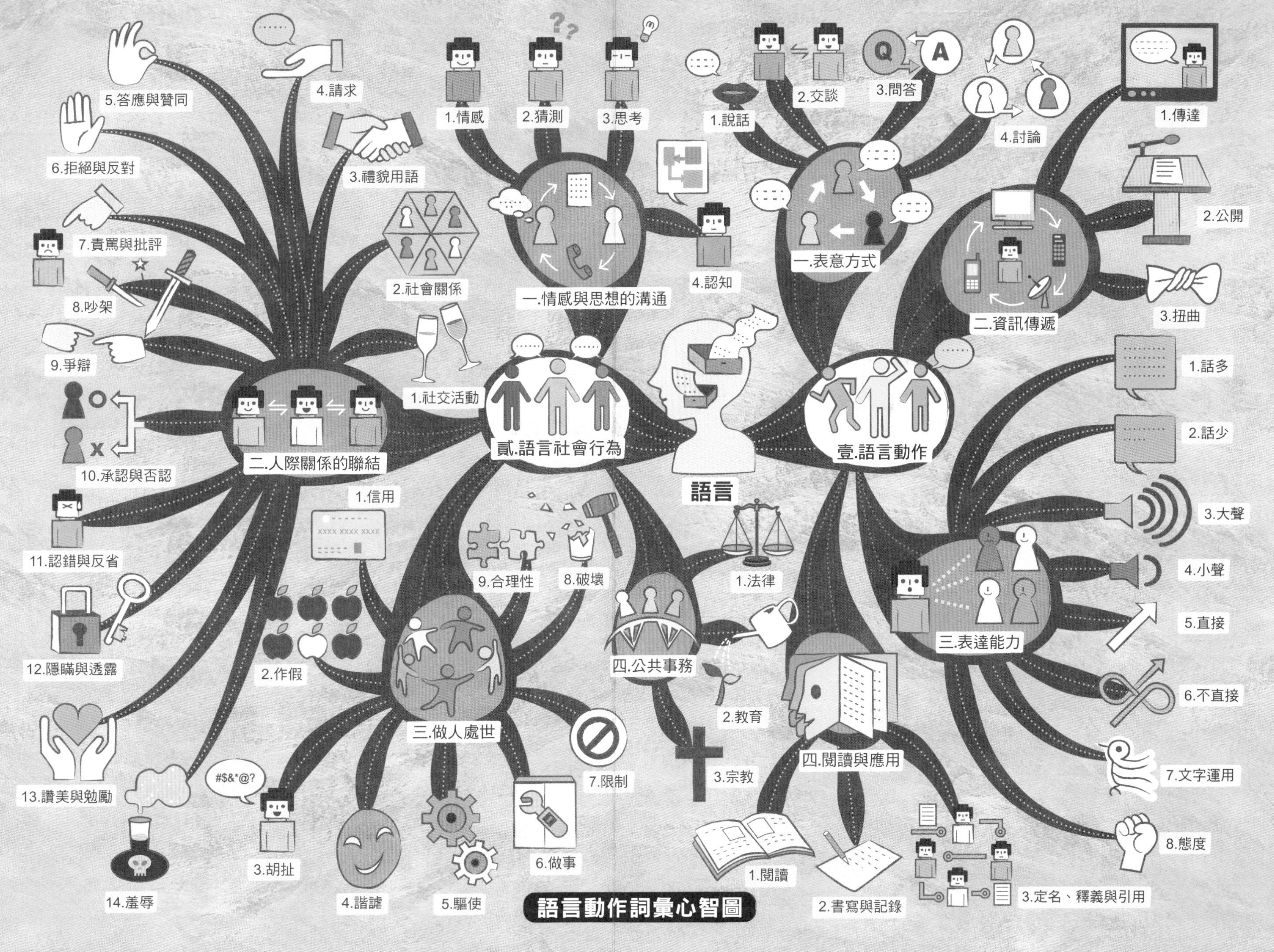
語言
壹.語言動作
一.表意方式
1.說話
2.交談
3.問答
4.討論
二.資訊傳遞
1.傳達
2.公開
3.扭曲
三.表達能力
1.話多
2.話少
3.大聲
4.小聲
5.直接
6.不直接
7.文字運用
8.態度
四.閱讀與應用
1.閱讀
2.書寫與記錄
3.定名、釋義與引用
貳.語言社會行為
一.情感與思想的溝通
1.情感
2.猜測
3.思考
4.認知
二.人際關係的聯結
1.社交活動
2.社會關係
3.禮貌用語
4.請求
5.答應與贊同
6.拒絕與反對
7.責罵與批評
8.吵架
9.爭辯
10.承認與否認
11.認錯與反省
12.隱瞞與透露
13.讚美與勉勵
14.羞辱
三.做人處世
1.信用
2.作假
3.胡扯
4.詭譎
5.驅使
6.做事
7.限制
8.破壞
9.合理性
四.公共事務
1.法律
2.教育
3.宗教
#$&*@?
Q
A
XXXX XXXX XXXX

語言動作詞彙心智圖

中文可以更好 23

如何捷進寫作詞彙
語言動作篇

編者：謝旻琪

編輯說明

一、本書是寫作參考的工具書，依照事物的概念類別以及實用原則，分為八大類、三十小類；小類之下再根據語義相近或對立關係列出一百九十三個詞組，每一組有代表性詞語，表明收詞的範圍，由此路徑查詢，可找到適切的詞彙。

二、詞組之下搜羅的詞彙共約三千餘條，先根據詞義正反、褒貶，程度淺深、輕重，順序發展變化，再依照字數、筆劃多寡排列，並有解釋，方便讀者了解字義、辨析差異、擇選用詞。

三、詞語之後，精選歷來四百多位作家，合計近一千佳句範例，供讀者在欣賞觀摩之餘，迅速從中學習用法與巧妙變化，體會語境，提高自己的寫作與表達能力。

四、閱讀是增進詞彙的不二法門。期望本書除滿足查詢功能，有助於學生與讀者從平日閱讀工夫中，加強運用詞彙的敏感度，在捷進寫作詞彙上更有方法與心得。

五、此外，本書概念分類可參照彩色拉頁「語言動作詞彙心智圖」，詳細目錄有八大類、三十小類，二百四十四個詞組，並在代表性詞語下方列有關鍵詞，可供參考，加速正確查詢。

編者謝旻琪與商周出版編輯部

大專院校與國高中校長、國文教師一致推薦

一篇文章，若能正確巧妙使用語言動作，將使文章更富含生命力而顯得生動活潑。商周出版之《如何捷進寫作詞彙——語言動作篇》新書，以生活化、系統化廣泛的收錄詞彙，非常值得推薦給大家。

——北市大同高中校長——李慶宗

一天的動靜語默、言行謦欬，可以船過水無痕，卻也可能是芝麻開門，啟動寫作的樞紐！

——北一女中國文教師、臺大師資培育中心兼任助理教授——歐陽宜璋

寫作最忌辭窮，因為辭窮讓人覺得你理屈氣衰，更減損了文章原本該有的態勢。《如何捷進寫作詞彙》這一系列書籍，以文學興味高的文例做藥引，將文近意似的詞彙加以類編，讀之除汲飲了文學家的良文美句，也同時治癒到辭窮痼疾。

——中央警察大學通識教育中心專任助理教授——鄒濬智

市面上針對寫作的書籍分門細密，汗牛充棟，此書特將人類社會各式各樣複雜的語言動作仔細分類，並一一列舉名家名作指導用法，使在閱讀名家作品的同時亦學習到該詞的用法，頗能為求速求效率的作文學習者收立竿見影之效。

——岡山高中國文教師——呂婉甄

光是惡意扭曲事實，陷害他人，書中就提供了「汙衊」、「誹謗」、「詆毀」、「訾短」、「誣罔」、「非議」、「中傷」、「醜化」、「抹黑」等語言動詞。語言動詞是文章的靈魂，使用精準將有畫龍點睛和吸睛雙療效。

——北市明湖國中國文教師・報紙專欄作家——施教麟

「辭，達而已。」好的文辭，在於善達其意；「一言以為知，一言以為不知。」說話更是一門學問與藝術。此書能分門別類，窮搜盡覓了三千餘條相關且實用的詞彙，並加詳釋、例舉，無異予從事語言學習和文字工作者提供了一扇更方便的視窗。若學生能人人擁有一冊，文字工作者案頭更能置有一書，對於語文能力的提昇和寫作的運用，必能有所助益。

——潮州高中國文教師——陳文銓

古人把句子中最關鍵的動詞形容為「美人之目」。眼睛美，人才會美，同樣的，動詞用得好，文章才會好。本書以極具系統的方式整理各種語言動作用語，確實是使文章更上一層樓不可或缺的寶典。

——古典詩人・中壢高商國文教師——曾家麒

《如何捷進寫作詞彙——語言動作篇》是一本巧妙的工具書！閱讀它，不但可以學習運用動詞來靈動文章；還可以閱讀古今名家作品的經典內容，彷彿有人為你採擷了精采書摘，讓你無形中拓展了中文閱讀的廣度。

——北市蘭雅國中國文教師——黃美瑤

在複雜與簡單之間，在書寫與言談之間，一句好詞，一句妙語，可以旋渦成一朵香，讓文字更芬芳。

——竹東高中國文教師—詹敏佳

呼一口氣，文字開了眼，邁了足，添了魂魄。那口賦形寫神的氣，就在《如何捷進寫作詞彙》的續書中，新編的「語言動作篇」，更強調狀態的發展、層次的遞進、情境的變化順序，事態的相互關聯性等，讓你舞文弄墨更有魅力。

——北市士林高商國文教師—鄒依霖

孔子說：「聽其言」、「觀其行」可以了解一個人，但耳到、眼到後，如何「言到」？噓～偷偷告訴你，《如何捷進寫作詞彙——語言動作篇》可以解決你的煩惱，別在等了～。

——臺灣科技大學兼任講師—蔡明蓉

豐富的詞彙讓文章不再貧乏，精準的用字讓表達更加徹底，用捷進的方式釐清文字的曖昧模糊，在名家的文海涵泳語言的箇中真諦。

——新竹市新科國中國文教師—蔡明勳

當我們想要傳達情感、心靈和智識時，一個畫龍點睛的動詞、副詞或形容詞，往往是一篇文章的亮點。本書以「語言」為軸，彙集相關詞彙與名家範例，提供語言文字運用的活水泉源，開拓寫作的沃土，是值得再三咀嚼的好書。

——北市萬華國中國文教師—藍淑珠

目錄

Contents

壹・語言動作

一 表意方式

1 說話

說話

【說話】發言、講話。

【說道】說。

【所謂】所說的。

【開口】發言。

【啟口】開口，通常指說話。

【言語】說話；開口。

【敘】說；談。

【啟齒】開口。多指有所請求。

【出口】開口、出言。

【出言】說話；發言。

【則聲】開口發言、出聲。也作「作聲」、「做聲」。

【吭聲】發出聲音；說話。

【吭氣】發出聲音。

【吱聲】北方方言。指吭聲、說話。

【失聲】不自主地發出聲音。

【開言】開口表示意見。

【言說】談論、說起。

【言傳】說話。

【一番口舌】一番話。

更能消、幾番風雨。匆匆春又歸去。惜春長怕花開早，何況落紅無數。春且住。見說道、天涯芳草無歸路。怨春不語。算只有殷勤，畫簷蛛網，盡日惹飛絮。（宋·辛棄疾〈摸魚兒〉）

當承平之時，北平人所謂「好年頭兒」。在這個日子裡，也正是故鄉人士最悠閒舒適的日子。在綠蔭滿街的當兒，賣芍藥花的平頭車子整車的花蓇蕾推了過去。賣冷食的擔子，在幽靜的胡同裡叮噹作響，敲著冰盞兒，這很表示這裡一切的安定與閒靜。渤海來的海味，如黃花魚、對蝦，放在冰塊上賣，已是別有風趣。（張恨水〈五月的北平〉）

話語一旦被說出，意義開始分歧，語言的開始就是延異、差異、延宕、衍異……。所謂的真心話跟真心往往沒關係，跟冒險比較有關。（周芬伶〈蘭花辭〉）

一樣錯身而過，一樣的，目不斜視；他留在海灘上穩直的腳印深深烙在平坦的沙灘上；錯身剎那，我有點衝動想朝他揮揮手或開口打聲招呼。是他冷漠、肅穆的表情吧，我打招呼的衝動臨時縮了手，吞嚥了一口口水，我不敢輕易去觸犯、或破壞他走海灘的姿勢和氣氛。（廖鴻基〈海灘偶遇〉）

又早是夕陽西下，河上妝成一抹胭脂的薄媚。是被青溪的姊妹們所熏染的嗎？還是勻得她們臉上的殘脂呢？寂寂的河水，隨雙槳打它，終是沒言語。密匝匝的綺恨逐老去的年華，已都如蜜餳似的融在流波的心窩裡，連嗚咽也將嫌它多事，更哪裡論到哀嘶。心頭，宛轉的淒懷；口內，徘徊的低唱；留在夜夜的秦淮河上。（俞平伯〈槳聲燈影裡的秦淮河〉）

她驚疑地看著慧，看著她的兩道彎彎的眉毛，一雙清澈的眼睛，和兩點可愛的笑渦；一切都是溫柔的，淨麗的，她真想不到如此可愛的外形下卻伏著可醜和可怕。她衝動地想探索慧的話裡的祕密，但又羞怯，不便啟齒，她祇呆呆地咀嚼那幾句話。（茅盾《蝕》）

宋江只得自和兩個公人也離了酒店，又自去一處吃酒。其店家說道：「小郎已自都分付了，我們如何敢賣與你們吃！你枉走，甘自費力，不濟事。」宋江和兩個公人都則聲不得。連連走了幾家，都是一般話說。三個來到市梢盡頭，見了幾家打火小客店，正待要去投宿，卻被他那裡不肯相容。宋江問時，都道：「他已著小郎連連分付去了，不許安著你們三個。」當下宋江見不是話頭，三個便拽開腳

步，望大路上走著，看見一輪紅日低墜，天色昏暗。（明．施耐庵《水滸傳．第三十七回》）

啊，還真是個熟悉泰戈爾的！我多想和她談談泰戈爾，談談我所喜歡的那些作家，談談幾乎已被人們遺忘了的世界啊！然而，這樣的年頭，這樣的場合，這樣的談話肯定是不合時宜的，即便年輕，我還是懂得這一點。小姑娘見我呆呆地不吭聲，刷地一下把《飛鳥集》從書架上抽下來，塞到我手中：「給你吧，我家裡還藏著一本呢！」（趙麗宏〈小鳥，你飛向何方〉）

她的少校丈夫簡直想不出健將這副模樣從那兒來的，海雲卻知道，心裡嚇得半死：那不過是她不吱聲的單戀，怎麼竟印在兒子身上了？健將父親的死是海雲黑洞洞的心底的一個期盼。那期盼從未浮上來，浮到她能認清它的層面。（嚴歌苓〈紅羅裙〉）

原來那牛王，他知那扇子收放的根本，接過手，不知捻個甚麼訣兒，依然小似一片杏葉，現出本相，開言罵道：「潑猢猻！認得我麼？」行者見了，心中自悔道：「是我的不是了！」恨了一聲，跌足高呼道：「咦！逐年家打雁，今卻被小雁兒啄了眼睛。」（明．吳承恩《西遊記．第六十一回》）

我仍張望。張望著我的寂寞，跟可以言說的空間。那空間有別於家，妻、父母跟兒女，那是人生的另一個向量，人生沿途裡的沿途，如大河的支流分佈，主幹跟副幹。我沒找到，無意找尋的人反倒出現，然而，他們的出現也只是為了再度消失嗎？記憶是一種選擇，所以，我沒搭電扶梯找葉姓同學，他也沒上來找我，我拍拍學妹肩膀，告別現在，也揮別過去的關連？（吳鈞堯〈張望〉）

提起

【提起】談到。

【提及】談論到。

【提出】提到、論及、舉出。

【提到】說到某個談話主題。

【提掇】提起、說起。提拔。提舉。

【論及】談到。

【說起】談起、提及。

【說及】談及、提及。

【談及】提起。

說起了寒郊的散步，實在是江南的冬日，所給與江南居住者的一種特異的恩惠；在北方的冰天雪地裡生長的人，是終他的一生，也決不會有享受這一種清福的機會的。我不知道德國的冬天，比起我們江浙來如何，但從許多作家的喜歡以Spaziergang一字來做他們的創作題目的一點看來，大約是德國南部地方，四季的變遷，總也和我們的江南差仿不多。（郁達夫〈江南的冬景〉）

還有一回，聽到母親向友人說及未來的旅行，關於行裝的預備，她淡淡地說：「孩子們只帶幾套『換洗』衣服便成了。」「換洗衣服」對我是新詞，因而聽作「歡喜衣服」。於是心裡好生詫異：到底我「歡喜」哪幾套衣服呢？平時從無這種區別的意識，要是母親向我徵詢意見的話，該如何選擇呢？（雷驤〈上海日夜〉）

也許因著獨自遠離在外，假期結束的前一個晚上，想到回去得面對的每天每日，幾許悵然中，我沒什麼困難的同你談及這幾天我對過往生活的重新體認。你看我一眼，眼中閃現過一霎輝耀，卻苦苦的、低低的笑了起來。（李昂〈假面〉）

2 交談

談話

【談話】兩個或以上的人在一起說話。
【談論】言談議論。
【交談】相互接觸談話。
【會談】雙方或多方聚會商談。
【敘談】交談。
【對談】交談。
【對話】相互之間的交談。
【會話】對話、談話。
【樂道】很高興談論到某事物。
【晤談】見面談話。
【面談】當面談論。

人生就是這樣：日子一天天過去，人與人之間的關係就一天比一天親近，樓與樓之間的關係也就一天比一天密切。我的視野也就擴大。由此我有了更多的朋友。在冬天的陽光下，老人三五為伴，坐在街心花園的花壇邊談話，有時所得比在書櫥裡所藏更加豐富。（徐開壘〈住在文緣村裡〉）

隧道裡，乘客們都自動停止交談，小聲呼吸，微微覺得耳鳴，黯夜般的隧道內，車廂窗玻璃變成了鏡子，你們的身影幢幢落在四壁鏡裡，沒有窗外的景物做定點標識，很容易失去速度感，於是你們像漂浮在大氣中，更像擺盪往冥府的渡船。（朱天心〈出航〉）

收音機仍播放著古典音樂，只不斷的會傳出新聞插播，預告那天下午，軍事強人將同一位來訪問的西方國家總統舉行會談，晚上並有盛大的國宴。而據已發佈的消息顯示，會談內容將關係到西方國家是否供應更多的新式武器，來幫助軍事強人打贏內戰。（李昂〈三心二意的人〉）

你看見過坐長途火車的沒有？世界小，旅途長，素不相識的人也殷勤的互相自己介紹，親熱的敘談，一同唱歌，一同玩牌，一同吃喝，似乎他們已經有過終身的友誼。等到目的地將到，大家紛紛站起，收拾箱籠，倚窗等望來接他們的親友，車一開入站，他們就向月台上的人招手歡呼，還不等到車停，就趕忙跳了下去。能想起回頭向你招呼的，就算是客氣的人，差不多的都是頭也不回的就走散了。（冰心〈我的朋友的母親〉）

只有在蘭房發呆的時刻，時間一刻刻老去，單獨生活已十幾年，提早過著老人的空巢生活，這令我分裂，有時分飾兩角，老去的自己看著年輕的自己在草地上奔跑，就像母親看著孩子嬉戲；有時我變成你，你變成我，坐在走廊上作黃昏的長長對談；或者分飾好幾角，過去、現在、未來，你我他共演一齣悲欣交集的大戲。如此我墜落於語言的暮色中。（周芬伶〈蘭花辭〉）

我決定，與數年前的自己展開一場對話，呈現在小說裡的形式是，兩個微近中年的老朋友（一在台北，一在威尼斯旅行）之間的通信，其使用的事實是，今天的我，與數年前曾一日之內踐踏威尼斯的我，在做或輕鬆或嚴肅的通信對話。（朱天心〈威尼斯之死〉）

想起漁樵之樂，中國文人畫家每常樂道，但是這漁樵之樂，像風景畫，係自外觀之，文人並不釣魚。惠施與莊子觀魚之樂，只是觀而已。中國不是沒有魚可釣，也不是沒有釣魚人，不過文人不釣罷了。真正上山砍木打柴的樵夫，大概寒山拾得之流，才做得到。文人方丈便不肯為。（林語堂〈記紐約釣魚〉）

林雪芬的情形又是怎麼樣的呢？她所受的打擊比翁秀子還要沉重。剛聽到校長的話時，她好像忽然給猛推了一把，掉進無底的深淵裡去。她想起最近幾次跟郭雲天晤談時，都裝作得太冷漠。（鍾肇政《魯冰花》）

閒談

【譚】同「談」。如：「風俗奇譚」、「天方夜譚」、「談天說地」。

【閒談】隨意漫無主題地聊天。

【閒聊】漫無主題，隨意聊天。

【漫談】隨意地談話。

【雜談】各種命題、不拘一格地談論。

【談天】談話、聊天。

【聊天】閒談。

【笑語】言談說笑。

【談笑】談天說笑。

【說笑】有說有笑。

【拉呱兒】閒談。

【攀談】互相談話、交談。

【搭訕】藉機交談。

【閒扯】漫無目的地隨意閒談。

【閒扯淡】隨意說些無關緊要的話。

【嗑牙】多話；閒談。或作「磕牙」。

【敘舊】談論舊誼。

【話舊】談論舊誼。

【談天說地】廣泛或漫無邊際地談論各種事情。

【閒話家常】隨意聊些日常生活的瑣事。

【清茶淡話】一杯清茶，閒適地聊天。

【擺龍門陣】一群人在一起閒聊。

【海說神聊】漫無邊際地說個沒完。

【有一搭沒一搭】斷斷續續、為延續話題而找話說。

天氣雖熱，然而你只要躲在屋內便也不覺怎樣。在屋內隔了竹簾看院中烈日下的幾盆夾竹桃和幾隻瓦雀往返在地上爭食的情形，實在是我那幾日中最欣賞的一件樂事。入晚後在群星密佈的天幕下，大家踞在籐椅上信口閒談，聽夜風掠過院中槐樹枝的聲音，我真詛咒這上海幾年所度的市井的生活。（葉靈鳳〈北遊漫筆〉）

「Hu! 今天怎麼這麼熱鬧？」一位腰佩獵刀、身材壯碩，背著傳統網袋的中年人一步一步的走過來。和在場的老人用排灣語招呼之後，從網袋中拿出兩瓶米酒作為見面禮，然後拿起竹筷，自動的夾菜吃肉，就像平常的家居生活。從閒聊中，得知他今晚在這裡過夜，明天一早繼續前進大武山脈巡視自己

所放置的獵物陷阱機。（霍斯陸曼・伐伐〈戀戀舊排灣〉）

一般城鎮的海灘意象大多屬於情侶之間的浪漫，南方澳的男女老少卻如飲水般，視港邊、海岸如同道路的延伸，整天與海波浪共舞。從我懂事開始，海邊就是朋友聚會談天的好地方，有人服役、出國，或外地朋友來訪，大家必然選擇海灘、港口聚集，望著海上波浪，漁火點點，喝酒抽菸、聊天散步。（邱坤良〈再說一段南方澳情事〉）

兩景特別值得記下：何站在小碼頭浮板道盡頭，在劇烈的風雪裡上下起伏，一臉狂喜如天真小兒；和出了樹林回到三牆落地窗的遊客中心，脫下沾雪的披掛，佔了一張圓桌擺出三明治、熱茶、餅乾、水果，我們聊天喝茶念現代詩：周夢蝶的《約會》和洛夫《雪落無聲》，中央燒著爐火，四下天雪灰濛。（張讓〈白雪告別式〉）

於是有時我用同樣的口音和他們攀談，他們卻沒有人聽出這是一個同鄉，他們聽不出同鄉，因而也不會聽出異鄉，更因而不會被異鄉所改變。有人是可以全然無知、全然單純地活著，因了這單純的福分，異鄉不復是異鄉。（黃碧瑞〈散章・鄉音〉）

一九九〇年代起，「挪威森林」等等義式咖啡館出現，成為療癒的場所：單戀的人等來電，寫稿的人等靈感，被人遺忘的文壇老人等著粉絲識相搭訕，年輕的人等著變老。（紀大偉〈老咖啡館〉）

吃了他老伴做的極可口的打鹵麵以後，他老伴又搬來了一個「黑森林」蛋糕，我不禁脫口問道：「咦，今天誰的生日？」我那問話竟如雷擊一般，使他和老伴悚然相視，隨即好幾分鐘默然。告辭離去後，我在街頭迎風悶走。朋友以為我記得他的生日，才在那天去他那裡敘舊，而我，不過是為了給忙中偷閒的自己，臨時尋覓一個溫馨靜謐的港灣，小作休憩。（劉心武〈藤蘿花餅〉）

「琴孃孃，你真要回去嗎？你就住在我們家裡，大家在一起耍，多有趣。你天天給我擺龍門陣，好不好？把姑婆婆也接來。」海臣天真地拉著琴的袖子絮絮地說。「海兒，你說得真好。我回去過兩天就會再來的。我家裡故事書很多，下回我帶幾本來，一定多給你擺幾個龍門陣。」琴撫著海兒的短頭髮，愛憐地說。（巴金《春》）

跟母親通電話，母親有一搭沒一搭說她的背痛。突然嘎地一聲，我清楚地聽見，電話筒落在一個固定位置上。接下去，母親大概轉身在跟父親說話，上一句跟我說，下一句跟父親說，渾然一體，接得毫無縫隙。至於電話掉在哪裡？沙發的凹處？茶几的角落？還是滾下了地？母親不會記得把話筒撿起來。她根本忘記了聽筒，以及聽筒這邊還有我。我只好握住聽筒，耐心地等，怕她什麼時候想起來，又會回到我們先前的對話裡。（平路〈此生緣會〉）

暢談

【傾談】傾心交談。

【傾吐】把心裡話全說出。

【傾訴】把想說的話全都說出來。

【談心】訴說心中的話。

【交心】互相傾吐內心話。

【暢談】盡情地談話。

【暢敘】談得很痛快。

【長談】長時間地談話。

【深談】深入地交談。

【漫談】就某問題不拘形式地隨易討論、談說。

【津津樂道】很有興味地談論。

【高談闊論】暢快而無拘束地談論。

【暢所欲言】盡情地將心中想說的話都說出來。

【促膝談心】對坐著談心裡的話。

【盡情吐露】暢所欲言地陳述實情或心聲。

【共話衷腸】相互訴說心事或知心話。

【無所不談】什麼事都談。

【知無不言，言無不盡】將知道的全說出來，沒有保留。

【一吐為快】盡情說出心中想說的話，而感到暢快。

批閱聯考的卷子，在「走過」的命題下，學生的字跡不斷向我傾訴他們有限的生命裡，走過一條河，走過一棵老樹，走過童年的三合院，走過巷口夕陽中的小吃店，走過校園廢樓的青春，甚至走過歷史中黃州的清風明月、岳陽樓上的憂國懷君，年輕的生命彷彿也有了王謝堂前的況味，說的都是已然不在的曾經，剎那遠逝的人生。（徐國能〈哭・牆〉）

迎面吹來的，依舊是風，可是這回，風中有花香。花，那是插戴在青石耳邊的花，這是握在你手中的花。香花淡淡，淡淡花香；花香在風裡陪你談心，談曲折的山景，談小小的草堂，談半里外，隱隱約約的水聲。就這樣，你放情的談好了，不會有人跟著偷聽的；要有，那準又是那個閃閃躲躲的小太陽，那個甚麼也聽不懂的，調皮小太陽。（羅青〈野渡冊：畫〉）

玲瓏的三間小屋隱藏在碧樹果林之中，滿眼的綠水青山，滿耳的松風鳥語，整天裡不必看時鐘，散步累了就坐在瓜棚下看書，手倦拋書，就可以睡一大半天。太陽、月亮、星星，輪流地與你默默相對，這分隔絕塵寰的幽靜，確實令人神往。但若沒有朋友共處，會不會感到寂寞呢？且看小屋的主人，住不多久，就匆匆趕回十丈軟紅的臺北市，一到就打電話找朋友再次的「暢敘離情」。可見田園的幽靜，還是敵不過友情的溫馨。（琦君〈方寸田園〉）

坦白說我不曉得他將離開這世界時，是否「把結束視為自然」。但我以為憂傷是生命的寄生物，它沒辦法在失去寄主的狀態生存。父親的憂傷已然隨著他的虹膜死去，而我則放棄了走出那個空間。（或者說，時間？）甚至在祕密的時刻，還常藉著憂傷為引，跟逝去的父親數度長談。上帝曉得在他生前，是對十六歲以後的我多麼陌生，而我也從不認得心臟衰弱、腦血管壁逐漸變薄變脆的父親。（吳明益〈死亡是一隻樺斑蝶〉）

來到飯廳裡，一只銅鈴倒扣在長條矮櫥上。伍先生最津津樂道的故事是羅斯福總統外婆家從前在廣州經商，買到一只盜賣蘇州寺觀作法事的古銅鈴，陪嫁帶了來，一直用作他家的正餐鈴。（張愛玲〈相見歡〉）

他是個六呎軒昂的東北大漢，家裡是個地主，有幾百頭牛羊，思想卻偏偏激進，大罵東北人封建落後，要回到東北去改革。他的嗓門大，又口無遮攔，高談闊論起來，一副旁若無人的狂態，一杠紅筆下去，好像中國之命運都決定在他手中了似的……（白先勇〈夜曲〉）

聽到立夫答話如此得體，木蘭不禁微笑。立夫的話說得很快，似乎是巧於應對，在大庭廣眾之間，能夠從容鎮靜。曾文璞也大笑起來。甚至於體仁至少也有一次看到跟他同樣年齡的人，敢當眾暢所欲言，不由覺得敬慕。（林語堂《京華煙雲》）

桃實仙道：「你武功雖然低微，我們也不會看不起你，你放心好啦。」桃花仙道：「你武藝上有甚麼不明白的，儘管問好了，我們自會點撥於你。」岳不群淡淡一笑，說道：「這個多謝了。」桃幹仙道：「多謝是不必的。我們桃谷六仙既然當你是朋友，自然是知無不言，言無不盡。」（金庸《笑傲江湖・十一》）

吾們的大作家，像第福（Defoe），像費爾亭（Fielding），像曹雪芹、施耐庵，他們的所以寫作，因為他們心上有一樁故事，非將它發表不可，而他們是天生的講故事者，天好像有意把曹雪芹處於荒淫奢華的家庭環境中，卒因浪費無度，資產蕩析，然後一旦豁悟，看穿了人生的一切空虛，及其晚年，已成窮儒，度其餘生朽敗之第捨中，不時追憶過去之陳跡，宛若幻夢初醒，此夢境乃時而活現於幻想中，常使他覺得心頭有一樁心事，以一吐為快，於是筆之於書，吾們便稱之為文學。（林語堂《人生

的盛宴》）

詳說

- 【詳說】仔細而深入地說明。
- 【詳述】詳細敘述。
- 【詳談】詳盡地談話。
- 【細述】詳細敘述。
- 【細說】詳細說明。
- 【細數】仔細計數。
- 【緬述】從頭細述。
- 【備陳】詳細訴說。
- 【臚陳】逐一陳述。常用於公文或書信中。
- 【一五一十】詳細說明事情的始末。

關於爸，我記住的事那麼少；不忍想起的，卻又那麼多。高中時便離家，我無暇與誰細說匆忙日子裡的生命起伏，也不曾理會過爸學生口中輾轉傳來的殷盼、呼喚。甚至不知道在這些岔出軌道的時光裡，究竟錯過什麼？是總統下鄉光臨的榮耀，或是書畫聯展中公開盛大的褒揚？……我好愧於想像這麼長一段歲月裡，爸心中肯定會有的失落。（賴鈺婷〈臨摹我父〉）

僕輩研問家世，祿悉告之。內一人驚曰：「是吾兒也！」蓋仇仲初為寇家牧馬，後寇投誠，賣仲旗下，時從主屯關外。向祿緬述，始知真為父子，抱首悲哀，一室為之酸辛。（清．蒲松齡《聊齋志異．仇大娘》）

修正公務人員考試法第二條有關研究所在學學生錄取及受訓資格保留之相關規定，考選部爰再修正本法相關條文，報考試院審議。本次配合修正條文草案臚陳如下：一、配合「公務人員任用法」第二十八條……。二、配合立法院第四屆第二會期第十七次會議三讀通過……。（「公務人員考試法」修正草案）

跑堂的把兩個涼碟端上來，歐陽天風抄起筷子夾起兩片白雞一齊放在嘴裡，一面嚼著一面說：「你先告訴我，我回來準一五一十的告訴你！要不然，先吃飯，吃完了再說好不好？」……兩個人低著頭扒摟飯，都有一團不愛說的話，同時，都預備著一團要說的話。那團要說的話，兩個人都知道說也沒用。那團不愛說的話，兩個人都知道不說是不行。於是兩個嘴裡嚼著飯，心裡嚼著思想，設法要把那團要說的話說得像那團不愛說的話一樣真切好聽。（魯迅〈趙子曰〉）

插話

【插話】插入別人的談話。

【插口】中途插入別人的談話。

【插嘴】別人講話時，從中插進去說話。

【打岔】打斷他人正在進行的談話或工作。

【置喙】插嘴以加入談論。

【搭訕】為了與人接近、攀談、寒暄或敷衍而找話說。

【搶嘴】搶著說話，爭相發言。

【搶話】搶在他人之前講話。

【儳言】插嘴。《禮記・曲禮上》：「長者不及，毋儳言。」儳，ㄔㄢˋ，雜亂不整齊。

【攙口】插嘴，搶著講話。攙，ㄔㄢ。

【攙言接語】插嘴、搶話。

那書生歎道：「姑娘果真聰明，可是只猜對了一半。那歐陽鋒的陰毒，人所難料。他乘我師給師兄治傷之後，玄功未復，竟然暗來襲擊，意圖害死我師……」郭靖插嘴問道：「一燈大師如此慈和，卻難道也與歐陽鋒結了仇怨麼？」那書生道：「小哥，你這話可問得不對了。第一，慈悲為懷的好人，跟陰險毒辣的惡人向來就勢不兩立。第二，歐陽鋒要害人，未必就為了與人有仇。只因他知先天功是他

蛤蟆功的剋星，就千方百計的要想害死我師。」（金庸《射鵰英雄傳・三十》）

這是兩夫婦的問題，誰最愚蠢，別人似乎不能置喙，輕易加以判斷。《百喻經》故事所注重的是人的性格。千年前世界上既儼然曾經有個這種丈夫，這性格也似乎就有流傳到如今的可能。我們如今已不容易遇到這種丈夫了，但卻可從別種人物的治國政策生活態度得知一二。（沈從文《大山裡的人生》）

襲人去了，寶玉便命晴雯來吩咐道：「你到林姑娘那裡去看看他做什麼呢？他要問我，只說我好了。」晴雯道：「白眉赤眼，做什麼去呢？到底說句話兒，也像件事。」寶玉道：「沒有什麼可說的。」晴雯道：「若不然，或是送件東西，或是取件東西，不然我去了怎麼搭訕呢？」寶玉想了一想，便伸手拿了兩條手帕子撂與晴雯，笑道：「也罷，就說我叫你送這個給他去了。」晴雯道：「這又奇了。他要這半新不舊的兩條手帕子？他又要惱了，說你打趣他。」寶玉笑道：「你放心，他自然知道。」（清・曹雪芹《紅樓夢・第三十四回》）

攻訐對拆論辯胡言　傾心細訴立誓甜言／爭吵哄騙大鬧謠言　也更可是非點／烽煙抗議怒罵饞言　悲哭控訴道別留言／招呼耳語問候微言　說教勸交吹牛敷衍（林夕〈觀世音〉）

眾人見知縣相公拿人，都則散了。只有顏俊兀自扭住錢青，高贊兀自扭住尤辰，紛紛告訴，一時不得其詳。大尹都教帶到公庭，逐一細審，不許攙口。（明・馮夢龍《醒世恆言・卷七・錢秀才錯占鳳凰儔》）

再冬道：「姊姊告上狀，差人來叫兩鄰鄉約，我才尋到縣裡。干我甚事？說我挑唆姊姊告狀！」薛如卞道：「差人來叫兩鄰鄉約，也叫你不來曾？你跟進衙門，還攙言接語的稟話，你還要強嘴哩！」（清・西周生《醒世姻緣傳・第八十九回》）

失言

【失言】說了不該說的話。

【失口】失言。《禮記・表記》：「君子不失足於人，不失色於人，不失口於人。」

【逸口】失言，說出不恰當的話。

【脫口】不假思索，隨口說出。

【口快】不多思索，脫口而出。

【口滑】無所顧忌脫口而出。

【走嘴】說話不小心而洩露祕密。

【說溜了嘴】不小心說出不該說的話。

【出口傷人】說出來的話不得體，傷害了他人。

【出言無狀】說話沒有分寸，沒有禮貌、不知檢點。

【口不擇言】說話隨便，不經思考即脫口而出。

「黑暗中有光！」這句話於他於我而言，都像是一句信心的呼喊，當逆境的波流直撲我們而來——我不禁這麼脫口而出。而我和我的明眼舞伴，是彼此的對照組。他眼中黑暗的景象可能是我眼中有光的狀態。而我眼中有光的狀態也可能是他以為的黑暗。只是，「光在哪裡呢？」（邱靖絨〈光之書〉）

前些年，她開始加入某一種宗教，在屋子裡布置了一個小神龕，成天呼朋引伴敲鐘念經之不足，還卯足了勁兒跟我傳教。我打個呵欠，她立刻說：「你白天打呵欠，就是身體虛，只要跟我一起念經，包準你精神奕奕。」我不小心說溜了嘴，說剛剛去看胃疾，她馬上接口：「西醫開的藥，多半治標不治本，沒什麼用！你只要跟我去我們學會，保證你百病全消！」（廖玉蕙〈洗頭與豬舌頭〉）

「癩皮狗，你罵誰？」王胡輕蔑的抬起眼來說。阿Q近來雖然比較的受人尊敬，自己也更高傲些，但和那些打慣的閑人們見面還膽怯，獨有這回卻非常武勇了。這樣滿臉胡子的東西，也敢出言無狀麼？「誰認便罵誰！」他站起來，兩手叉在腰間說。「你的骨頭癢了麼？」王胡也站起來，披上衣服說。

（魯迅《阿Q正傳》）

他正自沉吟，周伯通拍手叫道：「瞧你年紀也已一大把，怎地如此為老不尊？說話口不擇言，行事顛三倒四，在大庭廣眾之間作此醜事，豈非笑掉了旁人牙齒？」這幾句話其實正該責備他自己，不料卻給他搶先說了，只聽得公孫谷主啼笑皆非，倒也無言可對……。（金庸《神鵰俠侶．十七》）

3 問答

問

【詢】 問。

【詢問】 諮詢查問。

【徵詢】 徵求詢問。

【諮詢】 諮商、詢問。

【洽詢】 接洽詢問。

【諮諏】 詢問。諏，ㄗㄡ，諮詢、商量。

【發問】 提出問題。

【提問】 提出問題來問。

【訊問】 審問、追究。

【問訊】 詢問。

【請問】 詢問的敬詞。

【試問】 請問，為懷疑用語。

【垂問】 上對下詢問。

【垂詢】 上級對下級的詢問。

【扣問】 請問、求教。

【設問】 假設問題；修辭學上指講話行文時，語氣突然由平敘轉為詢問。

【激問】 修辭學中的設問。講話行文時，語氣從平敘轉為詢問，通常為激使對方反省，而答案多有定見。

【問俗】 初到異地，打聽當地的風俗習慣。

【問長問短】 不厭煩地詳細詢問。

【問東問西】 不斷地發問。

【摘三問四】 問東問西。

【明知故問】 明明已經知道，還故意問別人。

【不恥下問】 不因向地位較低微或學問較自己淺陋的人請教，而感到羞恥。

【詢於芻蕘】 向割草砍柴的人請教，表示不恥下問。芻蕘，ㄔㄨˊ ㄖㄠˊ，割草砍柴的人。

【問道於盲】向盲人問路，比喻向外行、無知的人請教。

【質疑】心中懷疑而提出疑問。

【質詢】質疑、詢問。

【問難】辯論詰問。

許多人失蹤了，沒有人詢問他們究竟去到哪裡？黑暗的夜裡隱約傳來重物墜海的聲音，是唯一的回答。我面對碧藍的海洋，向海中央走去，想像被拋進海裡是什麼滋味？（郝譽翔〈冬之旅〉）

幾次晚飯過後，不經意間踱到廚房，發現父親捧著土芒果，弓著身軀，幾乎是整個身子趴在廚房的水槽上吃著。黃橙橙的汁液沿著手掌外側直奔至手腕關節處，那樣的姿勢，總讓目擊者的我感到他似乎懷抱著些許心虛、狼狽。長大後，我們姊妹幾次在父親背後議論，都覺父親貪吃，背著我們「偷吃芒果」。這樣的罪名，直到父親過世，從未徵詢嫌疑犯的口供，就由眾姊妹認定，父親至死不得平反。（廖玉蕙〈芒果狂想曲〉）

這些事，當時都該問老師的，卻都沒問。人在年輕時常常誤以為一切好東西都是永恆的，老師理該都健在，供我們嘰哩哇啦亂發問。何曾想到「日月逝於上，體貌衰於下」，老師也有大去的日子。（張曉風〈誰傾銀漢成孤注〉）

關心石上的苔痕，關心敗草裡的花鮮，關心這水流的緩急，關心水草的滋長，關心天上的雲霞，關心新來的鳥語。怯憐憐的小雪球是探春信的小使。鈴蘭與香草是歡喜的初聲。窈窕的蓮馨，玲瓏的石水仙，愛熱鬧的克羅克斯，耐辛苦的蒲公英與雛菊——這時候春光已是漫爛在人間，更不須殷勤問訊。（徐志摩〈我所知道的康橋〉）

一走進房，他就笑著問逸群說：「陳先生，身體可好？今天覺得怎麼樣？」逸群感謝了一番他垂問的盛意，就立起身來走入了起坐室裡請他去坐。他在書桌上看見了幾冊逸群於暇時在翻讀的紅羊皮面的洋書，就同發見了奇跡似的向逸群問說：「陳先生，你到過外國的麼？」「噯，在奧克司福特住了五年，後來就在歐洲南部旅行了兩年的光景。」（郁達夫〈蜃樓〉）

有一天我仍如平時在宿舍窗前發怔，一位異國修女正下課走過，她注意到我那灰鬱臉色，好意的拉住我**問長問短**，我一時整理不清楚滿腔凌亂的思緒，只簡單的回答她說：「我原希望自書本中找到人生的答案，但結果我卻陷於更大的迷茫。」那位智慧的修女立刻明白這問題的癥結了，她先不回答我的話，只以清婉之音問著我：「你只想到『生』的問題，你也曾想到『死』嗎？你死後靈魂將到何處去呢？這問題你想過沒有？」（張秀亞〈心曲〉）

這山裡還有沒有跳歌莊的？他說他就會跳，早先是圍著火塘，男男女女，一跳通宵達旦，後來取締了。「為什麼？」我**明知故問**，這又是我不真實之處。「不是文化革命嗎？說是歌詞不健康，後來就改唱語錄歌。」「後來呢？」我故意還問，這已經成為一種積習。「後來就沒人唱了。現今又開始跳起來，不過，現今的年輕人會的不多，我還教過他們。」（高行健《靈山》）

一個文明的不毛之地或不毛之人，對於一個優勢理念往往缺乏**質疑**的知識基礎，但是卻充滿去實踐的能量。相形之下，古老、世故的文明社會已無法全心全意地相信與奉行任何價值了。（羅智成〈穿越德雷克海峽〉）

反問

【反問】對提出問題的人發問。

【質問】責問；質疑詢問。

【詰問】盤問、質問。

【反詰】反問。

【責問】責備質問。

【詰難】責問、責難。

我無力地平躺著身軀，像是一張單薄的紙，任憑城市巨大的質問聲淹沒過我的呼吸：這是什麼季節？為什麼不是熟悉的春天？氣溫本來應該逐漸地爬升成熾熱的夏季，但為什麼如今卻在不斷冰冷地下降中？我懷疑時光正在倒轉，而去年的冬日又要再度回來。（郝譽翔〈在春與夏之際〉）

可是，我為什麼在夢裡不同他打招呼呢？也許我怕他問我：「你不是說給我幾個錢，叫我修修家裡的破房子嗎？」不錯，我曾經這樣答應過，我沒有照辦，這怨我不好，可是也不能完全怨我。不過我知道你老人家也絕不會這麼責問我的，你是太善良的。至於家裡的房子破了，我知道，我在夢裡就看見過，我看見牆壁洞穿，簷木彫落，而屋頂滿是荒草……我知道這些年來的風雨太多了。（李廣田〈兩種念頭〉）

「你怎麼屢次都想來反對我呢？」在收拾著雜亂無章的朱榮，也一肚子憤氣，向妻反詰。「什麼？反對你麼？是的，我反對你，請問，這樣年頭兒，你日也運動，夜也運動，到底得些什麼呢？錢一個也不掙進門，要不是我在撐持門面，唉！人道嫁夫倚夫勢，那曉得我竟……」大有一失足成千古恨之慨，妻說著，又是幾聲嗟歎。（楊守愚〈決裂〉）

查問

【查問】調查盤問。
【查詢】詢問。
【探查】探訪查尋。
【盤問】反覆、仔細地查問。
【盤詰】反覆、仔細地查問。
【盤查】盤問查驗。也作「盤察」。
【究詰】仔細盤問。
【查詰】查驗詰問
【追問】追究事情的緣由。
【逼問】咄咄逼人地責問。
【唯你是問】向對方追究責任。
【盤根問底】指盤問追究事情的根由與底細。
【尋根問底】詳究事物的底細。
【刨根問底】查問根由，探究底細。
【追根究柢】詳究事物的原委。
【打破砂鍋問到底】對事情尋根究底。也作「打破沙鍋璺到底」。

鄉下人，一見巡警的面，就怕到五分，況是進衙門裡去，又是不見世面的婦人，心裡的驚恐，就可想而知了。她剛跨進那衙的門限，被一巡警的「要做什麼」的一聲呼喝，已嚇得到退到門外去，幸有一十四來歲的小使，出來查問，她就哀求他，替伊探查，難得那孩子，童心還在，不會倚勢欺人，誠懇地，替伊設法，教她拿出三塊錢，代繳進去。（賴和〈一桿稱仔〉）

某日油公司大約是管欠帳的部門來電話查詢了，我們的對話，回想起來，是頗足令人莞爾的。對方問我何以這一欄是空的，我說就是沒有資料，但並不是沒有信用。「那麼閣下買車也是全部付清的？」我說豈單是汽車而已，所有的購買都是銀貨兩訖。我想她一定以為我是從火星上降下來的怪物。（吳魯芹〈數字人生〉）

阿娘沒有再來城裡，仍舊是玉姨和我伴著雲弟的棺木，乘小船回鄉下。阿娘在埠頭接我們，她哭得雙眼紅腫，臉也浮腫。她對我們沒有一句盤問，只告訴我們已看好青雲庵後面一塊地，暫時停放雲弟的棺木。我們隨著她送棺木安頓在兩塊石凳上，燒了點紙錢。此處荒草漫煙，闃無人跡。只有寺後颯颯的山風，陣陣吹來。（琦君〈七月的哀傷〉）

我的思想從無邊際的幽暗裡聚集起來追問著自己。我到底在想著一些什麼呵？記起了一個失去了往昔的園子嗎？還是在替這荒涼的地方虛構出一些過去的繁榮，像一位神話裡的人物，用萊琊琴聲驅使冥頑的石頭自己跳躍起來建築載比城？（何其芳〈遲暮的花〉）

我要說一個卡夫卡式的故事：一個外科整型醫生，他把一個醜人變得很漂亮，結果從麻醉中醒來時，她突然認不出這是自己，而且她的朋友與家人都拒絕相信她是從前那個人，於是大家報警把她抓起來。在受不了重重逼問下，她竟然承認自己殺死了那個人。這就是我要說的，人生是荒謬的，而且觀眾本身又是劇中的另一個演員，一切都是錯亂而卻又恰如其分。（黃國峻〈報平安〉）

探問

【探問】打聽詢問。

【探詢】打聽詢問。

【試探】探聽對方的意思或反應。

【套問】設計言語向人探問消息。

【套話】用話設計問出真情。

【打聽】探問。

【探聽】訪察打聽。

【刺探】暗中探聽。

【問津】探詢、洽問。

【探悉】打聽清楚。

【問鼎】春秋時，楚莊王征伐戎人，於周室疆域上檢閱軍隊。周定王派人慰勞，楚莊王便探問九鼎的大小輕重。因為九鼎是夏商周的傳國寶器，楚莊王問鼎有意圖謀君位。後指覬覦王位，謀取政權，或謀取最高榮譽、地位。

【無人問津】沒有人詢問渡口，比喻事物遭到冷落，無人探問。

這些有點熟又不太熟的朋友，去國外旅行時，也會寄明信片到店裡，鄭大哥把這些信件或照片用磁鐵吸在咖啡機側面，有興趣的人就會主動探問，然後大夥又可以開始熱烈地討論，在咖啡涼了之前。（曾郁雯〈京都之心〉）

凡塵太多，把我的心房佔得客滿。我很少再去關切天空。那時候，我幾乎不再讀雲，曾經，我認為她是詩的放牧者。也不再殷殷探詢季節的消息，曾經，我羨慕她是天庭的流浪漢。她的行囊裡該有許許多多想像與美合著的故事，而我不再是愛聽故事的少年。（簡媜〈問候天空〉）

我在他們面前時常顯得很傻，老是問東問西，我向他們打聽山花的名字，向他們訪問四葉參或何首烏是什麼樣子，生在什麼地方，問石頭，問泉水，問風候雲雨，問故事傳說。他們都能給我一些有趣的回答。於是他們非常驕傲，他們又笑話我少見多怪。（李廣田〈山之子〉）

當下不由他再刺探，我一口氣把那幾個預備好的問題念給他聽。他一面聽，一面從書窩子裡拎出一個鐵杯子和塑膠壺，給我倒了杯水。我清楚地看見杯底浮上來一隻手腳亂舞的蟑螂。（張大春〈透明人〉）

答

【回答】回應他人問話。

【回話】回答。

【答話】回答他人的話。

【答覆】回答。

【答應】應聲回答。

【回應】回答他人問話。

【對答】回答。

【作答】回答。

【解答】解釋回答。

【答詢】回答詢問的事情。

【搶答】爭先回答。

【答腔】接著別人的話說；回答、交談。也作「搭腔」。

【應對】酬答、應付。

【應聲】出聲回答。

【應答】言語的酬答。

【應和】酬答、應答。

【酬對】應答、對答。

【酬答】以詩文互相應答。

【酬和】以詩文互相唱和。

【回稟】回答、稟報。

【核覆】調查後回答。

【對質】數人共同犯案，預審時令各犯及證人互相質問應答，以證明是否同謀。也泛指與問題互相關連的各方當面對證。

【一搭一唱】相互應答唱和。

【對答如流】形容才思敏捷，答話如流水般順暢流利。也作「應答如流」。

【應對不窮】言語應答沒有詞窮，形容人的學識廣博，才思敏捷。

【答非所問】回答的內容並非問題所要求的答案。

【無言以對】沒有話可以對答。

曾經是新採的茶菁，曾經在葉脈上猶然含著朝露膩著月光，而這一切如今已製定為一罐茶——然而，它是過了保存期限的作廢茶？抑是老茶行小瓷罐裡的陳年老茶？（可以治療某個消化不良的小兒的肚痛的）這個問題對每個書寫者而言都等於在下一份無情的戰書，而書寫者本身並沒有資格回答這個問題——有資格回答的人是讀者。（張曉風〈陳年老茶〉）

爺爺沒有回話，緩緩翻了個身。削薄脊骨撐起的衛生汗衣上掉落無數爽身粉粒，整張草蓆螢光點點，使我生出一種深海魚類骨殼透光可見，鬚角款擺的透明感覺。在爺爺也死去後，整間大屋就正式成為沉船，屬於它的故事被埋入地底。我們是沒有情節的一代，因為傳述者的失去，這間大屋似乎本來就這麼蒼老，我們注定凝視它的敗亡，並且再沒有翻身抑或打撈的機會。（陳柏青〈大屋〉）

為探知我是否了解著裝技巧，她於是放手，只讓眼光停留在身體上，映襯出她臉頰喜悅神氣的表情，一種命令，或是權威感，以輕巧且喧嘩的姿態浮掠而來；我卻暗自咋舌，心虛、羞怯，沒敢多答應一聲，肌膚變得屍白僵硬，不知道應該做什麼。（許婉姿〈女神的密謀〉）

倒是許多成年人顯然跟青少年一樣上了癮，幾分鐘不查微博就坐立難安。在上海文藝界人士的飯局上最有趣的現象就是：人手一隻黑莓（或愛鳳），每隔幾分鐘拿起來看看，輸入幾個字，甚至拍幾張照片，然後跟座中朋友分享：「我剛告訴粉絲們我跟誰誰在哪裡吃飯，這會就有回應了，說這兒的菜聽說不錯，還說某某看起來氣色很好……」一頓飯吃下來倒像是他跟粉絲們在聚餐。（李黎〈虛擬社交與非死不可〉）

外邊紛擾的人間是同他們隔離了萬里遠呢，可是把他們緊緊地包圍，像是四圍黑暗的山石包住了一塊美玉？他自己是無從解答的。至於她，她更不知道她置身在什麼地方。她只是供他端詳，供他尋思，供他輕輕撫摸她的微笑，讓他沉在這微笑的當中，她覺得這是她在修道院時所不曾得到過的一種幸福。（馮至〈賽納河畔的無名少女〉）

但阿梅裝做不知道的樣子由村裡走過，和別人不答腔，從來沒有出現過像那回事的臉色。在她，較之謠言，度命的「錢」更為重要。「畜生！造謠的是那些混蛋——」有時候，阿梅一個一個地想起在街上的鬼洞裡碰到過的村子裡的認得臉的人，氣憤了。但是，錢呀，生活呀，這念頭一抬頭，她就覺得滿不在乎，想：只要裝做沒有聽到的樣子就行了。（呂赫若著，胡風譯〈牛車〉）

啊！這一日，我在這一日遇見了兩個不相干的人，他們未經邀請的就敲打起我生命中緊閉的門扇。我能不應答嗎？我能裝作不聽見嗎？這一日，如同我過往許多的一日旅程，清晨我離家，黃昏或夜裡我回返居處，像兩旁沙漠中無可計數的隱身響尾蛇一樣，……。（阮慶岳〈二人一天〉）

禽囀於春，蛩啼於秋，蚊作雷於夏，夜則蟲醒而鳥睡，風雨並不天天有，無來人犬不吠，不下蛋雞不報。唯有人用語言，用動作，用機械，隨時隨地做出聲音。就是獨處一室，無與酬答的時候，他可以開留聲機，聽無線電，甚至睡眠時還發出似雷的鼻息。（錢鍾書《寫在人生邊上》）

大神的旁邊，還有一個二神，當二神的都是男人。他並不昏亂，他是清晰如常的，他趕快把一張圓鼓交到大神的手裡。大神拿了這鼓，站起來就亂跳，先訴說那附在她身上的神靈的下山的經歷，是乘著雲，是隨著風，或者是駕霧而來，說得非常之雄壯。二神站在一邊，大神問他什麼，他回答什麼。好的二神是對答如流的，壞的二神，一不加小心說衝著了大神的一字，大神就要鬧起來的。（蕭紅〈呼蘭河傳〉）

唱完了，大家拍手，小寒也跟著拍。峰儀道：「咦？你怎麼也拍起手來？」小寒道：「我沒唱，我不過虛虛地張張嘴，壯壯綾卿的膽罷了……爸爸，綾卿的嗓子怎樣？」峰儀答非所問，道：「你們兩個人長得有點像。」綾卿笑道：「真的麼？」兩人走到一張落地大鏡前面照了一照。綾卿看上去凝重些，小寒彷彿是她立在水邊倒映著的影子，處處比她短一點，流動閃爍。（張愛玲〈心經〉）

你無言以對，是你不能和鄉親在一起，是你不能留下來共度難關，又能說什麼？於是你詢問了其餘親人的訊息，陪父親用了一餐大鍋飯，眼前的景象彷彿又回到日出而作、日入而息的農業社會，不習慣的只是你這個都市人，所以你似乎也不能多說什麼。（林黛嫚〈震不垮的蓮花〉）

4 討論

討論

【討論】相互研究或交換意見。

【談論】言談議論。

【論說】議論、辨析。

【共論】共同商談、討論。

【講論】談論、討論。

【審議】審查討論。

【商討】商量、討論。

【商量】交換意見。

【商榷】商討、斟酌。

【商略】討論、籌劃。

【參度】討論、商量。

【評度】商量；研究。

【研討】研究討論。

【座談】不拘形式的自由討論。

【不語】不說話、不談論。

【就事論事】就事情的本身加以評論，不涉及題外。

【朗朗高談】大聲談論事情。

【高談闊論】暢快而沒有拘束地談論。也作「高談快論」。

【不足為道】不重要，不值得談論。

【你一言我一語】每個人針對某一問題，爭相提出自己的意見。

【顧左右而言他】閃避主題而去談論其他事情。

有一團約二十人的旅遊團也在等車，是中老年人，嘰嘰喳喳，小孩子遠足的興奮；熱烈討論著中午吃了什麼，一個說他只吃一碗切仔麵，「不是錢的問題啦。我的錢多得要拿出來曝，銀仔角都撒給雞去蹭。」「人講生吃都莫，擱想欲曝乾。你還拿錢出來曝，有錢人喔！」（劉靜娟〈這樣的背巾，哪裡買？〉）

即使在最不足以談論的日常裡，我們偶爾也會在既定軌道迷惘片刻吧。似乎有一條不易馴服的思緒情縷，像靜悄悄的蛇，像不臨水的釣鉤，潛伏於內心深處，偽裝、冬眠、忍耐，忽而在不明所以的剎那，探出來對自己嘆息：「啊，漫長！」（簡媜〈小徑〉）

探春聽了，便和李紈命人將園中所有婆子的名單要來，大家參度，大概定了幾個。又將她們一齊傳來，李紈大概告訴與他們。眾人聽了，無不願意，也有說：「那一片竹子單交給我，一年工夫，明年又是一片。除了家裡吃的筍，一年還可交些錢糧。」這一個說：「那一片稻地交給我，一年這些玩的大小雀鳥的糧食，不必動官中錢糧，我還可以交錢糧。」（清・曹雪芹《紅樓夢・第五十六回》）

他一直坐到深夜。與這同時，在那高級指揮部裡，有多少幹部抱著小小的油燈，在研討每一戰鬥的經過，總結出經驗。有多少人正鑽研馬克思列寧主義的政治理論，毛澤東的戰略戰術思想，和蘇聯的先進軍事理論與經驗。有多少專家在研究新的武器與新的技術。我們的戰士，即使是在前線，每天也須學習文化。這樣，賀重耘的努力前進不是絕無僅有的，不過突出一些罷了。（老舍《無名高地有了名》）

李梅亭把部頒大綱和自己擬的細則宣讀付討論。一切會議上對於提案的贊成和反對極少是就事論事的。有人反對這提議是跟提議的人鬧意見。有人贊成這提議是跟反對這提議的人過不去。有人因為反對或贊成的人跟自己有關係所以隨聲附和。（錢鍾書《圍城》）

隔鄰有人因為彭定康的施政報告而爭拗起來，一個鼻樑上托著厚厚的近視鏡片的男子指著報紙上肥彭的照片破口大罵，說股市跌了一千點都是彭督一手造成。另一個滿臉鬍子渣的男子則反唇相譏，大肆抨擊共產黨的滅絕人性，連香港人要爭取些少自由也不放過。接著隔著另一桌有人高聲質問說話的是中國人還是漢奸，一時你一言我一語，氣氛變得緊張起來。（董啟章〈看（不）見的城市〉）

誰能擔保對面的人不把你的腦袋換取八圈麻將的賭本？F居然敢在我面前吞吞吐吐說了這麼半句：「就怕的是漁翁得利，徒為仇者所快……」可是我想起那天F的「往多處報」的「理論」，就沒有理由相信他不會將我出賣。我怎敢有所表示呢？我只笑了一笑，便顧左右而言他。口是心非的人，這裡有的是。（茅盾《腐蝕》）

議事

【議事】研商、討論公事。

【建議】對事情的處理方式提出意見。

【進言】向師長或長官建議。

【提議】提出建議。

【擬議】擬訂或提議。

【倡議】首先提議。

【創議】開始提出建議。

【動議】 會議中提出的建議或提案。

【附議】 討論時同意別人的提議，作為共同的提議人。

萬沒料到，敵人是那麼囉嗦，那麼好事，那麼認真，他們一天到晚來找他議事，使他絕對沒有溫讀《東萊博議》的工夫。一切的規章、命令、公文，他都須簽蓋，若只是簽名蓋章也就還簡單；不，他們還教他發表意見。他根本沒意見。當他年富力強作官的時候，對上司他只有點頭稱是；對屬下他只須端著水煙袋發個極簡單的命令。他不會發表意見。連作文章的時候，他也沒有意見，而只有抄襲——把前人說過的再說一遍。（老舍《火葬》）

加上當時小妹的年紀也小，約莫是國小五、六年級的時候，跟隨母親似乎是理所當然的事情，只是，母親自己也正徬徨無措面臨著未來沒有丈夫的日子，對她一向不甚友善的眷村，在父親離世之後，已經不具有任何留下來的吸引力了，選擇離開是當下唯一可行的路，至於去哪裡？也只有走一步算一步了。而當時聽聞父親驟然過世消息的部落親人，在趕來協助之後，提出了母親回歸部落的建議，適時地為母親開啟了一條未來的路途。（利格拉樂．阿女烏〈彩虹衣與高跟鞋〉）

我連忙伸出手，問好。知道了我現在的情形，她爽快地提議我不妨在櫃台留個條子，加入她的聚會，等朋友來了再說。我正感一人等待無聊，就高興地同意了。由她帶領，我們穿過大廳，經過幾間人聲喧囂杯盤狼藉的餐室，拐過幾重彎，進入一個很長的過道，周圍一時靜了下來。路似乎走不完，幸好有她不時找些話說才打破寧靜。（李渝〈無岸之河〉）

五世紀中葉，匈奴將來侵巴黎，全城震驚。她力勸人民鎮靜，依賴神明，頗能教人相信。匈奴到底也沒有成。以後巴黎真經兵亂，她於救濟事業加倍努力。她活了九十歲。晚年倡議在巴黎給聖彼得與聖保羅修一座教堂。動工的第二年，她就死了。等教堂落成，卻發見她已葬在裡頭。此外還有許多奇異的傳說，因此這座教堂只好作為奉祀她的了。（朱自清〈巴黎〉）

她們到校長室時，錢麻子正用了喊口令的調子在演說他的意見。他那短促而上下又不接氣的斷句早已使得在座的各位十分不耐……吳醒川老實不客氣地截斷了錢麻子的話語，提出臨時動議來：「老錢不用再演說了，聽密司周報告她接洽的結果罷！」錢麻子卻不依，漲紅了臉，更大聲地喊：「還有一件……造謠，搗亂，都是，的的確確，他們的！」「說來說去都是些大家早已知道的事兒。謝謝你坐下來罷！時間寶貴哪！」（茅盾《虹》）

到下午四時許，雨勢漸弱，五時，只間有細雨，我忽然提議到川端橋看水去，喆弟附議，豫倫兄亦欣然同行。我們是步行去的，到得橋上，但見河水滔滔，湧瀉翻滾，好不動人。那時淡水河兩岸的北市和永和，尚無今日繁華，一片茫茫。我生在華北，而生平未到過黃河，想見驚滔駭浪，叫哮東流的情景，大概也具體而微了，豈會不生故國之思？（莊因〈雨天〉）

評論

【評論】批評與討論。

【評議】商量、討論之後加以評斷。

【評判】批評、判定。

【評定】經過評判或審核來決定。

【評價】評定人事物價值的高低。

【評說】批評、論說。

【評介】評論介紹。

【評理】依據道理，評論是非。

【評度】評說；評論。

【評析】評論分析。

【評選】以公平的態度評論比較，並推選優劣。

【評騭】評定。

【評跋】評論。也作「評詖」。

【點評】指點評論。

【品評】鑒賞評論。

【品題】評論人物或作品的高下優劣。

【褒貶】評論是非、優劣。

【臧否】評論、褒貶。

【論贊】史傳末所附的評論。

【公議】眾人的評論、公斷。

【講評】解說評論。

【篤論】確當的評論。

【泛論】總論。

【別論】另做議論。

【月旦評】漢代許劭喜歡品評人物，每月變更評論品題，而稱之。後用來泛指品評人物。

【論古說今】形容談論的話題廣泛，題材旁及古今中外。

【平心而論】平心靜氣地來評論。也作「平心而談」。

【高談闊論】空泛、漫無目的地大發議論。

【不予置評】不發表任何評論或看法。

【又當別論】應當另作評價。

【另當別論】依不同的情況另做考量和評斷。

我們總和遠方競跑，比較幸運的是，並沒有誰真能夠跑到比遠方更遠的地方來**評定**我們是否輸了。我們可以很放心的繼續下去，尋找下一站的花和水源，那也許遙遠如太空的無極，我將沿路辨識我認得的星座的名字，並且抵抗他們的光芒。（童大龍〈交談〉）

千秋萬歲名，寂寞身後事。杜甫如此**評價**和嘆息李白，不知他對自己是否也有這種預感？杜甫和李白一樣有千秋萬歲之名，這已是毫無疑問的了，李白的故里與墓地我還無緣瞻拜，但河南筑縣現為筑義市的杜甫故居，卻依然湫隘寒傖，杜甫墓園也只是封土一堆，青碑一塊。（李元洛〈汨羅江之祭〉）

年近七旬的歐巴桑提著保溫壺，由前樓的磁磚走廊踽踽走來，一蹭一蹬地登上了這狹窄的日式閣樓。大概以為我忘了取茶水吧？地板發出吃力的喀吱聲。明晨，又要上玉山區了，凝視著小茶嘴的殘樣，我突然想起小學時代的歐桑。想起他悄悄來到這裡的入山小城，躲在旅社內，**品評**日文旅行書籍的背影。（劉克襄〈八通關古道〉）

立齋師雖是舊派文人，但特立獨行，顯非主流，那時他已逾從心所欲之齡，但身體不好，個性耿介，經常臧否學界人物，想來要受歡迎也難。（李瑞騰〈雲山蒼蒼——想我華岡的師長〉）

與其說醫院家庭化，毋寧說醫院旅館化，最像旅館的一點，便是人聲嘈雜，四號病人快要咽氣，這並不妨礙五號病房的客人的高談闊論；六號病人剛吞下兩包安眠藥，這也不能阻止七號病房裡扯著顙子喊黃嫂。醫院是生與死的決鬥場，呻吟號啕以及歡呼叫囂之聲，當然都是人情之所不能已，聖人弗禁；所苦者是把醫院當做養病之所的人。（梁實秋〈病〉）

十年前正是五四運動的時期，大伙兒蓬蓬勃勃的朝氣，緊逼著我這個年輕的學生，於是乎跟著人家的腳印，也說說什麼自然，什麼人生。但這只是些範疇而已。我是個懶人，平心而論，又不曾遭過怎樣了不得的逆境；既不深思力索，又未親自體驗，範疇終於只是範疇，此處也只是廉價的，新瓶裡裝舊酒的感傷。當時芝麻黃豆大的事，都不惜鄭重地寫出來，現在看看，苦笑而已。先驅者告訴我們說自己的話。不幸這些自己往往是簡單的，說來說去是那一套；終於說的聽的都膩了。——我便是其中的一個。（朱自清〈論無話可說〉）

還有月亮哩，也是只在那麼循行，自有地球有人類以來的一套老調，初一出，月半圓，月底全沒有，而無論那一處的無論那一個人，看了月亮，總沒有不喜歡的，當然瞎子又當別論了。自然的偉大，自然的與人類有不可須臾離的關係，就此一點也可以看出來了，這就是欣賞自然景物的人類的天性。（郁達夫〈山水及自然景物的欣賞〉）

二 資訊傳遞

1 傳達

傳播

【傳播】廣泛地流傳。
【傳布】傳播散布。
【傳輸】傳導、輸送。
【傳聞】輾轉聽說。
【相傳】長期以來經眾人之口輾轉傳述，並非親眼所見。
【流傳】流行、傳布。

【流布】到處流傳。
【散布】到處傳布。
【散播】傳播、散布。
【擴散】擴大、散開。
【傳說】輾轉述說。
【傳述】輾轉述說。
【口傳】以口頭傳話。
【哄傳】眾口相傳。

【廣傳】廣泛傳播。
【盛傳】廣泛流傳。
【傳揚】廣泛流傳。
【報導】透過各種傳播媒體將新聞告知大眾。
【播報】以無線電波或聲波放送的方式報導。
【訛傳】誤傳、謠傳。

【以訛傳訛】將不正確的訊息繼續傳遞。
【不脛而走】不用腿也能到達，比喻事物不用推廣，也能迅速傳播。脛，小腿。
【口耳相傳】口說耳聽，互相傳說。

外國傳教士走後，換了族人牧師到信徒家裡作禮拜。族名叫刨奈的牧師，青年時期讀過公立農校，又到神學院深造，可說是部落裡的知識份子。刨奈精通多種語言，厚厚的一本日文《聖經》，能翻譯成族語或漢語，在其他族群部落也能暢行無阻的傳播福音。憑著上帝代言人的身分，深受許多人的尊重和禮遇，但是，他敬愛的天父卻無法圓得了他的婚姻。（根阿盛〈屋漏痕〉）

傳聞黃蝶娘的親生母親，就是被她用法術魘死的，而指使霞女下手的竟然會是黎美秀。我不止一次旁敲側擊地向黃蝶娘打探她家族黑暗的祕密，讓她證實這項最聳人聽聞的傳說，可惜始終無法得到肯定的答覆。（施叔青《寂寞雲園・第五章》）

相傳李鴻章遊倫敦，有一回，英國紳士請他看賽足球。李氏問：「那些漢子，把球踢來踢去，什麼意思？」英國人說：「這是比賽。而且他們不是漢子，他們是紳士。」李氏搖搖頭說：「這麼大熱天，為什麼不僱些傭人去踢？為什麼要自己來？」這可說明中國文人不釣魚的原因。（林語堂〈記紐約釣魚〉）

中國文人歷來最看重官運，他們生命的衝動大都是圍繞著一官半職轉，轉上去就意味著飛黃騰達，轉不上去就只有落魄潦倒；即使落魄潦倒如《儒林外史》中的老童生周進，一絲癡念，也仍舊圍著考場呼悠悠地打轉。「去考場放個屁，也替祖宗爭口氣。」流傳在陳獨秀家鄉安慶一帶的這句俗諺，勾勒了一代又一代讀書人悲哀的然而又是無可逾越的價值取向。（卞毓芳〈煌煌上庠〉）

有時我不小心聽到人們竊竊講話，細聲傳說某種不快的故事，關於刀槍和監禁，關於血，失蹤，死亡等等。我沒有完全聽懂，但也能意會到那緊張的氣息。（楊牧〈一些假的和真的禁忌〉）

在十天之後，我在廣西遇見一位從廣州去的朋友，他說，廣州盛傳胡適之對陳伯南說：「岳武穆曾說：『文官不要錢，武官不怕死，天下太平矣。』我們此時應該倒過來說：『武官不要錢，文人不怕死，天下太平矣。』」——這句話確是我在香港對胡漢民先生說的。（胡適〈說儒〉）

戴伯代發明棒球的神話故事，早就被一批史家和棒球專家否定，有點頭腦的人不會再相信這則神話了。

但最近一個有身分的知名人士竟公然表示棒球就是戴伯代發明的，並封他為「棒球之父」，這個還在以訛傳訛的人就是美國職棒大聯盟會長塞利格（Bud Selig）。（林博文〈棒球究竟是誰發明的〉）

台灣眾軍民這一個多月來，日日夜夜都在擔憂，生怕皇帝堅執要棄台灣，大家都說，皇帝的口是「金口」，說過了的話，決無反悔之理。施琅這句話一出口，岸上眾官員聽到了，忍不住大聲歡呼，一齊叫了起來：「萬歲，萬歲，萬萬歲。」消息不脛而走，到處是歡呼之聲，跟著劈劈啪啪的大放爆竹，比之過年還熱鬧得多。（金庸《鹿鼎記》）

傳達

【傳達】將訊息或意見散播、發布。

【傳話】把一方的話轉述給另一方知道。

【傳述】輾轉述說。

【傳說】輾轉述說。

【傳報】傳達通報。

【傳宣】傳達宣布。

【轉述】把別人的話說給另外的人聽。

【轉告】把一方的事情或意見傳達給另一方。

【轉達】代為通知傳達。

【複述】重複敘述別人或自己說過的話。

【報告】告知。就某些問題向聽眾作系統的講述。對上級或長輩所作的書面或口頭的陳述。

【溝通】指意見、情感、訊息的傳遞交流。

【留話】留下要傳達的訊息，請他人轉達。

如果台北是被誤讀，香港則是被抽讀。這樣，我們的故事才動聽，容易記住和轉述；香港很好用隱喻來概括，也可以供大家拿去做隱喻。知道太多、記得太多，不利隱喻運作。好故事就是要去掉蕪雜，是簡約、壓抑、遺忘。（陳冠中〈三城記〉）

湖色越遠越深，由近到遠，是銀白、淡藍、深青、墨綠，非常分明。傳說中有這麼一個湖是古代一個不幸的哈薩克少女滴下的眼淚，湖色的多變正是象徵那個古代少女的萬種哀愁。（碧野〈天山景物記〉）

來人說了些閒話，言歸正傳轉述到順順的意見時，老船夫不知如何回答，只是很驚惶的搓著兩隻繭結的大手，好像這不會真有其事，而且神氣中只像在說：「那好的，那妙的，」其實這老頭卻不曾說過一句話。（沈從文《邊城》）

兒子出門前，許多朋友聽說了，都警告我中南美是個落後、缺乏秩序的地方，要我轉告他得步步為營。兒子去了祕魯一段時間後，來信說一切都十分圓滿，祕魯根本不像大夥兒說的那樣危險、恐怖，要我們不用擔心！哪裡料到，這約莫就是所謂的「風雨前的寧靜」，其實危機已然四伏。（廖玉蕙〈遠方〉）

她卻是什麼都記得：我的言辭，竟至於讀熟了的一般，能夠滔滔背誦；我的舉動，就如有一張我所看不見的影片掛在眼下，敘述得如生，很細微，自然連那使我不願再想的淺薄的電影的一閃。夜闌人靜，是相對溫習的時候了。我常是被質問，被考驗，並且被命複述當時的言語，然而常須由她補足，由她糾正，向一個丁等的學生。（魯迅〈傷逝〉）

五月初如約地回到歐洲的家。飛飛和哥哥正在院子裡挖蚯蚓。丟下鏟子，奔跑過來，滿手黑泥，爭相擁抱，嘴裡卻繼續報告季節的消息：「快點來看，媽媽，竹子開花了，好漂亮！」竹子開花了？放下行囊，我們走向花園西角的竹叢。啊，真的開滿了花穗，鼓脹地包在紅褐色的苞片裡。早晨淡淡的陽光灑在竹叢，升起一點薄霧的感覺。（龍應台〈一株湖北的竹子〉）

一個「進入狀況」的研究者，會將那個時代那個社會的許多條件，視為當然，不再驚訝，也不再需要解說。研究者與研究者間彼此溝通用的專題論文，站在這種「進入狀況」的基礎上。彼此假定有很多事是不值得，不需要說明的，很多事是既成既予的背景、前提，於是論文只討論背景之上需要深究的細節問題。（楊照〈中國心靈的轉譯家〉）

告訴

【告訴】向人訴說；通知。

【告知】告訴；通知。

【告示】把意思明白地告訴他人。

【訴說】敘述；說明。

【哭訴】哭著訴說。

【細訴】詳細地訴說。

【啟告】告訴。

【示知】告知或寫信通知。

【傳示】告知。

【傳語】傳話、告知。

【面告】當面告知。

【面諭】當面告知。

【遍告】四處告知。

【曉示】明白告知，使人領會。

【曉諭】明白告知，使人理解。

【奉告】告知的敬詞。

【稟告】下屬對上級或晚輩對長輩報告。

【賜告】請人告知的敬詞。

【囑】叮嚀、託付。

【囑咐】吩咐；囑託。

【囑託】吩咐、託付。

【叮嚀】反覆地囑咐。

【叮囑】再三叮嚀囑咐。

【吩咐】用言語使人照自己的意思去做。

【交代】囑咐、叮嚀。

【雅囑】稱他人吩咐的敬詞。

【奔相走告】奔走著互相告知，傳告重大的消息。

【無可奉告】沒有什麼可以告知的。

我告訴她這首小詩，她平靜地微笑，也不說好或不好。並肩穿過牧場的晨光，雲淡風清，牛兒在遠處嚼草，戀愛其實並不苦惱，但也不是那樣放縱地歡樂，彷彿一種寧靜，走進很深很深的心裡，讓你有了一片可以歇息的美蔭。（徐國能〈樹若有情時〉）

不管白鯧秋刀吳郭魚鮭魚片、海來的河釣的，在魚滑鍋前，爸爸向來都不在魚身抹鹽巴。媽媽總會告知他，那可以去腥，也可以穩定油溫、不激飛油花。但爸爸總是獨斷獨行，像是在為對抗而對抗、否認聽從地，不抹上這一層叮嚀。不過，爸爸也有自己的骨氣，就算被火油彈得冒水泡了，他也很少在媽媽面前，多吭一句，痛！（高翊峰〈料理一桌家常〉）

而日光光質一致的時間不帶時間感，例如當你早上聞到新出爐的糕餅的香味，新泡好的咖啡或豆漿的香味，不免立刻洋溢起鬥志充滿了人生希望於是熱情地工作下去。不知覺間黃昏到來光質改變，從進取的明色變成退縮的暗色，從肯定的直照便成懷疑的斜照，突然告示一天就要結束。（李渝〈無岸之河〉）

當他的頭升上閣樓時，那狹扁的窗戶裡忽然透進了極其皓潔的月光，灑滿在三角形的屋頂上面。那日光裡的塵埃像是在月光裡沉澱了，空氣是那樣清澄透明，連那一懸蜘蛛網都閃著銀色的光亮，像網著一兜水銀。萬籟俱寂，那一圈高高低低的爐子，活了起來，無言地向他訴說著什麼。（王安憶〈閣樓〉）

這個城市，有老兵、也有青年；在青年的眼中，老兵已成為一種傳奇。看著台北的「四郎探母」，楊四郎十五年回不了家，想念母親，看看台下的老兵，從一九四九年算起，也已經近三十年回不了家，「唉，千拜萬拜，贖不過兒的罪來」，台上哽咽哭訴，台下一片默然，這城市的傳奇看在年輕一代眼中，知道是一頁史記了。（蔣勳〈顧正秋傳奇〉）

倘然還具有夢想的學力，不管做的是猙獰凶狠的噩夢，還是融融春光的甜夢，那麼這些夢好比會化雨的雲兒，遲早總能滋潤你的心田。看書會使你做起夢來，聽你的密友細訴衷曲也會使你做夢，晨曦，雨聲，月光，舞影，鳥鳴，波紋，槳聲，山色，暮靄……都能勾起你的輕夢，但是我覺得火是最容易點著輕夢的東西。我只要一走到火旁，立刻感到現實世界的重壓一一消失，自己浸在夢的空氣之中

了。（梁遇春〈觀火〉）

故園東望路漫漫，雙袖龍鍾淚不乾。馬上相逢無紙筆，憑君傳語報平安。（唐・岑參〈逢入京使〉）

第二天他母親知道了，大發脾氣，不許再提這話。羅回到杭州，從此不再回家。他母親托他舅舅到杭州來找他，百般勸說曉諭。他也設法請一個堂兄下鄉去代他向家裡疏通。托親戚辦交涉，向來是耽誤時候，而且親戚代人傳話，只能傳好話，決裂的話由他們轉達是靠不住的，因為大家都以和事佬自居，尤其事關婚姻。拆散人家婚姻是傷陰騭損陽壽的。（張愛玲《五四遺事》）

茶樓失去了茶客，猶如壯士失去了戰場，一種無所適從的空洞，我深刻地感受到這股空茫，在已經打烊的大廳中央。不過表舅卻很熱情的招呼我，似乎把招待十桌熟客的熱情濃縮在一起，話題像一桌令胃瘋狂的廣東點心，食慾在盤子與盤子之間手舞足蹈，一件事才談上幾句，又急著談另一件事，我好不容易才把近五年的家族大事奉告完畢，又得端上一盤蒸騰騰的話題。（陳大為〈茶樓消瘦〉）

流徙的難民們，懂得用寬闊的斗笠來抗拒惡毒的午後太陽，卻用毫不設防，疲憊而哀傷的背部來承受越共猛烈的子彈與刺刀，用死作為對生命最嚴酷的抗議啊！我哀傷的瞥見——一個瀕臨死亡，重創的婦人，流淚，無語的將懷裡的幼兒交付給陌生的旅伴，殷殷囑咐，含恨而逝……用母親偉大而豐饒的肉體去承受苦難，為了護衛懷中的初生兒；因為他們將是煉獄般之浩劫後，僅有的寄望。（林文義〈煉獄〉）

行者道：「你這個呆子！我臨別之時，曾叮嚀又叮嚀，說道：『若有妖魔捉住師父，你就說老孫是他大徒弟。』怎麼卻不說我？」八戒又思量道：「請將不如激將，等我激他一激。」道：「哥啊，不說你還好哩，只為說你，他一發無狀！」（明・吳承恩《西遊記・第三十一回》）

她對我微笑，以超乎尋常的尊嚴看我，帶著好奇和不知道怎麼突然產生的悲傷看我，細眉之間擰出一道皺紋，迅即平復，長長的兩眼閃著水光，又很快退潮。她默默不說話，也不問我任何問題，只和她兒子交代一聲就朝黑暗深處踱進去，鬱悒的身影。（楊牧〈程健雄和詩與我〉）

在平常的情形之下，發言人可以只說「不知道」，既得體，又比較婉轉。這個不知道其實是「無可奉告」，比「不能奉告」或「不便奉告」語氣略覺輕些。至於發言人究竟是知道，是不知道，那是另一回事兒，可以不論。現代需用這一個不知道的機會很多。每回的局面卻不完全一樣。發言人斟酌當下的局面，有時將這句話略加變化，說得更婉轉些，也更有趣些，教那些記者不至於窘著走開去。（朱自清〈不知道〉）

通知

【通知】告知。
【通告】傳達、通知。
【通報】通知、報告。
【知會】通知照會。
【知照】知會、照會。
【照會】示意、通知。
【關照】通知。
【布達】通知。多用於上級對下級。
【宣敕】通知傳達命令。
【預告】對某事做事先的通知。
【匿報】不具名或不具真實姓名的通報。

一張瘦而冷的女孩的臉貼在窗玻璃，淡淡問：「掛號嗎？」「是啊是啊！」老吳推開老梁：「別嚷嚷，我來我來！」「哎哎小姐，我們是李大夫的老朋友，麻煩你通報一聲，我叫吳得功，他叫梁傳勝。」「掛號！」瘦而冷的女孩丟出這麼一句不耐煩的話：「大夫很忙。」老吳也有點不高興，將空

白的診斷書推進小窗子：「我們等他。」（履彊〈都是那個祁家威〉）

他打口袋裡掏出那張單子，琢磨著。他得拜會所有幫過他忙的人，特別是官面上的和地痞流氓頭子，得給他們幾張招待券，求他們幫忙，照應。他還抽出時間，把在書場裡幹活的人都一一知會到：賣小吃的、賣茶水的、賣香菸瓜子的、管熱手巾把的、賣門票的、看座兒的、坎子上的，都招呼到了。他們下午四點來，要先祭祖師爺和財神，求個吉利。（老舍《鼓書藝人》）

我只覺得，那場斜斜的雨霧，像一支輓歌圍繞我們的村子，像預告甚麼即將凋零，我不知道是我的年齡或是對你的崇拜？自從你開始在晚間閉門喝酒，我便停止每晚去看你的習慣。而且，我應該坦白說出，你的轉變，突然釋去我內心的負擔。我可以全心去崇拜我的遠方，我已決心離開這個貧窮的村子。（陳芳明〈為了忘卻的紀念——焚寄吳錦翔〉）

敘述

【敘述】說出或寫出事情的前後經過。
【講述】敘述、解說。
【敘說】口頭敘述。
【述說】口頭敘述。
【口述】口頭敘述。
【論述】敘述和分析。

【表述】表達陳述。
【自述】述說自己的事情。
【陳述】敘述事情。
【陳說】陳述。
【鋪陳】詳細陳述。
【追述】述說過去的事情。
【綜述】綜合陳述。

【重述】再一次敘述。
【簡述】簡單地敘述。
【複述】重複敘述別人或自己的話。
【列述】列舉敘述。
【倒敘】先敘述事情的結局或某段情節，再回頭鋪敘過程。

【概述】大略敘述。
【盡述】詳細敘述。
【申述】詳細敘述。
【描述】用語言文字來表達事物的情況。
【記敘】記載敘述。

【指陳】指明和敘述。

【轉伸】輾轉敘述。

【娓娓道來】生動而不間斷地描述。

【口口聲聲】不停地陳述、表白，或把某一說法常常掛在嘴邊。

【輕描淡寫】本指繪畫時用淺淡的顏色輕輕描繪，後比喻描寫或敘述著力不多，簡單帶過、不加渲染。

【平鋪直敘】無曲折，不假雕飾，按次序平淡地敘述。

【一言難盡】不是一句話就說得完，形容事情曲折複雜，很難簡單敘述概括。

那段禍福難測的日子裡，我常常想起男孩對我敘述的事故，在一片恐懼的黑暗中，彷彿是他走到我的身邊來，對我訴說著安慰的話，那是多年前我想說終究沒有說出來的。我因此獲得了平安。（張曼娟〈青春並不消逝，只是遷徙〉）

到現在，我還清晰地記得：冬景天，我們爺兒倆，偎坐在草垛根下，曬著暖烘烘的三九陽光，他對我講述山海關的一些傳說、故事的情景。那雄偉的城樓，那顯要的形勢，那悲壯的歷史，那屈辱的陳跡，那塞上的風雪，那關外的離愁……（峻青〈雄關賦〉）

那時，我慣愛膩在大人身邊，聽他們敘說自己的世界。大人總是很放心我，他們知道我是一個沉默的孩子，不會帶走或轉述這些祕密。爸爸的祕密。媽媽的祕密。奶奶的祕密。姑姑的祕密。我愛這樣被默默地允許，好像藉著語言踏入一個未知的世界——我想，我真是個好命的孩子，並且，我其實完全不介入那些祕密。（孫梓評〈福耳朵〉）

昨天她打電話來說家附近開了間購物中心，「很多名品店，我幾乎天天約了王太太去，去喝咖啡什麼的，喝那個Espresso，但又怕喝多了老睡不著覺。昨天買了BALLY的鞋子，還買POLO休閒服給你，正在打八折……」，她的聲音有氣無力地叨叨陳述著，而聲音背後卻是非常安靜，我想現在電話一頭的那個家裡只有她一人對著一櫃子上千雙的鞋子，互相在夜中默默散發出皮革的氣味。（郝譽翔〈飛行紀事〉）

而你要敘述的又是被政治污染的個人，並非那骯髒的政治，還得回到他當時的心態，要陳述得準確就更難。層層疊疊交錯在記憶裡的許多事件，很容易弄成聳人聽聞。你避免渲染，無意去寫些苦難的故事，只追述當時的印象和心境，還得仔細剔除你此時此刻的感受，把現今的思考擱置一邊。（高行健《一個人的聖經》）

我小時候，每年除夕，你祖父總要跟我重述一次「我們駱家」的家族故事：那不外乎是一些發生在農村裡的賒贈豬肉給窮人，結果自己窮當了褲子之類的粗糙情節。有一些價值在其中：「濟弱扶傾」、「光棍」、「眾人皆舉大拇指說你祖父：仁厚」。（駱以軍〈活著，像一支駝隊〉）

北京是我兩年來住居的地方，見聞自然較近些。上海的新氣象，我雖還沒有看見，但從報紙、雜誌上，從南來的友人的口中，也零零碎碎知道了一點兒。我便想就這兩處，指出我說的那些人在走著那些路。我並不是板起臉來裁判，只申述自己的感想而已；所知的雖然簡陋，或者也還不妨的。（朱自清〈哪裡走〉）

他一生的興趣好像是放在不厭其煩的與人說明一件事情上面，細說從頭，娓娓道來，有這種性格的人最適合做教師。他是一個天生的解釋者，他的論文《景午叢編》、《龍淵述學》與散文《永嘉室雜文》，似乎也都在扮演這種角色。（周志文〈台大師長〉）

生命的歷史一頁一頁的翻下去，漸漸翻近中葉；頁頁佳妙，圖畫的色彩也加倍的鮮明，動搖了我的心靈與眼目。這幾幅是造物者的手跡。他輕描淡寫了，又展開在我眼前；我瞻仰之下，加上一兩筆點

綴。（冰心〈往事〉）

那應該是個薄夏的午後，我仍記得短短的袖口沾了些風的纖維。在課與課交接的空口，去文學院天井邊的茶水房倒杯麥茶，倚在磚砌的拱門覷風景。一行瘦櫻，綠撲撲的，倒使我懷念冬櫻凍唇的美，雖然那美帶著淒清，而我寧願選擇絕世的淒豔，更甚於平鋪直敘的雍容。（簡媜〈四月裂帛——給憂情〉）

形容

【形容】描述、描寫事物的狀況。

【描寫】用文字、色彩或圖畫來表現事物的情狀。

【描述】以語言文字來表達事物情況。

【描繪】用文字描寫。

【描摹】依樣描寫或繪畫。

【摹狀】形容描寫事物。

【勾勒】簡單描寫事物的大致狀況。

【勾畫】以簡短的文字描寫事物。

【刻畫】仔細描摹。

【刻鏤】描繪修飾。

【抒寫】抒發描寫。

【淘寫】傾出心緒並加以描寫。

【言狀】用言語來形容或描繪。

【輕描淡寫】本指繪畫時以淺淡色彩輕輕描繪。後也指著力不多的描述。

【歷歷如繪】描寫、陳述得清楚，畫面彷彿在眼前。

【難以言喻】無法以言語形容。

【無以名狀】難以描述、無法形容。

【不可名狀】不能用語言形容。

【無以名之】不知道用什麼來表達它；無法形容。

【不堪言狀】事情太醜陋，無法形容。

因此不能只用精緻美麗來形容他的音樂。一般說來，巴哈寫作不是深思熟慮的那種，他許多作品往往一揮而就。巴哈不像布拉姆斯，每件作品都反覆思考，形式與內容，一絲不苟的；布拉姆斯常把輕快

的化為遲重，而巴哈總是把繁複的化為簡單。（周志文〈聽巴哈〉）

我寫了一個開頭，描寫啞巴被村人羞辱的情形，接下去應該寫出那場災禍以及他的勇敢的行動了。這時，我被這個設想的英雄所感動，但是卻想不出那場要以他一個人的力量來搭救的災禍是什麼性質，也想不出搭救的方式。最後我有點沮喪，因為我小小的頭腦裡非常混亂，我不知道如何去安排我假想的英雄。（張菱舲〈逝去的瞬間〉）

草原原本就寂靜，現在在那一片低於冰點的雪白下，則更加寂靜了。牧民仍在第一道陽光撒在這片雪原上時，毫不偷懶地開始一天的工作。炊煙在雪原上飄蕩，婆婆仍舊喜愛在一清早，開著她最喜愛的收音機聽著我聽不懂的音樂。婆婆總是微笑著皺紋沉醉在描述青年與少女的高亢歌詞之中。婆婆熱情的向我解釋音樂中每個音的意義，即使一個發自喉嚨無法釋意的聲音，婆婆都能享受著。（洪川〈雪原之音〉）

蘇東坡說：「山間之明月，水上之清風」是「造物者之無盡藏」，可以隨意享用。但造物所藏之外，還有世人所創的東西呢。世態人情，比明月清風更饒有滋味；可作書讀，可當戲看。書上的描摹，戲裡的扮演，即使栩栩如生，究竟只是文藝作品；人情世態，都是天真自然的流露，往往超出情理之外，新奇得令人震驚，令人駭怪，給人以更深刻的效益，更奇妙的娛樂。（楊絳〈隱身衣〉）

謫仙作詩，慣用誇張手法，但他刻畫三峽之險峨：「上有六龍回日之高標，下有衝波逆折之迴川。黃鶴之飛尚不得過，猿猱欲度愁攀援。」則全是寫實。峽中景色變化無常，適才還是「高江急峽雷霆鬥」，令人目駭神搖，霎時浮蕩，一變而為惝恍迷離，幻成一幅絕妙的米家山水。（王充閭〈讀山峽〉）

長篇議論文發展了工具性，讓人們更如意的也更精密的說出他們的話，但是這已經成為訴諸理性的了。訴諸情感的是那發展在後的小品散文，就是那標榜「生活的藝術」，抒寫「身邊瑣事」的。這倒是回到趣味中心，企圖著教人「百讀不厭」的，確乎也風行過一時。（朱自清〈論百讀不厭〉）

伊豆半島旅行回來後的那個八月底和九月天，我像害了一場心病似地，整個人活在心靈驚恐的無意識裡，沒有傷感，也沒有無以復加的痛苦；時序進入秋涼，我已不再在觸目的懷念中，追求伊豆和修的幻影，對於這份原本美到難以言喻的傾慕追逐，我開始讓它從腦海中逐漸退下，我知道要在一時間裡將所有對於美的感受或感傷放下，的確不容易；如果我企圖集中念力，要求自己放棄那份長久以來即存在的，對於追求靈魂美的持續，那麼我意識中的愛便無法存活。（陳銘磻〈聽見櫻花雨落聲〉）

真的，雪中的山林的確美得難以比擬，由於雪光的反射，白濛濛的車窗，好像被一位只會使用白色作畫的藝術家，把整桶的白顏料以某種極抽象的意念，渲染成一朵朵無以名狀的花樣，景色優雅得令人為之目眩不已。（陳銘磻〈雪落無聲〉）

我眼看白色（或任何其他顏色）的才完成不久的建築很快便呈現灰黑了，外觀上纏滿了電線，脫落的馬賽克，大幅但顏色敗壞的市招廣告，晾曬的內衣褲群，頹喪的盆景花草，和一切早應該被丟棄的無以名之的東西。我都看見了。這就是我所居住的城。我的城。（陳克華〈一座永不被完成的城〉）

說明、解釋

【說明】用言語或文字來解釋明白。

【重申】再一次申述。

【情感或事物的真相。】

【申述】詳細敘述。

【告白】明白地告述。

【表白】說明自己的態度、情感或事物的真相。

【自白】表明個人意向。

【解釋】分析、說明某事的意義和原因。

【解說】解釋說明。

【分解】解說；說明。

【破解】分析解釋。
【詮說】詳細解說。
【剖釋】剖析解釋。
【闡釋】詳細敘述並解釋。
【闡明】把道理解釋清楚。

【闡發】闡明並發揮。
【闡述】說明敘述。
【釋疑】解除疑惑、疑難。
【析疑】剖析解答疑難。
【交代】解釋、說明。

【補述】補充說明。
【備註】指附加必要的注解說明，或注解本身。
【不言而喻】事理淺顯，不待說明，即可理解曉悟。

【難言難說】難以言說，不容易說明清楚。
【百般解說】不斷地說明解釋。
【死說活說】百般解說。

換句話說，從前門進來的，只是形式上的女婿，雖然經丈人看中，還待博取小姐自己的歡心；要是從後窗進來的，才是女郎們把靈魂肉體完全交托的真正情人，你進前門，先要經過門房通知，再要等主人出現，還得寒暄幾句，方能說明來意，既費心思，又費時間，哪像從後窗進來的直捷痛快？（錢鍾書〈窗〉）

生命既脆弱又頑強，一開始便是如此告白了，也第恐未能如此，是以有許多時間處於絞扭，通常可以看到這兩者的連鎖，從這觀點很容易在人們身上發現幾乎屬於對立的特點，一時強悍，一時馴順，卻又能捏塑成某種程度的和洽，甚至對愛恨也是一般情調，擠壓到非生即死的短距離，這也正像那條出谷的溪流。（蕭白〈響在心中的水聲〉）

二點四公里，全是近七十度的陡坡，所謂碎石卻是比拳頭大些的石頭，或是如手掌般大的岩片。你偶爾抬頭看一看明亮的月，月光冷冷，冷冷的瞅著你，瞅得你心底冰寒。你真想表白你不是征服者，你只是在行進一段不得不走的路程。你終也明白從塔塔加鞍部到排雲山莊，和攻頂的這段相較其實算是容易行進的。你的心往回走，你的腳麻木地向前，幾回拉扯，你認命如過河卒子，因為只有向前才能

印證，才是完成。（方梓〈這個世界上只有山嶺〉）

瞿秋白的價值正在於他寫出了自己感受到的一切。當歷史塵埃落定，當走過風風雨雨，今天的人們似乎更容易理解瞿秋白，更容易理解〈多餘的話〉。他的自白，是一個政治家的靈魂解剖，是一個文人的千古絕唱，也是人格與精神的最終塑造。而且，它不僅僅屬於他個人。（李輝〈秋白茫茫——關於這個人的絮語〉）

韓愈說：「古之學者必有師。師者，所以傳道、授業、解惑也。」根據老師這三項任務，老師對學生都是有恩的。然而，在我所知道的世界語言中，只有漢文把「恩」和「師」緊密地嵌在一起，成為一個不可分割的名詞。這只能解釋為中國人最懂得報師恩，為其他民族所望塵莫及的。（季羨林〈站在胡適之先生墓前〉）

我們非常熟悉的許多革命者，在獄中在刑場，其壯舉可歌可泣，常常用一種型態或者原則，就被概括殆盡。瞿秋白卻不。他那樣英勇地就義，卻又那樣充滿憂鬱，充滿心靈感傷。對於他，顯然我們必須採取不同的複雜的方式來解說。（李輝〈秋白茫茫——關於這個人的絮語〉）

而那個在陽光下淋浴的男子的裸膚，那一對老少漁人的對談，在在給我很深潛的撞擊。那種力的展示，也許可說是生命的勃發吧！那老人說的膽大心細，倒是對生命態度做了最簡單而明確的闡述了，當然不僅止於漁撈，一個人要走他自己的路程，必須先具備熱烈而堅強的膽識，在莫測的前程上奔跑、衝刺；具備冷靜而莊嚴的心智，去分辨複雜的歧路和岔口。（向陽〈歸航賦〉）

2 公開

發表

【發表】公開表達或宣布。
【發言】說話，表示意見。
【發布】宣布通知。
【宣言】公開聲明。
【宣布】公開說明或表示。
【宣告】宣布。
【宣示】公開表示。
【宣稱】公開表示。

【號稱】宣稱、誇口。
【聲明】公開說明事實或表明態度。
【聲稱】聲明、宣稱。
【聲言】聲明，以文字或言語公開昭告大眾。
【揚言】故意宣揚、散布某種言論。

【放話】傳出訊息。多用於不正當的行為上。
【自稱】自我宣稱。
【昭告】明白地告知。
【昭示】明白地宣示。
【公布】向大眾公開某事情。
【公告】向大眾宣布事情。

【頒布】政府或高級行政主管機關將政令布告大眾。
【披露】發表、宣布。
【揭示】公布、宣布。
【揭曉】發表、公布。
【揭櫫】揭示、公布。

值得懷念的小城啊，他想，百年前的戰場，百年後的公園，蓋提氏之堡，林肯的自由的殿堂。一列火車正迤迤邐邐駛過市中心。當日林肯便乘這種火車，來這裡向陣亡將士致敬，且發表那篇演說。他預感得到，將來有人會懷念這裡，在中國，懷念這一段水仙的日子，寂寞又自由的日子，在另一個戰場，另一種戰爭之中。這次回去，他將再度加入他的同伴，他將投身歷史滔滔的濁流，泳向漩渦啊大漩渦的中心。（余光中〈塔〉）

他宣布可以回家的名單有了我，但那天在他的特赦之下考零分的人也都可以回去，這證明了世上沒有僥倖的光榮。他站在講台上又一副默默承受注目的樣子，他說：「妳！十分鐘後到辦公室找我。」捲成筒狀的考卷和我連成了一條虛線，令我心裡很慌張，又隱發著一種無以名狀的刺激感！（林麗芬〈女子學校男老師〉）

妳起飛的那一剎那，我坐在教室裡上國文課。我把錶脫了架擱在桌上，猜測在哪兩格間，我的愛情正式宣告死亡。然後假裝抄筆記，我趴在桌上給妳寫了一封信，告訴妳昨晚迷路的事。不能告訴妳這件事情會是我一生最難排遣的遺憾，所以我非把它寫下來不可，雖然寫了還是不寄的。（楊照〈記憶與遺忘〉）

小竊小騙有時候真的談不上道德與否，而確切地說是為了存活。一窮二白的日子，許多老老人經歷過，許多人也動過念頭。就說戰爭期間吧，號稱天照大神後裔的殖民者，餓得受不住時，大白天大太陽底下都敢跑至鄉下偷挖番薯蘿蔔。老祖父親眼看見，站著靜靜地看，老祖母轉身亦見到，正要張口呼喊，老祖父比出一個嚴厲的手勢，並時制止了老祖母與低吠的狗。（阿盛〈乾坤袋思想起〉）

然而，我們畢竟不是杜鵑花，也不是土撥鼠，不會脆弱得抵不住一時的凜冽和冰雪風暴，除非這些阻礙確是根生我們心中，使我們得了被迫害妄想症。那麼就算陽光下百花齊放，我們也會以為那不過是聖嬰惡作劇、噩耗的先遣部隊。結果只敢待在自己的小角落，在暗夜中徘徊徘徊復徘徊，還聲稱是大環境的壓迫。（王盛弘〈土撥鼠私語〉）

我，這個我便是以無知自稱，一天飲了幾杯薄酒，微微地有點醉意，便倚在竹床上打盹，忽然間神魂飄盪，我的身子便似駕著飛機一般，在半空中飛行，我怕的手足無措，兩眼卻緊緊地閉著，但聽得耳畔忽忽的風響，腳底滾滾的濤聲，不知那頃刻間便行了幾千萬里的路程，忽地風停浪靜，我的身子卻落在一個島上。（無知〈神祕的自制島〉）

表示

【表示】用言語或行動顯示出某種思想、意思、感情或態度等。

【表現】表示出來；顯示出來。

【表達】將心中的想法以言語或行動表示出來給別人知道。

【表明】清楚地表示自己的感情或意見。

【表態】表明態度。

【指出】指明，提出。

【指稱】指出、敘說。

【吐露】顯露、說出。

【發抒】表達。

【抒發】表達、發抒。

【發揮】把意思、能力或精神表現出來。

【示意】以表情或動作、言語來表達意思。

【意味】體會、表示。

【言傳】說話，表達意見。

【不可言宣】不能用言語表達，只能意會。

【不可勝言】無法用言語表達。

【書不盡言，言不盡意】內心的意思，很難用文字完全表達。

【只可意會，不可言傳】所表達的意思，只能靠心領神會，無法用言語說明清楚。

因為連辦公室樓下的管理員伯伯都不時攔路問話：「選誰？」要我表態。更不用說計程車司機了，有一次我厭煩了司機追問政治立場問個不停，隨口回一句「不會去投票」，換來後半段車程「要關心自己的國家」的訓誨。當我回到家裡，有幾個長輩坐在客廳，齊齊轉過頭來，看表情就知道他們要我選誰。這種時候比月經不順更讓人感慨年華逝去，因為發現自己已無法偽裝成尚無投票權的小女孩。

（張惠菁〈美好世界〉）

芭蕉為何取名「奧之細道」？日本東北仙台一帶，江戶時代與江戶相比較，的確是奧（深處、偏僻）的「小路」。不過，也有學者指出，書名《奧之細道》著重於寓意，「道」指「俳諧」，即俳諧精進

之「細道」之意。（林水福〈松尾芭蕉與《奧之細道》〉）

孤獨，因而又是一種開放的心智，一種自覺而清醒的存在狀態。在那孤獨裡，一個人無所不在，卻又什麼都不是，這城市是每個人的，而又誰的都不是，一個誰都無法指稱的城市，它屬於來到那裡落腳生根的人，不論你的種族國籍宗教信仰膚色與性別，那城市縱容你去成全自己的孤僻與一切。（黃寶蓮〈孤獨王國〉）

我印象中，父親說過很多關於土地的話。那些話，吐露了他對土地的深摯的愛，獨到的理解，甚至還有不少形而上的思考。父親如果識字，很有資格撰寫一篇關於土地的論文。故鄉的黑土地，不只出產五穀雜糧，也培育鄉土的文化和哲學。（周同賓〈土地夢〉）

我們旅行澳洲時，曾經在旅館的河床散步，遇到馬戲團，有人惺忪走出馬戲團的大卡車，她一頭散亂的金髮，初陽溫暖地圈住她的髮絲，她搖晃地拿著漱口鋼杯，邊刷著牙走到河邊。卡車旁有獅子老虎和大象，我覺得這種生活真是奇幻。我搖晃著我爸的手示意我們走過去和金髮女郎說說話。金髮女郎見到東方兒童可能覺得好玩吧，她在臉上潑潑冷水，轉頭對我說話，一種陌生的語言聽起來刺激好玩，我一直笑。我爸對我說，她說她是走鋼索的女人。（鍾文音〈國中女生的旅行與情人〉）

回想起來，可能店內陳列了什麼書也不是太要緊——要緊的是那份「地下」氣氛，牆壁散布著汙印，音響流瀉不知名吟唱，隱蔽的場所，陽春的櫃檯，堆放於桌底許多牛皮紙包破綻裡顯露的書本，小眾刊物和活動海報背面暗示著：原來真有一群為文學文化努力的人，就在那裡。唐山初體驗對當時的我意味著，終於告別過去瘋狂請公假校刊社內風花雪月的「文學少女」，而自以為摸著了真正「文藝青年」的輪廓。（楊佳嫻〈我的溫州街〉）

在這不盡的長吟中，我獨坐在冥想。難得是寂寞的環境，難得是靜定的意境；寂寞中有不可言傳的和諧，靜默中有無限的創造。我的心靈，比如海濱，生平初度的怒潮，已經漸次的消翳，只賸有疏鬆的海砂中偶爾的迴響，更有殘缺的貝殼，反映星月的輝芒。此時摸索潮餘的斑痕，追想當時洶湧的情景，是夢或是真，再亦不須辨問，祇此眉梢的輕皺，唇邊的微哂，已足解釋無窮奧緒，深深的蘊伏在靈魂的微纖之中。（徐志摩〈北戴河海濱的幻想〉）

召喚

【召喚】發出喊聲，使對方注意、覺醒，隨聲行動。

【呼喚】召喚。

【招呼】相邀、喚請。

【招喚】呼喚。

【千呼萬喚】頻頻呼喚，不斷催促。

【相喚】互相呼喚。

【喚起】喚醒、叫起。

【喚醒】呼喚使其覺醒。

【呼籲】向社會大眾大聲疾呼，請求支持和援助。

【感召】感化、號召。

【號召】召喚群眾共同行動。

【大聲疾呼】高聲而急促地呼喊，引起他人注意。形容對某事大力呼籲、提倡。

【登高一呼】形容領導者倡導或號召，便有眾多響應者。

【振臂高呼】揮臂吶喊，以振奮人心，號召群眾。

【應召】接受召喚。

連它的名字也是多層次的。「滬尾」有一種季節的感覺，似乎雨季到此已經快結束。「淡水」則有種透明的色感，望去清澈可見其中的鵝卵石。而「聖多明哥」則兼有季節與顏色。顏色是磚紅的，季節是明豔的夏日。你因此常用聖多明哥召喚淡水的記憶。（廖咸浩〈假如你要到聖多明哥〉）

這些兒時的記憶是如此的生動、鮮明，蘊含著如此豐富的宗教色彩和聲音，卻又像一場繽紛多姿的美

夢。我耽溺其間，像個任性且愛撒嬌的小孩，任父母如何呼喚，也不願醒來。（古蒙仁〈梵唱〉）

那就是之前曾經沸揚過一陣子的臺銀舊宿舍，八十餘年歷史，據說是橫跨在溪谷之上，但是植物紛披，實在無法辨認出溪流蹤影，只能聽見隱隱水聲。正面望去，門鎖已脫的門板歪斜一旁，菱形門洞如一隻空洞之眼，門內賁起的木座，當年應當是有女侍應在此屈迎招呼，如今也就是大量拆腐的木板楹條之類疊塌堆積，盈曜其上的，不知道是厚塵，還是光。（楊佳嫻〈浮光、冬日、林墟〉）

我一個人默默地目送著一直不曾回頭的父親的背影，消失在鐵道轉彎處一叢漂亮的相思樹影。我深深地向著我的養家父母，是由於他們對我百般疼愛。生家對我的招喚，卻是骨肉的血潮。只有在像父親來到跟前時，那血潮才開始逐漸騷動。一等他走了，那骨血的波紋，也逐漸歸乎寧靜。而在少小的我的心湖中，這寧靜的過程，往往也是一段刻骨的寂寞。而我便懷著那寂寞，凝望著父親在料峭的春寒中隱去。（陳映真〈父親〉）

這一大群我媽口裡「又要當女人又要當男人」的阿姨們讓我以為女性「天生」就是這樣強悍強勢，以至於上小學後聽到什麼恬靜柔順、以夫為貴的婦道覺得莫名所以，連初聞女性主義解構性別刻版印象的呼籲都覺得老土。（范銘如〈母姨天下〉）

記得班裡有個男生，威望很高，儼然是班裡男同學中的「王」。「王」很有勢力，大凡男生都聽「王」的指揮。一下課，只要「王」號召一聲幹什麼，便會有許多人前呼後擁地跟著去幹；只要「王」說一聲不跟誰玩了，就會「嘩啦」一大片人不跟這個同學說話了。（梅潔〈童年舊事〉）

解嚴，解除「停止集會結社及遊行請願」的戒嚴令，現今的執政黨趁勢而起，結合各種議題與社會運動，大聲疾呼人們走上街頭，參與社會改革。慘烈的五二〇農民運動就是解嚴翌年發生的，此後幾乎

年年的五月二十日街頭集會遊行紀念。（蔡逸君〈鞋子濕了〉）

宣傳

【宣傳】 宣布、傳達。傳播、宣揚。

【宣揚】 宣布傳揚。

【宣講】 對大眾宣傳講演。

【宣流】 宣揚流布。

【宣威】 宣傳威力。

【闡揚】 闡明宣揚。

【張揚】 聲張、宣揚。

【發揚】 宣揚、提倡。

【揚聲】 故意放話宣傳。

【聲揚】 聲張、宣揚。

【聲張】 張揚、宣布。

【打廣告】 為某人或某事宣傳、推銷。

【敲鑼打鼓】 形容大肆宣揚。

【搖旗打鼓】 比喻四處張揚，讓眾人皆知。

【出醜揚疾】 宣揚醜惡。

【家醜不可外揚】 家裡的醜事不可對外宣揚。

小時候，讓母親帶著在基隆的小菜市場的走動的聲音，也是我的聲音的原鄉風景吧！最近幾年回台北，在宣傳新書的通告與通告之間，我即使盛裝踩著高跟鞋，很自然地會跑到一些傳統市場去，像是有一股在叫喚著自己的聲音和力量，那些叫賣的聲音，或是用鋁板等搭建的屋頂的裂縫裡突然砰地掉落一大攤水來的聲音，市場裡的微暗的風景，百物雜陳，人們交易的亢奮，以及電燈泡下的已經被宰割的牲畜的鮮紅或是魚蝦的腐臭也自然衝鼻而來，對於孩子而言，這是多麼刺激的世界，全都刻在心頭。（劉黎兒〈聲音的風景〉）

我生平怕看見乾笑，聽見敷衍的話；更怕冰擱著的臉和冷淡的言詞，看了，聽了，心裡便會發抖。至於慘酷的佯笑，強烈的揶揄，那簡直要我全身都痙攣般掣動了。在一般看慣、聽慣、老於世故的前輩們，這些原都是「家常便飯」，很用不著大驚小怪地去張揚；但如我這樣一個閱歷未深的人，神經自然容易激動些，又痴心渴望著愛與和平，所以便不免有些變態。（朱自清〈憎〉）

這或許是文明交會時必然會有的碰撞和損傷，但我們也不必就因而推出勝優敗劣的定論，把他們看成遠古時代的活標本，抱著觀光心態，在他們之間高視闊步，指點施捨，或以主觀的準據去強力進行一些措施，徒然打擊他們的尊嚴和自信，升高他們的物慾，讓他們還沒有分得過時的微量財富時，就已嚐到了精神的痛苦。重要的應是，設法保存並發揚一些令他們驕傲的東西，讓他們在疲憊軟弱時能夠回頭去靜靜審視。（陳列〈同胞〉）

提倡

【提倡】對某種風氣的鼓勵與倡導。

【倡導】帶頭發起、提倡。

【倡言】首先提出意見。

【倡始】首先倡導。

【倡議】首先提議。

【首倡】首先提倡。

【發起】倡議做某件事情。

【鼓動】用語言、文字來鼓舞、激發人們的情緒，使人們行動起來。

【鼓吹】提倡、宣傳。

【策動】發動、推動。

【導揚】鼓吹宣揚。

魏徵誠然是史書公認的一代名臣，提倡「兼聽則明，偏信則暗」，不無道理，敢於「犯顏正諫」，骨頭很硬。為了表示敬老尊賢、安國利民的意向，不妨予以口頭表揚，但切不可不知高低輕重，妄想「步武前賢」，向魏徵學樣。須知龍喉下有逆鱗，觸犯了，龍要起殺機的。最好學點莊子說的「屠龍術」雲裡霧裡，光說不練。（柯靈〈龍年談龍〉）

半玩世者是最優越的玩世者。生活的最高類型終究是《中庸》的作者，孔子的孫兒，子思所倡導的中庸生活。古今與人類生活問題有關的哲學，還不曾有一個發現比這種學說更深奧的真理，這種學說所發現的，就是一種介於兩個極端之間的有條不紊的生活——中庸的學說。（林語堂《人生的盛宴》）

在某一個意義上，這映照流光、包容四合的帷幕風景恐怕特別合於後現代的多元和大眾美感的要求，也難怪鼓吹後現代主義的建築名家裴理（Crsar Pelli）在談到看到自己所設計的建築完成的快樂時，特別又說還有「期望之外的快樂」，因為「光影所造成的新的景色、新的構圖和新的形象不請自來，它們不是我的設計而是幸運的眷顧」。（黃碧瑞〈城市風景〉）

演說

【演說】在公開場合對大眾講述自己對某事物的意見。

【演講】向大眾講述自己對於某個問題的見解。

【講演】將學術或意見有系統地對大眾講述。

【發言】發表意見。

【講古】講述歷史故事、稗官野史或民間傳說，具有休閒娛樂及教育功能。

【致詞】集會時發表歡迎、祝賀、答謝等言詞。

椰林大道的傅鐘前，三不五時，就有人要辦說明會或演著行動劇，拿起擴音器在校門口演講，即使駐足傾聽的總是少數，也足以讓人熱血沸騰。勞工、環保、女性主義、下鄉，我們，在各個議題穿梭間，認真努力地操練著反抗的姿態。（范雲〈那個黃昏，第一次聽到美麗島的歌聲〉）

「八十年前我還是小孩子……」，這句話比什麼「很久很久以前」都來得有力而震撼。八十年前，多麼沉重、有分量。他像個老爺爺在給兒孫們講古。八十年前，老師還是小孩子，家裡只准讀四書五經，小說是禁書。他把《紅樓夢》撕成小疊揣到衣服裡，到私塾上課的路途中讀，所以總是提早一小時出門，也總晚一小時回家。到最後，書解體了，《紅樓夢》也讀得爛熟。老師微笑著，八十八歲的老人此時神情竟有些頑皮，好像當年那個為聰明點子而沾沾自喜的八歲孩童。（鍾怡雯〈八十年前我還是小孩〉）

3 扭曲

曲解

【曲解】不正確地解釋或歪曲原意。

【竄改】用作偽的手段，對文字、理論、政策不實地修改。也作「篡改」。

【歪曲】故意改變事情的真相或內容。

【誤解】理解錯誤、判斷錯誤。

【是非顛倒】把對說成錯，把錯說成對，歪曲事實。也作「顛倒是非」、「顛倒黑白」。

【眾口鑠金】眾口同聲，往往積非成是。

為崇高的信仰獻身，為執著的追求流盡鮮血，無怨無悔，甚至也並不希望世人銘記。然而，他們有的曾經長久地被誤解，被潑上汙穢；有的更被誤殺，不死於同白軍浴血苦鬥的戰場，不死於受傷被俘的敵人刑場，卻死於自己人之手，倒下了還背著一個莫須有的罪名。（袁鷹〈井岡雕塑園〉）

令狐沖躬身道：「莫師伯明鑒，弟子奉定閒師伯之命，隨同恆山派諸位師姊師妹前赴少林。弟子雖然無知，卻決不敢對恆山師姊妹們有絲毫失禮。」莫大先生歎了口氣，道：「請坐！唉，你怎不知江湖上人言紛紛，眾口鑠金？」令狐沖苦笑道：「晚輩行事狂妄，不知檢點，連本門也不能容，江湖上的閒言閒語，卻也顧不得這許多了。」（金庸《笑傲江湖・二十五》）

誣衊

【誣衊】捏造事實，以破壞他人的名譽。
【誣指】不實地指控。
【誣賴】妄指他人有過失。
【誣罔】毀謗冤枉。
【汙衊】用捏造的事實來毀謗、損傷他人名譽。
【誹謗】以不實的言語敗壞他人名譽。
【詆毀】說人短處，誹謗他人。
【訾短】詆毀、批評。訾，ㄗˇ，詆毀。
【訾毀】非議詆毀。
【相訾】互相詆毀。

【讒害】以讒言陷害他人。
【譖害】詆毀、陷害。
【毀譽】非議與稱讚。
【毀謗】以誇大不實的言論對人詆毀、中傷。
【訕謗】誹謗。
【醜詆】毀謗。
【醜化】將人事物加以扭曲，描述成醜陋、惡劣的形象。
【中傷】惡意攻擊或陷害他人。
【抹黑】塗黑，引申為醜化、歪曲事實。
【厚誣】大力毀謗。
【非議】反對、毀謗他人的議論。

【無的放矢】毫無事實根據而胡亂地指責、攻擊別人。
【血口噴人】用惡毒的話來陷害、誣衊他人。
【暗箭傷人】趁人不備，用陰險狡詐的方式陷害他人。
【含血噴人】用惡毒的手段捏造事實，冤枉他人。
【含沙射影】傳說水中有一種叫「蜮」的動物，能含沙噴射人影，使人得病。後來以此比喻暗中以陰謀中傷他人。
【面譽背毀】當面稱讚，背後毀謗。

【痛毀極詆】極力地毀謗辱罵。
【造謗生事】捏造毀謗，並製造事端。
【一語中人】一句話便能中傷他人。
【詬誶謠諑】毀謗他人的話。
【讒言佞語】毀謗他人和奉承他人的話。
【止謗】平息毀謗。
【不訾】不毀謗。

楊過那晚與小龍女在花叢中練玉女心經，為趙尹二人撞見，楊過曾迫趙志敬立誓，不得向第五人說起，那知他今日竟在大庭廣眾之間大肆詆譭，自是惱怒已極，喝道：「你立過重誓，不能向第五人說的，怎麼如此……如此……」趙志敬哈哈一笑，大聲道：「不錯，我立誓不向第五人說，可是眼前有第六人、第七人。百人千人，就不是第五人了。你們行得苟且之事，我自然說得。」（金庸《神鵰俠侶》）

鴻漸暗笑女人真是天生的政治家，她們倆背後彼此誹謗，面子上這樣多情，兩個政敵在香檳酒會上碰杯的一套工夫，怕也不過如此。假使不是親耳朵聽見她們的互相刻薄，自己也以為她們真是好朋友了。（錢鍾書《圍城》）

兩人騎上車，到東單菜場爭著買了些熟食和酒，回到他那屋裡。下午的陽光照在窗簾上，室內暖洋洋的，幾杯酒後更是面紅耳熱。大頭說運動一開始就給揪出來了，人揭發他詆毀毛的哲學只兩本小冊子，在宿舍裡聊天不當心說走了嘴。就這麼一句話，如今人們有的是更大的目標，他這點反動言論也擱置一邊顧不上了。（高行健《一個人的聖經》）

晚明狂人，那位不僧不道的李贄，在「文革」中受到歡迎，其中很重要的原因，他說出了當時當局想說的話：一個貪官可以為害至小，一個清官卻可以為害至大。所以，六〇年代，什麼古籍都送到造紙廠化漿的時候，他的《藏書》、《焚書》不知印了多少，後來賣不出去，只好打折。李卓老一輩子被明清主流社會所訾毀，所擯斥，這一回，倒是正正經經的「文革」高層，加以提攜，著實紅了一回。（李國文〈從嚴嵩到海瑞〉）

懷瑜的信以為妹妹辯護開始，說下流不負責任的報上的無聊小說不足為信。他妹妹的行為並無不當，蓄意中傷的謠言，外人不知，誤信猶可，曾家則最不當輕信。此等無謂的謠傳，曾家不予以有力的澄清，反於此時刊登啟事，聲明離異，不啻予謠傳以正面之支持。他說在此道德淪喪的社會，黑白顛倒，實無正義真理之可言。涉及他個人處，則無須辯解。人性險惡，但不料竟落井下石，至於此極。他願恬然忍辱，不事爭辯，因為問心無愧，可對天地。（林語堂《京華煙雲》）

捏造

【捏造】編造、假造。

【造謠】散布不實的消息。

【謠傳】沒有事實根據的傳聞。

【誣罔】捏造事實，欺騙他人。

【編造】憑空杜撰、捏造。

【編派】誇大或捏造事實。

【瞎掰】亂扯。

【瞎編】任意捏造。

【瞎謅】胡亂編一些不真確的話。

【杜撰】無事實根據，憑空捏造。

【臆造】憑空捏造。

【無稽之談】沒有根據，無從考查的話。

【子虛烏有】虛假不實的事。

【蜚短流長】流傳於眾人之間的閒話或謠言。也作「飛短流長」、「飛流短長」。

【空穴來風】有空穴，就有風吹來。比喻流言乘隙而入。

【無中生有】把沒有的說成有，指憑空編造。

【街談巷語】大街小巷中的議論、傳言。

【道聽塗說】在路上聽到的話，不加求證就講給其他人聽。指沒有根據的傳言。

【三人成虎】只要有三個人說市集上有老虎，大家就會信以為真。比喻謠言經過一再傳播，足以迷惑聽聞。

【謠言紛飛】假消息四處散布。

【謠言惑眾】用詭詐的話迷惑群眾。也作「訛言惑眾」。

【造謠生事】製造謠言，挑起事端。

【鄉壁虛造】在牆壁上假造。比喻憑空捏造。也作「向壁虛構」、「向壁虛造」。

那是家譜。部隊裡要求每一名官士兵生都要照實填寫，而且要盡其所能追本溯源。陸經先生在這頁譜表的最下方填上他自己以及三個兄弟的名字，再往上一欄填入父母親的名字。祖父母和外祖父母以上他一無所知，開始捏造。再往上幾代，他寫下了「拓拔某」，並且認真說服部隊裡的長官：他是鮮卑族的後裔。（張大春《聆聽父親·第五章》）

米姬爬得很快，二年下學期她已成為一位紅製作的情婦。同學之間傳言很多、很惡、很難聽。素蘭是唯一沒有參與謠傳的人，相反的，米姬把她當成心腹跟閨中密友，素蘭發現自己竟是這樣懦夫極了的小人。（朱天文〈伊甸不再〉）

克雷杭波症患者的想像力究竟從何而來，令人費解，因為其所杜撰的情境內容異常真實，尤其是瑣碎的生活細節，出神入化，難以讓人相信那是編造的。K開玩笑說克雷杭波症患者是天生的小說家，寫小說的能力讓真正的小說家自嘆弗如，我連連點頭，因為當初我收到這種人寄來的信的時候也是瞠目結舌，裡頭記載的日期、地點、人名、事件種種，都煞有介事，這種東西拿出去，恐怕外人都會相信他，不會相信我。（成英姝〈佛的裸像〉）

二姑娘也跟著揀四季豆，她姊姊正在向她們述說她們村子上一個人變狼的荒唐的故事。這全是聽來的無稽之談，可是說的人說得好像真有其事，聽的人也津津有味。（丁玲〈太陽照在桑乾河上〉）

閒言閒語

【議論】 對人事物的好壞、是非加以批評討論。

【閒言閒語】 在背後議論他人是非。

【指指點點】 在人背後批評、說閒話。

【七嘴八舌】 人多口雜，議論紛亂的樣子。

【說三道四】 胡亂地加以評論、議論。

【說長道短】 隨意批評他人的是非長短。

【品頭論足】 本為評論婦女姿態儀容，後引申為對人事說長道短，多方挑剔。也作「品頭題足」、「評頭論足」。

【議論紛紛】 不停地揣測、談論。

【人言籍籍】 人們議論紛紛。

【滿城風雨】 事情鬧得很大，眾人議論紛紛。

【放言高論】 不拘節制的暢談議論。

【甚囂塵上】 原指軍中人聲嘈雜，塵沙飛揚，十分喧譁紛亂的狀況。後用來形容傳聞四起，議論紛紛的意思。

【東家長西家短】 議論他人是非長短。

【張家長李家短】 評論鄰里之間的瑣碎雜事。

今天全沒月光，我知道不妙。早上小心出門，趙貴翁的眼色便怪；似乎怕我，似乎想害我。還有七八個人，交頭接耳的議論我，又怕我看見。一路上的人，都是如此。其中最凶的一個人，張著嘴，對我笑了一笑；我便從頭直冷到腳跟，曉得他們佈置，都已妥當了。（魯迅〈狂人日記〉）

薇龍自己知道被她捉住了把柄，自然由得她理直氣壯，振振有詞。自己該懊悔的事，也懊悔不了這許多，把心一橫，索性直截了當地說道：「我做錯了事，不能連累了姑媽。我這就回上海去，往後若有什麼閒言閒語，在爹媽的跟前，天大的罪名，我自己擔下，決不致於發生誤會，牽連到姑媽身上。」梁太太手摸著下巴頦兒道：「你打算回去，這個時候卻不是回去的時候。我並不是阻攔你回家。依我意思，恨不得雙手把你交還了你爸爸，好卸了我的責任，也少擔一份心。可是你知道世上的嘴多麼壞，指不定你還沒到家，風裡言，風裡語，倒已經吹到你爸爸耳朵裡去了……」（張愛玲《沉香屑・第一爐香》）

到了這個地步，不免就質疑起寫作，如此關著門面壁思考的孤獨行徑，如果沒有讀者、沒有報紙雜誌的出版、沒有網路的七嘴八舌、支撐一個人持續寫作的，除了熱情、信念（或者死線壓力）之外，還有什麼其他動機與意義？（黃寶蓮〈生性歡喜〉）

當我和我女兒田田穿過離別六年的愁雲慘霧，從巴黎街頭走來，討論著養狗的未來。這未來有其現實的一面：我終於結束了喪家犬的動盪生涯。田田對巴黎的狗品頭論足，都不甚滿意。最後在一家美容店門口碰見條比巴掌稍大些的哈巴狗，繫著粉色蝴蝶結，讓田田看中了。（北島〈貓的故事〉）

香汗淋漓後，這番輕鬆還會徹底在更衣室裡再一次爆發。就像體育課後女生們的嘰嘰喳喳，各種八卦，減肥方法，美容祕方在小小的更衣間裡東家長西家短，聲音大又無遮攔，是的，這些對話是在光溜溜的情況下進行的，光溜溜，女更衣間此刻享有裸體的治外法權，各種身材環肥燕瘦，若你還圍著浴巾扭扭捏捏，反而會被當成異類。（馬念慈〈對照集〉）

三 表達能力

1 話多

嘮叨

【嘮叨】話說個不停。

【叨念】口中不停地喃喃自語。因掛念而常常提及某人某事。

【叨敘】嘮叨敘述。

【囉嗦】多言不止。

【絮】說話煩瑣、囉嗦，沒有重點。

【絮絮】說話煩瑣不止。

【絮叨】說話煩瑣不止。

【絮聒】說話喋喋不休，使人厭煩。

【喋喋】多話的樣子。也作「諜諜」。

【叨叨】囉嗦、多話。

【呶呶】ㄋㄠˊ。說話沒完沒了，嘮叨不止。

【嘵嘵】ㄒㄧㄠ。話多的樣子。形容爭辯不停的樣子。

【饒舌】多話。

【碎聒】囉唆、嘮叨。

【嘴碎】說話囉嗦。

【貧嘴】耍嘴皮，賣弄口舌。

【耍貧嘴】喋喋不休，說個沒完。

【不住口】不停嘴。也作「不住嘴」。

【不絕口】不住口。不斷用言語表達某種意念。

【連珠砲】說話連續不斷的樣子。

【囉囉嗦嗦】多話的樣子。或作「囉囉唆唆」。

【囉哩囉嗦】多言不休的樣子。

【嘮嘮叨叨】囉囉嗦嗦話說個不停。

【絮絮叨叨】形容言語瑣碎囉嗦。也作「叨叨絮絮」。

【絮絮不休】言語煩瑣不止。

【刺刺不休】嘮叨，話說個不停。

【喋喋不休】言語囉嗦，沒完沒了。

【煩言碎語】煩雜囉嗦的言語。

當天，我們兄弟倆很晚才回家，母親正要發作罵人時，拿著雞毛當令箭，我神氣地炫耀，從今天起，不必倚靠爸爸，也不願再忍受媽媽的嘮叨，我們已經開始賺大錢、可以獨立作主了。（鄭順聰〈那些雞毛小事〉）

幾次，溜滑梯上不辨來往人流方向，逆溯、順流幾個生生碰得頭破血流鼻青臉腫，給路過的老師拎著鼻子耳朵往保健室去，叨念一頓肯定不少。可念歸念，刺激的嘗試從制不住這些體力過剩小魔頭，跌倒受傷案件更多，學校乾脆在溜滑梯前拉起命案現場般黃色膠條，為維護各位同學安全即日起上下樓請走樓梯，禁止使用溜滑梯。（羅毓嘉〈溜滑梯〉）

這時母親卻笑了，抬頭看著我，說是不是覺得媽媽很囉嗦，說話說個不停，不敢回來。我看著微笑的母親的嘴角，那裡面有一顆蛀牙，勸了老半天要她去看醫生，她說鹽巴刷刷就不痛了。我看著母親，說不會呀，回來聽媽媽說話，會比較好睡。（蔡逸君〈聽母親說話〉）

只見那生向前說了幾句傷心話兒，將奴摟抱去牡丹亭畔，芍藥闌邊，共成雲雨之歡。兩情和合，真箇是千般愛惜，萬種溫存。歡畢之時，又送我睡眠，幾聲「將息」。正待自送那生出門，忽值母親來到，喚醒將來。我一身冷汗，乃是南柯一夢。忙身參禮母親，又被母親絮了許多閒話。奴家口雖無言答應，心內思想夢中之事，何曾放懷。（明・湯顯祖《牡丹亭・驚夢》）

他也不知道睡了多少時候。好像一天行路的疲倦都已經離開他了。他似乎聽見了些很細微的聲音，而且絮絮地就像在耳邊。他就靜靜地仔細聽，連眼睛都不敢睜開。（鹿橋〈幽谷〉）

他拿出一串鑰匙打開大門，突然之間，像輕輕一旋收音機AM電台的開關，之前那些瑣碎絮聒的聲音被他自己關掉了。他變得沉默不已。使我客套地稱讚欸這房子好大的聲音突兀地響亮迴盪。（駱以軍

《遺悲懷・產房裡的父親a》）

驚濤無言／而泡沫喋喋／從長江頭至長江尾／游行千里／只為換得全部鱗甲剝盡時的悲壯／我不曾說什麼／我乃相忘於江湖的／一尾魚／（洛夫〈魚語〉）

如果一味宣讀下去，則除了沉悶之外，還會有這麼幾個惡果：反應慢的聽眾會把尊論翻來掀去，苦苦追尋你究竟讀到了哪裡。反應快的，早已一目十行超過了你，不久已經讀完，不必再聽你嘵嘵了。剩下的一些只覺心煩意亂，索性把論文推開，在時差或失眠的恍惚之中，尋夢去了。（余光中〈另有離愁〉）

合歡林那邊蟲鳴寂寂，水窪子蛙鼓嘓嘓，組成夜的籟音。一家人共坐聚歡，母親的絮絮叨叨，父親的無語沉默，一切是這樣熟悉而親切。許多年以後，每當我想起這些，就禁不住回到童年往事的場景裡。（吳鳴〈星垂平野〉）

費話

【費脣舌】 耗費言詞，指多說無益。

【費話】 耗費言詞，說無用、多餘的話。

【廢話】 說無用、無意義的話。

【磨牙】 指人話多，喜歡無意義的爭辯或囉嗦。

【磨嘴】 閒聊或爭論。

【贅言】 多餘無用的言詞。

【贅述】 多餘的敘述。

【多言】 多嘴、愛說閒話。

【多嘴】 指話太多，或說了不該說的話。

【誻誻】 言多的樣子。

【唧噥】 長舌多話。

【費盡脣舌】 說盡所有的話。

【大費脣舌】 說了很多話。指大力說服他人。

【舌敝脣焦】 形容用盡言語詞句論說。也作「脣焦舌敝」。

【躁人辭多】 急躁的人話很多。

【對牛彈琴】 比喻對不懂道理的人講道理或講話不看對象。

他不肯去找劉四爺。跟虎妞，是肉在肉裡的關係；跟劉四，沒有什麼關係。已經吃了她的虧，不能再去央告她的爸爸？「我不願意閒著！」他只說了這麼一句，為的是省得費話與吵嘴。（老舍《駱駝祥子・十五》）

寶玉在麝月身後，麝月對鏡，二人在鏡內相視。寶玉便向鏡內笑道：「滿屋裡就只是他磨牙。」麝月聽說，忙向鏡中擺手。寶玉會意。忽聽唿的一聲簾子響，晴雯又跑進來問道：「我怎麼磨牙了？咱們倒得說說。」麝月笑道：「你去你的罷，又來問人了。」晴雯笑道：「你又護著。你們那瞞神弄鬼的，我都知道。等我撈回本兒來再說話。」說著，一徑出去了。（清・曹雪芹《紅樓夢・第二十回》）

從前要是避雨走進了亭仔腳，坐在門邊藤椅上的老爺爺，白髮平頭，抽著黃色長壽煙，穿著白麻紗上衣和淺藍短褲，棕色塑膠拖鞋，拍拍紙扇子，有意無意說：「這雨真大。」反覆說幾遍，像是語言不夠了，也像世事簡單，無須多言。像農民對著天自言自語，也像主人測試來人之意。你要是跟他聊得來，也許可以下一盤棋喝一壺烏龍。聊不來也無妨，儘管沉默著，他繼續安度晚年，你繼續等著趕路。這種行走經驗感受的未必是閱讀或書寫華麗的篇章，倒像是句子或段落之間，不小心留下的一欄空白，空的，卻有意思。（柯裕棻〈騎樓的句法結構〉）

年初拜讀您在斯特拉福投郵的大札，知悉您有意來中國講學，真是驚喜交加，感奮莫名！可是我的欣悅並沒有維持多久。年來為您講學的事情，奔走於學府與官署之間，舌敝脣焦，一點也不得要領。（余光中〈給莎士比亞的一封回信〉）

健談、口才敏捷

【健談】善於談論，經久而不倦。

【嘴巧】善於言詞。

【嘴乖】說話乖巧動聽。

【捷給】口才敏捷。

【口齒伶俐】說話流暢，能言善道。

【伶俐嘴乖】聰明，口才好。

【伶牙俐齒】形容人口才好，能言善道。也作「俐齒伶牙」、「伶牙俐嘴」。

【娓娓而談】動人且不間斷地談論著。

【娓娓動聽】講話生動好聽。

【能言善道】形容人口才很好，擅長以言語說服別人。

【侃侃而談】從容不迫地談論。

【千言萬語】形容要說的話非常多。

【滔滔不絕】說話順暢而不中斷，辯才無礙。

【口沫橫飛】形容說話滔滔不絕，興致盎然的樣子。

【口若懸河】說話滔滔不絕，能言善道。

【談笑風生】言談之間興致高昂，言詞風趣。

【應對如流】才思敏捷，答話如流水般順暢。

【問一答十】反應靈敏、有口才。

【舌粲蓮花】口中能吐出燦爛的蓮花。比喻能言善道。

【出口成章】形容人才思敏捷，談吐風雅。

【辯才無礙】能言善道。

【利口捷給】能言善道，辯才敏捷。

【口齒便給】伶牙俐齒，能言善道。

【口才辨給】反應快，表達能力強，話鋒隨機而變。

【巧言舌辯】口才鋒利善辯。

【利喙贍辭】形容能言善辯、工於辭令的利嘴。

【滔滔雄辯】論辯時言詞有力、連續不斷的樣子。

【三寸不爛之舌】形容口才很好，能言善辯。

這世界如果盡是健談的人，就太可怕了。每一個健談的人都需要一個善聽的朋友，沒有靈耳，巧舌拿來做什麼呢？英國散文家海斯立德說：「交談之道不但在會說，也在會聽。」（余光中〈娓娓與喋喋〉）

祥子是鄉下人，口齒沒有城裡人那麼靈便；設若口齒伶俐是出於天才，他天生來的不願多說話，所以

也不願學著城裡人的貧嘴惡舌。他的事他自己知道，不喜歡和別人討論。（老舍《駱駝祥子・一》）

心理學家侃侃而談，至少說了三十分鐘；我不得不替所有的人叫一杯咖啡。不過他的話對我有不少啟發，尤其他堅持的一個論點使我幾乎認為當代心理學比靈異學裡的企術理論更能有效地計算人性。（張大春〈寫作百無聊賴的方法〉）

他的藝術是把一切最好的可能表現出來，沒有不及，更沒有任何誇張，好像那是所有樂器的本來面目，圓號（Horn）本來就該那麼亮麗，長笛（Flute）就是那麼婉轉，巴松管（Bassoon）就該那麼低沉，豎琴（Harp）就該那麼多情，雙簧管（Oboe）就該那麼多辯，單簧管（Clarinet）像個害羞的演說家，遇到機會也會滔滔不絕起來，讓人知道它也能長篇大論……。（周志文〈聽莫札特〉）

後來我回想起來，即使我舌燦蓮花，怕也未必能使她們洞悉其中的真意吧？我終於想通了：那根本不是語言的問題。語言在生活上雖然佔著重要的地位，然而，暗影生異彩的境界，卻是縱以千言萬語，也難能道破其中一二的。一個人若沒有經過泡沫的揮發，沒有經過先作垃圾再化沉為泥土的蛻變，終其一生也未必能窺破那個一頓成圓、再現無窮的境界的。（季季〈暗影生異彩〉）

文博士非常的佩服麗琳這幾句話。並不是這幾句話怎樣出奇的高明，而是他覺得大家閨秀畢竟不凡：見過大的陣式，聽過闊人們的言談，久而久之，自然出口成章，就有好主意。（老舍《文博士》）

勢如破竹的滔滔雄辯，侃侃闊談，未必能贏得高明的聽眾。短暫的間歇，偶然的沉吟，出其不意地說到在場的某人某事，場外的天氣時局，或者自問自答，或者學人口吻，都能解開「講課」的悶局。（余光中〈繡口一開〉）

說話並不是一件容易事。天天說話，不見得就會說話；許多人說了一輩子話，沒有說好過幾句話。所謂「辯士的舌鋒」、「三寸不爛之舌」等贊詞，正是物稀為貴的證據；文人們講究「吐屬」，也是同樣的道理。我們並不想做辯士、說客、文人，但是人生不外言動，除了動就只有言，所謂人情世故，一半兒是在說話裡。（朱自清〈說話〉）

2 話少

笨拙

【結巴】口吃；說話不流利。

【結舌】結巴或不敢說話。

【嘴笨】不擅長言辭。

【訥訥】言詞笨拙。

【木訥】質樸遲鈍，不擅長言辭。

【口訥】口舌遲鈍，不善於言談。

【口鈍】口舌遲鈍，不善於言談。

【口拙】說話技巧不高明。

【語塞】說不出話來。

【結結巴巴】說話不流利。

【期期艾艾】形容人口吃，說話不流利的樣子。

【拙於言詞】不擅長辭令，不會說話。

【口舌呆鈍】不善於用辭令表達意思。

【笨口拙舌】口才不好，說話不流利。

【拙口笨腮】不會說話，拙於言詞。也作「拙口鈍詞」、「拙口鈍腮」。

【心拙口笨】心思愚昧，口才笨拙，為自謙之詞。

【笨嘴笨腮】口才不好，說話不流利。

【舌結脣顫】說不出話來。

【言不盡意】言語無法把心意完全表達出來。

【言不逮意】言語沒把心意確切表達出來。

【詞不達意】所用的言詞無法適度地表達心意。

【文不對題】文章內容不符合題意，或答非所問。

外子不防有這一招，一時措手不及，訥訥辯說：「明明是我先攔到的。」然而，師傅也毫無主持正義的意思，任憑奸人取巧得逞，開車揚長而去，我們這才想起友輩傳說中在大陸搶搭計程車的恐怖經驗。（廖玉蕙〈上海的黃昏〉）

讓眼目再隨時光巨冊往下走到呼吸逐年衰弱的五號路，放慢步伐，聽它向你吐露心事，曾生意盎然，街容樸素，當今卻老弱凋萎，少小離鄉，先人親自建造的老厝在烏飛兔走下獨自欷歔，反倒是生性木訥的鄰人做起了生意，部分西飲等環境興起，使新一代小孩對山泉、白開水、茶的興趣缺缺，也不再嚮往火傘下打彈珠、鬥蟋蟀、捉迷藏的戶外遊戲，轉而投奔精緻餐飲、冷氣的懷抱。（賴舒亞〈挖記憶的曠〉）

錦心未必就有繡口，有些外國的漢學家簡直口鈍，中文說得比打字還慢。就算是錦心繡口吧，演說大家的雄辯麗句也無非咳唾隨風，與身俱沒，哪像文字這麼耐久。林肯的蓋提斯堡演講詞，百年之後，也只是聲銷而文留。（余光中〈繡口一開〉）

小皇帝對於這種囑咐絲毫不敢忽視，因為第二天必須背誦今天為他所講授的經書和歷史。如果準備充分，背書如銀瓶瀉水，張先生就會頌揚天子的聖明；但如果背得結結巴巴或者讀出別字，張先生也立即會拿出嚴師的身分加以質問，使他無地自容。（黃仁宇《萬曆十五年・第一章》）

鳳姐兒笑道：「幸而我們都笨嘴笨腮的，不然也就吃了猴兒尿了。」尤氏婁氏都笑向李紈道：「咱們這裡誰是吃過猴兒尿的，別裝沒事兒人。」（清・曹雪芹《紅樓夢・第五十四回》）

沉默

【沉默】不說話、不出聲。
【緘默】閉口不說話。
【靜默】沉默不出聲。
【默然】沉默不語的樣子。
【默默】沉靜不說話的樣子。
【瘖默】形容默默不語。瘖，一ㄣ。
【悄然】寂靜無聲的樣子。
【悄悄】不聲不響。
【啞然】一時說不出話來的樣子。
【不作聲】沉默不語。
【不則聲】沉默不語。
【不吭聲】不作聲。
【不言語】不說話。
【啞口】沉默不語。
【杜口】閉口不言。

【緘口】閉口不說話。
【絕口】閉口，從此不說。
【吞聲】不出聲，不說話。
【無語】不說話。
【噤聲】閉上嘴不說話。
【閉口無言】受人批駁責難，無話可答，只好閉口不言。
【啞口無言】遭人駁斥或質問時，沉默不語或無言以對。
【杜口絕言】閉口不說話。也作「杜口無言」。
【箝口結舌】不敢說話，保持沉默。亦作「緘口結舌」、「鉗口結舌」。
【沉默寡言】性情沉默，很少說話。

【罕言寡語】少言、不多話。形容人沉默，不隨意發言。
【不聲不響】不發出任何聲音。
【悶不吭聲】閉上嘴巴，不出聲。
【默不作聲】悶不吭聲，不說一句話。
【默默無語】沉默，不說話。
【不動聲色】一聲不響，不流露感情。
【一言不發】一句話也不說。
【不發一語】一句話也不說。
【不置一詞】不說話。
【閉口藏舌】不說話。

【緘舌閉口】閉口不說話。
【有口難言】將話藏在心中，不敢說出口或難以啟齒。
【杜口吞聲】心中有所怨恨卻不敢作聲。
【忍氣吞聲】受了氣也強自忍耐，不敢作聲抗爭。
【三緘其口】言語謹慎，不敢多說話。
【絕口不提】對某事保持沉默，不再提及。
【鴉雀無聲】形容非常寂靜。
【噤若寒蟬】就像冬天的蟬閉口不鳴一樣，意指有所顧忌而不敢作聲。

【盡在不言中】內心有很多感受，不用表達或表達不出來。

【啞巴吃黃連，有苦說不出】啞巴吃下黃連，苦在心裡卻無法說出來。比喻只有自己知道自己的苦，有口難言。

我憶起初次到巴黎那夜，我單身走在茫然陌生的街道，見到有街上人群繞著店家朝外的電視，他們靜默的看著電視裡許多年輕人正敲穿一座大牆，有人跨騎牆上舞著什麼旗子，有人互擁跳舞喝酒，後來我才知道那夜就是柏林圍牆被宣告無權再分隔人間任何事物的歷史時刻。（阮慶岳〈我左邊的男人〉）

小孩子走著，黃昏黯淡的時分，灰色的道旁，那些樹影——沉沉的垂枝，一動不動覆著默然不語的大地——只隱隱的聽著蹬蹬的足音。（瞿秋白〈那個城〉）

……天上也是皎潔無比的蔚藍色，只有幾片薄紗似的輕雲，平貼於空中，就如一個女郎，穿了絕美的藍色夏衣，而頸間卻圍繞了一段絕細絕輕的白紗巾。我沒有見過那麼美的天空！我們倚在青色的船欄上，默默的望著這絕美的海天；我們一點雜念也沒有，我們是被沉醉了，我們是被帶入晶天中了。（鄭振鐸〈海燕〉）

這幾天心裡頗不寧靜。今晚在院子裡坐著乘涼，忽然想起日日走過的荷塘，在這滿月的光裡，總該另有一番樣子吧。月亮漸漸地升高了，牆外馬路上孩子們的歡笑，已經聽不見了；妻在屋裡拍著閏兒，迷迷糊糊地哼著眠歌。我悄悄地披了大衫，帶上門出去。（朱自清〈荷塘月色〉）

記得也是這樣夜裡。我們在河堤的柳絲中走過來，走過去。我們無語，心海的波浪也只有月兒能領會。你倚在樹上望明月沉思，我枕在你胸前聽你的呼吸。抬頭看見黑翼飛來遮掩住月兒的清光，你抖顫著問我：假如這蒼黑的翼是我們的命運時，應該怎樣？（石評梅〈墓畔哀歌〉）

聊了一陣，等上飛機我跟J小姐說：「他這人也真了不起呢！病了，還事事自己打點，都不告訴他小孩！」「啊呀！你亂說些什麼呀？」J小姐瞪我一眼，「他哪有什麼小孩？他住我家隔壁，一個老兵，一個孤老頭子，連老婆都沒有，哪來小孩？」我嚇了一跳，立刻噤聲，因為再多說一句，就立刻會把這老兵在鄰里中變成一個可鄙的笑話。（張曉風〈你欠我一個故事〉）

可是，六年，西山溫泉我都去過，記得就沒去什剎海。為此，離開了故都曾被人嫌棄說「太陋」。說：「什剎海都沒逛過，還配稱什麼老北京！」當時真也閉口無言。有一年發狠，湊巧有緣重返舊京，記得還沒有進旅館的門就雇好了去什剎海的車子。夏天，正趕上那裡熱鬧；地攤子戲，搭台的茶座，直挨著訪問了個足夠。印象彷彿並不好，心頭重負卻卸去了。（吳伯簫〈我還沒有見過長城〉）

老闆發現我沒有娛樂嗜好，沒有交際應酬，沉默寡言，沒有口舌是非，認為我可以進一步吸收使用，這是嚴重的誤會。他想把我調到會計室，學習記帳、打算盤、處理單據報銷，把我訓練成一個親信，我斷然拒絕。老闆大出意料之外，他的會計主任也不願意增加新手，趁機向老闆進言：「流亡學生多半有精神病。」（王鼎鈞〈我的名字王鶴霄〉）

我不動聲色地寫，默默享受著這小傢伙親近的情意。這樣，牠完全放心了。索性用那塗了蠟似的、角質的小紅嘴，「嗒嗒」啄著我顫動的筆尖。我用手撫一撫它細膩的絨毛，牠也不怕，反而友好地啄兩下我的手指。（馮驥才〈珍珠鳥〉）

於是，在老山腳下，在村邊，在樹林中，甚至在阿岩家的牛圈裡，一個古老的愛情故事被賦予了新的內容。每次二人完事之後，王先仁總是一言不發，悶著頭一根接一根地抽菸。而阿岩呢，則老是笑，咯咯地笑個不停。她是歡喜呢。她得到了她渴望得到的東西，一如劉備得到了天下一樣。（劉亞洲〈王先仁〉）

他不發一語，揭開衣領，露出空盪盪的右肩，斷肢的疤痕極為平整，顯然已癒合多年。那隻隱形的臂膀重重擊我一拳，近距離的。我認輸了。油門一踩，小男孩的身影倏地遠去。淚水很快便濡濕我的雙眼。我向司機抱怨空氣汙染過於嚴重。然而他無法理解，遠隔七千公里航程，我急著回去的也是個煙塵瀰漫的城市。（林志豪〈異地眾生〉）

疲憊綁住十月，十月恍若一張皺皺的黑白照片。家具陷入冬眠，手機沉默，門鈴同樣三緘其口，連一點細微的鼾聲也沒有；MSN的聯絡人總是灰頭土臉，每一顆鍵都敲進深井裡；每一聲叮咚都杳無回音……（劉祐禎〈六色的原罪〉）

「『救國會七君子』沒有一個有好下場——王造時、章乃器給鬥得欲生不得，欲死不能，連梁漱老還挨毛澤東罵得臭死，我們一個個也就噤若寒蟬了——」鼎立表伯有點哽咽住了，大伯舉起酒壺勸慰道：「來，來，來，老弟，『一壺濁酒喜相逢』，你能出來還見得著我這個老表哥，已經很不錯啦。」（白先勇〈骨灰〉）

3 大聲

叫、喊

【喊】大聲呼叫。

【大叫】大聲呼叫。

【叫嚷】大聲喊叫。

【揚聲】發高聲。

【喊叫】大聲呼叫。

【叫囂】大聲喊叫、吵嚷。

【叫喚】放聲大叫。

【喚】喊、叫。

【吶喊】 高聲喊叫。
【嚷】 高聲喊叫。
【吵嚷】 喊叫、吵鬧。
【嚷嚷】 高聲呼喊、吵鬧。
【呼喊】 呼叫、吶喊。
【呼號】 大叫、呼喊。
【呼吼】 呼喊、吼叫。
【歡呼】 快樂地呼喊。

【高呼】 大聲呼叫。
【嘶喊】 使盡氣力喊叫。
【嘶吼】 使勁吼叫。
【喝】 高聲呼叫。
【呼喝】 呼叫喝斥。
【吆喝】 高聲呼喝。
【斥喝】 大聲喝阻、威嚇或責罵。

【叱喝】 斥罵、怒喝。
【叱吒】 大聲怒斥。
【怒吼】 因憤怒而發出吼叫。
【咆哮】 人在暴怒時的吼叫。
【狂嘯】 大聲狂叫。
【狂嗥】 瘋狂吼叫。

【聲嘶力竭】 聲音破啞，氣力用盡，形容人拼命叫喊。
【大呼小叫】 大聲叫嚷。
【大聲嚷嚷】 高聲喊叫。
【扯開嗓子】 張開喉嚨，高聲喊叫的樣子。

饒你多少豪情俠氣，怕也經不起三番五次的風吹雨打。一打少年聽雨，紅燭昏沉。兩打中年聽雨，客舟中，江闊雲低。三打白頭聽雨在僧廬下，這便是亡宋之痛，一顆敏感心靈的一生：樓上、江上、廟裡，用冷冷的雨珠子串成。十年前，他曾在一場摧心折骨的鬼雨中迷失了自己。雨，該是一滴濕濕漓漓的靈魂，窗外在喊誰。（余光中〈聽聽那冷雨〉）

在這條名叫沉思的街道上，閘門永夜暢開，慾望之魚，翩然泳過一切可能靠泊的水草。幾個醉漢、幾輛轎車、幾部不甘被滅音器綑綁的機車，叫囂而過，像是必要的浪水，寧謐地潑灑在人潮的鼎沸聲中。（向陽〈在沉思的街道〉）

我們這裡整隻羊剛下到鍋裡，茶水剛剛飄出香味，油鍋裡剛剛起出各種耳朵形狀的麵食，就看見山梁上一炷，兩炷，三炷青烟沖天而起，那是貴客到達的信號。帳篷裡外立即鋪起了地毯。地毯前的矮几

前擺上了各種食物，包括剛從油鍋裡起出的各種麵炸的動物耳朵。聽，那些耳朵還吱吱叫喚著呢。（阿來《塵埃落定·貴客》）

布拉姆斯的作品是需要反覆的、仔細的聆聽的，他的作品抽絲剝繭耐人尋味，但有時嚴密得令人透不過氣來，布拉姆斯的藝術不是從口中吶喊而出，不是從人心裡自然流出，而是經過嚴密的組織結構，而成為一個精美但可能脆弱的藝術品，這是尼采譏諷他的最大原因。（周志文〈像蝴蝶般飄散的故事〉）

那時他好像聽見沙漠在腳下喳喳地碎語：你英雄，你英雄！他聽見它挑釁地說。他取下水壺喝水的時候，沙漠又像在背後忍不住地竊笑，等他蓋著壺蓋的時候，沙丘上一股風耍戲著流沙：多喝點，喝乾它！他又聽見那沙子尖笑著朝他嚷嚷。（張承志〈九座宮殿〉）

奶奶聽到了宇宙的聲音，那聲音來自一株株紅高粱。奶奶注視著紅高粱，在她朦朧的眼睛裡，高粱們奇譎瑰麗，奇形怪狀，它們呻吟著，扭曲著，呼號著，纏繞著，時而像魔鬼，時而像親人，它們在奶奶眼裡盤結成蛇樣的一團，又忽喇喇地伸展開來，奶奶無法說出它們的光采了。（莫言〈紅高粱〉）

古時沒有擴音器，只能靠血肉之軀來呼吼。高僧說道，大儒講學，聽眾很多的時候，不知是怎麼辦的。傳說中有名的聲響，例如項羽的怒叱，阮籍的嘯吟，張飛的斷喝，竇娥的籲天，不知究竟是怎樣的撼人又震耳。（余光中〈麥克雄風〉）

父親頗為這種說法所動，不過為了慎重起見，他還親自到縣城去了一趟，在那兒住了兩天，研究縣立中學的課程，觀察敵人控制這個學校到什麼程度。這所學校大體上還算正常，不過每天早晨做早會的時候，全體師生要面向東方，迎著太陽行三鞠躬禮，表示對日本天皇的崇敬，在天皇生日那一天，全體師生還要歡呼萬歲。這是父親絕對不能忍受的，他回到家裡對媽媽說：「咱們的孩子不能進那種學

校。」（王鼎鈞〈哭屋〉）

卻說孫大聖與八戒駕著狂風，把兩個小妖攝到亂石山碧波潭，住定雲頭，將金箍棒吹了一口仙氣，叫「變！」變作一把戒刀，將一個黑魚怪割了耳朵，鯰魚精割了下唇，撇在水裡，喝道：「快早去對那萬聖龍王報知，說我齊天大聖孫爺爺在此，著他即送祭賽國金光寺塔上的寶貝出來，免他一家性命！若迸半個不字，我將這潭水攪淨，教他一門兒老幼遭誅！」（明．吳承恩《西遊記．第六十三回》）

地平線上的曉色，一層綠、一層黃、又一層紅，如同切開的西瓜——是太陽要上來了。漸漸馬路上有了小車與塌車轆轆推動，馬車蹄聲得得。賣豆腐花的挑著擔子悠悠吆喝著，只聽見那漫長的尾聲：「花……嘔！花……嘔！」再去遠些，就只聽見「哦……嘔！哦……嘔！」（張愛玲〈金鎖記〉）

但達達會管教弟弟。弟弟來家裡後，花園經歷文化大革命，當然他也喪失了進駐屋內的資格。他把一個漂亮的木製狗屋當骨頭啃，啃得幾乎解體。有一天他又在啃狗屋，一面啃一面流口水。我和妻子斥喝制止，他相應不理。達達在客廳隔著紗窗，對著弟弟吠兩聲，好像在說「住口」，弟弟果然馬上「住口」。（簡政珍〈達達的眼神〉）

喧譁

【吵嚷】 喧譁吵鬧。

【吵雜】 喧譁雜亂。

【吵嘈】 喧鬧雜亂。

【煩吵】 紛亂嘈雜。

【喧鬧】 大聲吵鬧。

【喧嚷】 大聲呼喊、吵鬧。

【喧譁】 大聲說話、叫喊。亦作「諠譁」。

【喧擾】 聲音吵雜混亂。

【喧囂】 喧譁吵鬧。

【喧騰】 聲音喧鬧沸騰。

【喧呶】 喧譁吵鬧。

【紛喧】 紛亂吵鬧。

【呱噪】 形容吵鬧、喧譁，或是喋喋不休。

【聒噪】 吵鬧不休。或作

「聒躁」。

【嚷鬧】喧嚷吵鬧。

【囂鬧】喧譁、吵鬧。

【鬧擾】喧鬧、紛擾。

【起鬨】許多人群聚一起，故意搗亂，引發吵鬧。

【鼓譟】眾人齊發出呼喊喧鬧聲。

【嘈嘈】聲音雜亂。

【嘈嚷】吵鬧。

【嘈雜】聲音喧鬧、雜亂的樣子。

【嘈亂】喧鬧且雜亂。

【嘈吵】嘈雜吵鬧。

【哄然】許多人同時喧嚷或發出大笑。

【譁然】許多人喧嚷。

【鬨然】喧譁吵鬧的樣子。

【譟動】吵鬧妄動。

【鬧哄哄】喧擾吵鬧。

【大吵大鬧】大聲吵鬧。

【沸沸揚揚】人聲雜亂，議論紛紛，像是沸騰的水一樣。

【沸反盈天】形容人聲喧鬧吵雜。

【嘰哩呱啦】狀聲詞。形容說話聲很吵雜。

【嘰嘰喳喳】狀聲詞。形容說話聲吵雜細碎。

晚春時節，這一晴好白日，看著從窗外投映進的暖陽花花地彷彿有笑聲，孩童在屋外大聲喧鬧，似近實遠，空氣微涼，觸膚舒爽，我感覺自己的身體，歷經一場激情革命，此身仍在。（張清志〈饕餮紋身〉）

那年十一月八日中午參加李錫奇歡送會時，我即說了散會後要去朱西甯家玩。後來不知天高地厚喝醉了，坐在沙發上昏睡，猶聽到一夥人笑語喧譁。大約過了一個多小時，似乎人聲漸稀，周遭沉寂下來，有人喊著我的名字說：「散會囉，我也想去朱西甯家坐坐，送妳一起去吧。」睜開眼一看，是洛夫。（季季〈朱家餐廳聚樂部〉）

當然，慾望也不會全然沒有，比方說，在他獨處旅邸一室，聆聽稍遠處筵席的笑語喧囂時，想像如長了翅膀亂飛；尤其當舞女的鼓音停止時，更令他有欲狂的嫉憤……然而，一切都成為過去，似乎發生過什麼，又似乎什麼也沒有發生過。（林文月〈步過天城隧道〉）

我們如約到了海灘的當中，有幾個漁人在左面兩百公尺遠的地方大聲喧呶，抬著漁網，提著竹簍；有

的在吸菸，一點點很微弱很細柔的火光閃著閃著。（楊牧〈紅葉〉）

但是再好聽的聲音，就連音樂吧，若是無限地放大，也會變成可怕的噪音。在許多囂鬧的場合，擴音器都用來助紂為虐，成了音響的暴力。（余光中〈麥克雄風〉）

我尾隨人群之後，還未及出站閘口，迎上你燦然的笑容，在嘈雜的人聲中，那璀璨的笑靨定格擴散了。然後便不由自主和記憶中的另一張笑顏重疊。那是三十年前我們初次相約時，我所見到的一個男孩的青春笑容。（楊錦郁〈我們〉）

事情似乎早已給安排妥當。在茶餐廳分手，在咖啡店重遇。咖啡店秩序井然，不喧鬧，有一定的隱私，時間慢慢流過。茶餐廳嘈吵，食物不精緻，陌生人同坐一桌，時間太快。（李寧〈咖啡店　再相見〉）

4 小聲

低語

【低語】低聲說話。

【細語】小聲說話。

【悄悄】不出聲，或說話聲音很低。

【悄聲】低聲。

【喃喃】低聲說話的聲音。

【呢喃】不斷地小聲說話。

【喁喁】ㄩˊ，低語聲。

【嘰咕】小聲說話。

【咕噥】說話小聲且含糊不清。

【咕囔】低聲說話的樣子。

【沉吟】低聲吟詠。

【低吟】低聲吟唱。

【低嚷】低聲叫嚷。語氣多為不悅。

【咕咕唧唧】小聲說個不停的樣子。

【輕聲細語】說話聲音細小。

【低聲密語】輕聲地祕密談話。

【呢喃細語】不斷地小聲說話。

【喁喁細語】形容人低聲說話。

當天晚上，清洗鍋碗時，一面洗滌，一面忍不住，許多許多年前，在舊居，母親和姊姊，與我，我們在廚房裡，低語細細地準備著食材，不算明亮的空間裡，在洗和切之餘，也有我們的笑聲。煮好之後，母親看著我們吃完一碗，再添一碗……。我竟一遍，又一遍的憶想。（沈花末〈米粉芋〉）

嘗試想寫信給妳，有位朋友說，天堂不可能有戶籍地址，然則，只要在風中喃喃念出想說的話，或者，只要寫下妳的名字、生辰，燒起一把火，就會有不可知的精靈前來充當信差。想要告訴妳父親的近況，妳是不是還經常躡腳穿越母親的夢境，留下輕輕的嘆息？（呂政達〈皆造〉）

「思思當然是好女孩。」斯文孩子呢喃地說，而不知怎的，我心中出現的名字是「思念」的「思」。是因為這個名字更適合這時候的情境嗎？但無論是詩詩也好思思也好，更無論是否同一個人也好，我開始覺得這是一種巧合了。（董啟章〈快餐店拼湊詩詩思思CC與維真尼亞的故事〉）

當她送我到劇校時，眼淚不能遏止地如斷線的珍珠，或許她已經聽聞，要變成一個唱戲的角兒，不知道要挨多少的鞭子，她總是對我輕聲細語，不曾更不捨得動孩子一根寒毛，如今卻把心肝兒送進嚴酷的監牢中……（吳興國〈自我學戲的那天起〉）

「雅舍」共是六間，我居其二。篦牆不固，門窗不嚴，故我與鄰人彼此均可互通聲息。鄰人轟飲作樂，咿唔詩章，喁喁細語，以及鼾聲、噴嚏聲、吮湯聲、撕紙聲、脫皮鞋聲，均隨時由門窗戶壁的隙處蕩漾而來，破我岑寂。（梁實秋〈雅舍〉）

耳語、自語

【耳語】靠近耳朵邊輕聲說話。

【私語】祕密、低聲地說話。

【密語】機密的話語。

【喋囁】耳語、私語。

【附耳】靠近耳邊小聲說。

【咬耳朵】靠近別人的耳朵說悄悄話。

【交頭接耳】在彼此耳邊低聲私語。

【竊竊私語】小聲地私下交談。

【衷腸密語】發自內心的貼心話。

【嘰嘰咕咕】狀聲詞。形容低聲議論的聲音。也作「唧唧噥噥」。

【自語】自己和自己說話。

【獨語】自言自語。

【咕唧】自言自語，或兩人低聲說話。

【嘟囔】自言自語，而語氣帶有不滿之意。亦作「嘟噥」。

【嘀咕】低聲私語。

【含囈】指在夢中自言自語。

【自言自語】自己和自己說話。

【喃喃自語】自己不斷輕聲地說話。

【嘟嘟囔囔】自言自語。

【篤篤喃喃】形容自言自語說個不停。

【念念有詞】口中細聲說著話語。

多少年，那些瓦們與黃河水進行交談，在雞啼裡，在掌燈時分，它們用北中原方言，用今天仍然流動的方言，敘說或耳語。河流停止了，那些瓦有一日忽然沉默。啞巴般的瓦，把那麼多日日夜夜該講的語言都在沙裡折疊起來，語言的水分被蒸發曬乾，瓦只能在心裡自言自語。它說，它還說。瓦今天露出嘴巴，可是這些瓦都不會說話了，語言生銹，瓦只會像瓦一樣，咧著幽深的嘴。（馮傑〈九片之瓦〉）

她不禁要想起呂鳳仙她們，在背後說奶奶的那些話。再看女中的學生，就覺得異樣了。她們躲在籬笆底下那些喊喊噥噥的私語，原來都是有含意的。富萍有些看不起她們。但是，聽到她們的動靜，她們

嘰嘰嘎嘎的笑聲，她又心軟了。（王安憶《富萍》）

沒有手機響，也沒人交頭接耳。台北人很文明、很安靜地看京劇演員如何在鋼琴的伴奏下旋身甩袖，如何用眼睛的黑白分明表現英雄氣概和兒女情長，如何用唱腔歌頌共產黨的偉大和個人的犧牲。（龍應台〈你不能不知道的台灣——觀連宋訪大陸有感〉）

面對四壁架上高低不齊的書脊，我好像是面對遠方起伏不定的山脊。我容許群書包圍著我的魂魄，彷彿是讓群山鐐銬著我的肉體。天地之間，只剩我與不知名的神祇與精靈相互對視，並且竊竊私語。（陳芳明〈深山夜讀〉）

寶釵見賈環急了，便瞅鶯兒說道：「越大越沒規矩，難道爺們還賴你？還不放下錢來呢！」鶯兒滿心委曲，見寶釵說，不敢則聲，只得放下錢來，口內嘟囔說：「一個作爺的，還賴我們這幾個錢，連我也不放在眼裡。前兒我和寶二爺頑，他輸了那些，也沒著急。下剩的錢，還是幾個小丫頭子們一搶，他一笑就罷了。」寶釵不等說完，連忙喝斷。（清・曹雪芹《紅樓夢・第二十回》）

迷惑不安的時候對著虛空自言自語別有魅惑的特質，自言自語可以暫時將無邊的寂靜驅離，堅強的自己對著軟弱的自己命令，軟弱的自己對著堅強的自己尖叫。半夜裡發惡夢大叫著醒來時，我其實非常，非常慶幸，自己是一個人。（柯裕棻〈午安憂鬱〉）

他們雜誌社曾經從中午十二點一直加班，加到「隔天的隔天」中午十二點，整整四十八個小時。回家的時候，他們一行人昏死在計程車裡，嘴裡還意識不清地喃喃自語。好事的司機誤以為他們嗑了藥，於是把他們統統載進警局裡。（許榮哲〈在奔跑中休息〉）

5 直接

中肯

【切中】 準確說中。

【扼要】 行文或發言中肯，抓住要點。

【中肯】 言論切中要點，切合事理。

【剴切】 切中事理。

【恰如其分】 指說話、做事十分恰當，有分寸。

【一針見血】 說話透徹而中肯，切中要害。

【一語破的】 一句話就說出了事情的重點。

【一語中的】 一句話就說中了要點。

【言必有中】 說話得體中肯，切中要點。

【談言微中】 說話委婉有技巧，且能暗合事理。

【深中肯綮】 掌握事理的要點。肯綮，指骨頭和筋肉結合部位。比喻事理的扼要處。綮，ㄑㄧㄥˋ。

【動中竅要】 比喻人的言談舉止都能切中要害。窾，ㄎㄨㄢˇ，縫隙。

【巧發奇中】 善於伺機發言，並能切中事實。

【言之有物】 言詞或文章有根據、有內容。

【言之鑿鑿】 言論有依據，且有事實可證明。

木仁很扼要將管閒的要項向我說了一遍，然後對我說：「你先旁觀一下，然後照著辦就是，容易得很。」木仁像是生下來就懂得招呼人似的，不但有張人見人愛的面孔，衣服彷彿隨便但其實十分講究，特別在應對方面，尤為得體。（袁則難〈馬戲團〉）

一回有人來接我去對一些人講話，到了會場，向聽眾介紹時他說剛看到我的辦公室「滿滿是文件」，想見其忙碌等等。我當時不假思索就答說這無非是辦事無效率的證明罷了。過後想想，真是一語中的，把自己拆穿無遺。（黃碧瑞〈桌面文章〉）

他向來沉默寡言，每一句話都是思慮周詳之後再說出口來，是以不言則已，言必有中，六怪向來極尊重他的意見，聽他這麼說，登時猶如見到一線光明，已不如先時那麼垂頭喪氣。（金庸《射鵰英雄傳．四》）

表情也會遺傳嗎？動作也會遺傳嗎？聲調、語氣和態度也會遺傳嗎？情緒會遺傳嗎？舉個例來說：喜悅；喜悅會不會出自某種遺傳？還有悲傷；悲傷會不會出自某種不同於喜悅的遺傳？倘若那些卜者、命相家、星座迷對人類不可知不可測的未來能夠如此言之鑿鑿，彷彿一切都已經在宇宙初始完全決定，那麼，我妹妹和我在畫展閉幕那天的忿恨與冷漠之感，恐怕也早在開天闢地大洪荒大爆炸之前就遺傳下來了罷？（張大春《我妹妹．終結瘋狂》）

直言

【直言】 直陳其事不加隱瞞。

【直指】 直言陳述，沒有隱諱。

【直書】 根據事實書寫，沒有褒貶。

【嘴快】 說話不假思索，藏不住祕密。

【斷言】 十分肯定地說。

【諤諤】 ㄜˋ，直言不諱的樣子。

【謇諤】 不留情面地直說。謇，ㄐㄧㄢˇ，正直。

【直話直說】 有話直接說出，毫無隱瞞，不繞圈子。

【心直口快】 指個性直爽，說話不拐彎抹角。也作「心直嘴快」、「口快心直」。

【有口無心】 心直口快。隨口說說。

【口快如刀】 形容人說話直爽，未多加修飾。

【口無遮攔】 說話沒有顧忌，有什麼說什麼。亦作「口沒遮攔」。

【直言不諱】 直述其言，沒有避諱。

【直截了當】 說話或做事乾脆爽快，不拐彎抹角。

【開門見山】 說話或做文章，一開頭就直截了當，進入主題。

【開宗明義】 指說話或寫文章一開始便揭明主旨綱要。

【單刀直入】 直截了當，論及問題的核心。

【侃侃諤諤】 直言無忌的樣子。

【正色危言】 態度嚴正，直言不諱。

【肆言無忌】 無所顧忌地直言。

【仗義直言】 依義理行事，正直敢言。

【仗義執言】 為伸張正義，說話公道正直。

【言歸正傳】 停止閒話，回歸本題。

【明人不說暗話】 說話直截了當。

【打開天窗說亮話】 不迴避隱瞞，直率而明白地說出來。

他斷言沒有武裝革命的自決運動只是布爾喬亞的浪漫想像，知識的傳播曠日費時，群眾只需要滾燙的熱情，知識分子就是這龐大的熱情槍炮的瞄準器。我雖然不能完全同意他的論調，但的確被他澎湃的架式嚇住了，與其說他的辯論讓我印象深刻，還不如說他魔鬼般的口吻與誘惑讓人既恐懼又喜悅，它讓我閃過剛被處決的希特勒的模樣。（亞歷斯・諾幹〈櫻花鉤吻鮭〉）

水牛伯心裡不免有些尷尬，又不能直話直說。今天才是正月初六，村裡的人生活還算過得去，田裡又無緊要事情要做，所以大部份的人都還在過年哪！他們個個穿得光光鮮鮮，去親戚五十朋友六十家裡遊玩，什麼人肯去扛大厝？（洪醒夫〈扛〉）

……母親戴著老花眼鏡，一字一句念著，忽然指著一個「外」字說：「六二啊，這一捺不好！」母親心直口快，垂垂老矣，依然是直言不諱。六二哥臉上訕訕的，看了又看：「是寫得不好，改天重寫。」過了不久，他真的又捧著重寫的〈蘭亭集序〉來。（姚宜瑛〈磺溪之歌〉）

當堯的隨臣將壤父所言報告了堯，堯非但未因壤父沒有頌讚他的盛德而不悅，反以老叟能直言不諱而

欣慰。為使自己能聽到真話，堯當場拜壞父為師。這個簡單的故事，說明古人是何等淳真，還不懂得溜鬚拍馬。（李存葆〈祖槐〉）

「我也在臺灣住過一些時。你喜歡日本麼？」他單刀直入地問我。「……」我不曉得怎麼回答才好。在臺灣會到的日本人，覺得可以喜歡的少得很。但現在，木賃宿底老闆，田中等，我都喜歡。這樣問我的佐藤君本人，由第一次印象就覺得我會很喜歡他的。（楊逵著，胡風譯〈送報伕〉）

尖銳

【尖銳】形容說話深刻、明確，且不留情。

【鋒利】言語或文筆銳利。

【犀利】形容語氣、言論或文筆尖銳有力。

【尖酸】言語尖銳刻薄。

【辛辣】指言語、文筆尖銳且刺激性強。

【刻薄】言辭苛刻嚴峻。

【嘴尖】說話尖酸刻薄。

【言重】言語說得過重。

【詞鋒】形容言詞犀利，鋒芒如刀刃。

【機鋒】機警鋒利的言詞。

【尖嘴薄舌】說話尖銳刻薄。

【貧嘴薄舌】言語多而尖酸刻薄，令人討厭。

【輕嘴薄舌】形容說話輕率、刻薄。

【繁言吝嗇】尖酸、刻薄。

【脣槍舌劍】脣如槍，舌如劍，比喻辯論激烈，言詞犀利。

【盛氣凌人】用傲慢的氣勢壓迫別人。

【咄咄逼人】言語凌厲，盛氣凌人的樣子。

【得理不饒人】所持的理由得到支持，便盛氣凌人。

然後是阿江嬸，態度似乎和當時說的完全不一樣了。「奶粉又漲價了，阿弟仔又生病了，一千五現在買不了什麼東西，如果有錢，多寄一點好嗎？」先是客客氣氣的，到了後來，語氣卻越變越尖酸。原來，父母不但從沒去看過阿弟仔，還責怪江阿嬸多管閒事。（季季〈澀果〉）

高度的幽默往往源自高度的嚴肅，不能和殺氣、怨氣混為一談。不少人誤認尖酸刻薄為幽默，事實上，刀光血影中只有恨，並無幽默。幽默是一個心熱手冷的開刀醫生，他要殺的是病，不是病人。（余光中〈幽默的境界〉）

酒促小姐是海產快炒店的曼妙景觀，她們其實是這滿堂鼎沸的聲浪裡最清醒的人。她們都很年輕，穿極短短得幾乎不存在的裙子，及膝的靴子，胸口挖得很低，全套的粉妝，戴蛾鬚一般的假睫毛。整晚就見她們老練地在桌間巡回，開瓶、倒酒、搭訕、回應各種問題、幫忙點菜遞菜，笑容一刻也沒停過。喝醉的客人輕嘴薄舌甚至動手動腳，也只淡淡地應付過去，那笑還是一絲不減。（柯裕棻〈海產快炒店〉）

那時通貨已經微微膨脹，等到我行有餘力，可以買書，書又水漲船高，高攀不上了。約莫有兩年時間，那部牛津詩選，成為我生活中一個小小的諷刺。青年人原多幻想，可望而不可及的東西，往往是很多的；但就我而言，在那時，諸多可望而不可及的事物中，沒有比那部詩選更具體、更咄咄逼人的了。（吳魯芹〈我和書〉）

6 不直接

間接

【迂迴】曲折迴旋。

【轉彎】說話曲折隱諱。

【輾轉】曲折、間接。

【隱晦】幽暗、不明顯。

【曲隱】曲折隱晦。

【繞圈子】不直接明說。也作「繞彎兒」、「繞彎子」。

【拐彎抹角】說話或做事不直爽，也作「轉彎抹角」、「抹角轉彎」。

【婉轉周折】不直接、多曲折。

【迂迴曲折】彎曲，回旋環繞的樣子。

【旁敲側擊】說話或做文章不從正面直接說明本意，而從旁比喻或暗示來表達。

【指桑罵槐】指著桑樹罵槐樹，意指拐彎抹角地罵人。

【指雞罵狗】拐彎抹角地罵人。

【指東話西】形容東拉西扯地說，沒有就題論事。

【遠引曲喻】說話不直接，而從遠處引證，曲折比喻。

【言外之意】話中未明說而間接透露的意思。

【弦外之音】比喻言外之意。

【改口】改變原來說話的內容和語氣。

【換言之】用另一種方法來表示。

【換句話說】以另一種說法表示。用於改變敘述的邏輯或說話的立場。

美蘭出門，閃身進入貨車車廂，馬上問丈夫，那些檜木怎麼辦呢？吳建國說能退就退，退不了，就先留著。車發動，過建國北路上臺北橋，到三重溪尾街住處。途中，吳建國突然說真奇怪，花不起直說就好，何必拐彎抹角？難道，我們長得像惡霸？他朝妻，嚴正一看，領悟地說是啦，一定是被你嚇到。林美蘭反駁，沒那回事。望見妻子正色辯駁，不禁笑出，美蘭才知道丈夫逗她玩。（吳鈞堯〈暴民〉）

至於婚喪大典，那就更須表演的特別精采，連笑聲的高低，與請安的深淺，都要恰到好處，有板眼，有分寸。姑母和大姊的婆婆若在這種場合相遇，她們就必須出奇制勝，各顯其能，用各種筆法，旁敲側擊，打敗對手，傳為美談。（老舍《正紅旗下》）

我們從神態和語氣間知道，剛才我們猜想錯了。那個演員又趕緊改口，喊黛娜大姐，喊曼麗二姐，並且打圓場說，女人真不能從臉面上辨認年齡。曼麗卻笑得更厲害，那個演員尷尬起來。黛娜不由瞪了曼麗一眼，曼麗的辮子便垂到劇本上，好像那裡面有一個不認識的字，導演才插進來說，剛才他所以

不介紹她們的關係，就是要讓我們了解真實的生活和戲劇沒有什麼不同。（段彩華〈女人〉）

委婉

【婉轉】說話溫和而含蓄。也作「宛轉」。

【委婉】言詞委曲婉轉。

【含蓄】說話或用語詞意未盡，耐人尋味。

【蘊藉】言語、詩文意義含蓄不外露。

【微詞】婉轉說出而真意隱晦的話。

【軟釘子】比喻言語委婉的反駁或拒絕。

【話裡有話】言語中隱含其他意思。

【意在言外】語意宛轉，真意在言詞之外，沒有明白說出，讓人自己去體會。

【情在言外】表現含蓄，不直接發抒情感。

【蘊藉含蓄】文字、言語文雅含蓄。

【意味深長】意境趣味深刻、含蓄，耐人尋味。

陶淵明的作品沒有直寫東晉滅亡之痛，筆下反而處處追摹人與大自然的和諧關係，婉轉表現出虛無而溫馨的恕道，其感染力竟然世世代代縷縷不盡。（董橋〈「只有敬亭，依然此柳」〉）

因為「文革」爆發了。從此，我也就失去了父親的音訊，哥哥信上說，父親是因為受了「海外關係」的連累，被打為「反革命分子」的，而我寫給他的那幾封家書，被抄了出來，竟變成了「裡通外國」的罪證。父親下放崇明島到底受了些什麼罪，哥哥一字未提，他只含蓄地告訴我，父親一向患有高血壓的痼疾，最後因為腦充血，倒斃勞改場上，死時六十五歲。（白先勇〈骨灰〉）

阿格麗希彈舒曼的作品，也十分精彩。我有一張她彈「兒時情景」（Kinderszenen）的唱片，味道與柴氏的協奏曲大大不同。這張唱片如兒語、如情話，溫柔蘊藉，英氣內斂，表現了她另外的一面，以

這種詮釋方式，她是極適合彈奏孟德爾頌的「無言之歌」的，可惜我翻遍了唱片目錄，卻沒有這張唱片。（周志文〈阿根廷〉）

暗示

【暗示】不明白表示，以含蓄的方式表達意思。

【默示】暗示。

【影射】借此說彼，暗指某人某事。

【暗射】不明白指出某人某事，而隱約有所影射。

【寄託】寄情託興，借題發揮。

【寄寓】寄情托興。

【借古諷今】借評論古代某人某事的是非，以諷喻現實。

【借題發揮】借某事為題，表達自己真正的意思。

【話中帶刺】話裡包含了譏諷之意。

你一個人漫遊的時候，你就會在青草裡坐地仰臥，甚至有時打滾，因為草的和暖的顏色自然的喚起你童稚的活潑；在靜僻的道上你就會不自主的狂舞，看著你自己的身影幻出種種詭異的變相，因為道旁樹木的陰影在他們紆徐的婆娑裡暗示你舞蹈的快樂；你也會信口的歌唱，偶爾記起斷片的音調，與你自己隨口的小曲，因為樹林中的鶯燕告訴你春光是應得讚美的。（徐志摩〈翡冷翠山居閒話〉）

宋已亡矣，而猶日夜望陳丞相、張少保統海外之兵，以復大宋三百年之土宇，大人，文章中說的是宋朝，其實是影射大清，顧炎武盼望台灣鄭逆統率海外叛兵，來恢復明朝的土宇。（金庸《鹿鼎記·四十》）

支吾

【支吾】用牽強、含混的語言應付或搪塞。

【吞吐】說話含混不清。

【結舌】結巴或不敢說話。

【囁嚅】有話想說又不敢說，欲言又止。

【閃爍】說話吞吐遮掩，不直截了當說出實情。

【閃爍其詞】說話有所保留，不肯直接說出真相。

【吞吞吐吐】說話有所顧忌，想說又不敢說的樣子。

【半吞半吐】說話吞吞吐吐，不直截了當。

【吞吐其詞】言語支吾，含混不清。

【支支吾吾】說話含混不清，搪塞敷衍。

【左支右吾】說話含混不清，敷衍應付。

【支吾其詞】以含混模糊的語言，應付搪塞他人。

【張口結舌】理屈詞窮，說不出話來。

【瞠目結舌】張大眼睛說不出話。形容受窘、吃驚的樣子。

【欲言又止】吞吞吐吐，想說又不敢說。

【欲說還休】想說卻又不能決定要不要說的樣子。形容情意複雜，難以表達。也作「欲語還休」。

夢梅聽到可航提起以前那件事，臉上出現不悅之色；那時，剛結婚不久，可航對她說有個調升的機會，要她請她姨父去和他們總經理談談。她支吾著不肯答應，心裡極為難過；她覺得她的丈夫應該是那種靠自己力量奮鬥、人格無疵的男人。（康芸薇〈兩記耳光〉）

藥妝店的店員也深知這樣的角色扮演。她會問你有什麼皮膚問題，而沒有女人敢說自己皮膚沒問題的，因此我囁嚅說我容易過敏。她便讓我試用某種新的精華液在手背上。如同眾所週知的定律，所有的試用品在店裡使用的效果永遠都比家裡的那些有效。我動心了，但還舉棋不定。她又讓我試了其他的產品，一會兒我的手背已經滋潤得光可鑒人了。（柯裕棻〈藥妝店〉）

一天，樓道裡忽然傳來雜亂的腳步聲，一幫人擁進來了：「牛鬼蛇神們都站起來！」有人喝令：「誰是俞平伯？」蒼老蒼老的俞先生轉身回應。「《紅樓夢》是不是你寫的？」「你是怎樣用《紅樓夢》研究對抗毛主席？」「低不低頭認罪？」俞先生耳背，說話支支吾吾。（董橋〈聽那槳聲，看那燈影〉）

經過小公園旁數株「胭脂花」，上百朵的小紅喇叭花，張口結舌地注視我，「怎麼一個人過節啊！」這種花全世界都長得一樣，其不識相也一樣，總在你淒涼無侶時，出現眼前。（潘人木〈一關難渡〉）

突然，蜘蛛纏絲似的，古裝女子斷斷續續地哭了起來，你忙轉身關切，怎麼啦，怎麼哭啦？女子欲言又止，反覆再三，終於再度輕啟朱脣，噴出一句，我就是，我就是蜘蛛精啦。（許正平〈中正老街〉）

少年不識愁滋味，愛上層樓，愛上層樓，為賦新詞強說愁。而今識盡愁滋味，欲說還休，欲說還休，卻道天涼好個秋。（宋・辛棄疾〈醜奴兒〉）

含糊

【含糊】說話不清楚。

【含混】語言模糊、不明確。

【籠統】模糊不清、不具體。

【曖昧】幽暗不明、含混不清。

【模稜】態度或言語含糊、閃爍不定。

【含糊其辭】話說得不清楚、不明白。

【隱約其詞】語意含糊、躲躲閃閃。

【模稜兩可】言語、態度或主張含混不明確。

【語焉不詳】說話說得不詳盡。

【語無倫次】說話顛三倒四，雜亂沒有條理。

【不置可否】不表示肯定或否定；不表明態度。也作「未置可否」。

前面房間那邊，手推車的聲音砰碰響，接著是媽媽的聲音。「文華，起來扛菜。」文華有點不願意，停了半晌才含糊地應了一聲，掀開被子，唔，冷吱吱！媽媽一如往常地等著他，他低著頭不去看她，兩人合力把昨晚準備好放在大竹筐籮裡的菜扛到外面手推車上後，文華便逕回房裡。（陳雨航〈去白雞彼日〉）

我發現，一般說來，馬橋人對此不大著急，甚至一點也不怪異。他們似乎很樂意把話說得不大像話，不大合乎邏輯。他們似乎不習慣非此即彼的規則，有時不得已要把話說明白一些，是沒有辦法的事，是很吃力的苦差，是對外部世界的一種勉為其難的遷就。我不得不懷疑，從根本上說，他們常常更覺得含糊其辭就是他們的準確。（韓少功《馬橋詞典・梔子花，茉莉花》）

可是這一日總過得荒荒草草，天晚了回家等吃的，父母也變得好奇怪，有的在後院燒紙錢，但因為不確知家鄉親人的生死下落，只得語焉不詳的寫著是燒給X氏祖宗的，因此那表情也極度複雜，不敢悲傷，只滿布著因益趨遠去而更加清楚的回憶。（朱天心〈想我眷村的兄弟們〉）

面談的時候，寶琴女士問我，學業完成了沒，對文學有什麼看法之類的問題。可能真是太緊張了，我竟答得有點語無倫次，去以前準備的講詞都不管用了，寶琴女士頻頻叫我不要緊張，虧我長個大個子，連這樣小的場面都應付不來，現在回想起來還真有點汗赧。（吳鳴〈容忍與諒解〉）

7 文字運用

措詞

【措詞】選用語詞，表達自己的思想、感情、意見。

【用語】措詞。

【遣詞】說話或行文時的措詞。

【修辭】將情感、思想或意見，選用詞語，適切地加以表達。

【潤色】修飾文句，以增加文采。

【潤飾】潤色修飾。

【推敲】唐代賈島的詩句「僧敲月下門」，第二字本用「推」，又欲改「敲」，思慮良久。韓愈告訴他：「作敲字較佳。」遂定稿。後意為用語再三斟酌。

【鍊句】修鍊詞句，使其更為精鍊、優美

【摛藻】鋪陳詞藻。摛，ㄔ，鋪敘。

【談吐】談話時的態度和措詞。

【吐屬】談吐。

【咬文嚼字】在詞句上斟酌推敲。

【字斟句酌】逐字逐句仔細斟酌、推敲，形容寫作或說話時態度嚴謹。

【摛翰振藻】舒展文才，鋪陳詞藻。

【摛章繪句】鋪陳辭藻，雕琢文句。

【千錘百鍊】比喻文章多次潤飾，人生歷經磨鍊，如同鐵經鍛鍊而成鋼的過程。

【百鍛千鍊】比喻為文用字謹慎精確。

【鍛句鍊字】鍛鍊字句，使其優美、精鍊。

【點鐵成金】比喻善於運用文字，使語言或文章產生新意，或化腐朽為神奇。

【點石成金】善於運用文字，能化腐朽為神奇。

【畫龍點睛】繪畫、作文章時，在最重要之處加上一筆，使整體生動傳神。

她也和其他的孩子一起去撿煤渣，挽隻空籃子，興致勃勃的經過他的水果攤，別的窮孩子眼盯著香蕉，頭都扭不回去，她卻不聲不響，快步走過，小木屐兩隻不一樣，登登登的跑在人前。反而是在老王拿著水果送到她們母女那兒去的時候，總腼腆得不曉得該如何**措詞**？老婦人起不了身，就叫淑嫻送到門口。老王這才結巴的開口：「很近嘛，就在隔壁。大家都逃難在外，相互照應，你別客氣。」（張小鳳〈煤球〉）

那像是春天第一次古老的鐘擺，執意輕聲的推敲著它的**修辭**，吐訴的微雨，分明是水鴣鴣在陪伴著窗內猶豫的古老鐘擺，似對春的一切有所讚美，讚美水鴣鴣溫情的呼喚、小蝶的飛翔和開花的慷慨、熱情的大地。（張秀亞〈春之頌〉）

因為人類的語言極度要求準確，主詞、動詞、形容詞，每一個字詞的發音都要精準，所以我們會說「**咬文嚼字**」，在咬和嚼的過程中，舌頭扮演了很重要的角色。（蔣勳《孤獨六講·語言孤獨》）

通順

【通順】文理通達順暢。

【通暢】流通順暢。

【流暢】流利暢達。

【明暢】明白流暢。

【曉暢】文筆明白順暢。

【條暢】通暢、舒暢。

【流利】靈活流暢。

【流麗】順暢而華美。

【流美】流暢華美。

【流轉】圓轉流暢。

【暢達】通順流暢。

【明快】語言、文字明白通暢。

【順口】字句念起來很流暢。

【順嘴】說話流利、通暢。

【工整】精細整齊。

【工緻】精巧細緻。

【熨貼】妥貼舒適。

【文從字順】文句通順，用字妥貼。

【層次分明】次序清楚而不混亂。

【行雲流水】流暢自然，沒有阻礙的樣子。

【淋漓盡致】文章或言語的表達暢達詳盡。

【頭頭是道】形容言行清楚明白、有條理。

【辭達理舉】文章文字暢達，內容充實。

我從中學放學剛踏進我家舖有花崗岩的廣大天井時，翠玉就用清亮的聲音跟我打了個招呼。她是用日本話講的。這也許並不是什麼奇怪的一回事；因為在太平洋戰爭末期的殖民地台灣，台灣的年輕人是習慣用日本話交談的，不過如果說到翠玉的身分，也許會有人覺得意外；因為她不是我的家人，而是我內媽的貼身丫鬟。一個身分低賤的奴婢在那殖民地時代會講流暢的日本話，的確是罕見的事情。（葉石濤〈玉皇大帝的生日〉）

語言一開始的確為了表達思想，你看小孩子牙牙學語時，他要表達自己的意思是那麼的困難，這是先有內容才有語言的形式。可是我們不要忘了，今天我們的語言已經流利到忘了背後有思想。我在公共場合看到有人嘰哩呱啦地說話，嘴巴一直動，我相信他的語言背後可以沒有思想。（蔣勳《孤獨六講・語言孤獨》）

KiwiQ這名順口好唸。其實夏威夷名詞經常音節複沓如歌謠，像卡美亞美亞國王、哈里雅卡拉火山，都具音韻感。又如島上特有內內（nene）鵝、以伊威（iiwi）鳥，和俗稱銀劍的植物阿西那西那（ahinahina），也都柔美動聽。（張讓〈KiwiQ命名禮〉）

說話即使不比作文難，也決不比作文容易。有些人會說話不會作文，但也有些人會作文不會說話。說話像行雲流水，不能夠一個字一個字推敲，因而不免有疏漏散漫的地方，不如作文的謹嚴。但那些行雲流水般的自然，卻決非一般文章所及。——文章有能到這樣境界的，簡直當以說話論，不再是文章了。但是這是怎樣一個不易到的境界！我們的文章，哲學裡雖有「用筆如舌」一個標準，古今有幾個人真能「用筆如舌」呢？（朱自清〈說話〉）

天下事講來講去講到徹底時正同沒有講一樣，只有知道講出來是沒有意義的人纔會講那麼多話，又講得那麼好。Montaigne, Voltaire, Hume說了許多的話，卻是全沒有結論，也全因為他們心裡是雪亮的，曉得萬千種話一燈青，說不出甚麼大道理來，所以他們會那樣滔滔不絕，**頭頭是道**。（梁遇春〈毋忘草〉）

不通順

【拗口】說起話來彆扭，不順口。

【繞口】不順口。又作「繞嘴」。

【彆扭】不通順、不流暢。

【生硬】語言生澀、不流暢。

【生澀】不流暢、圓滑。

【枯澀】枯燥生澀。

【晦澀】詩文或言語的含意隱晦，不流暢、不易懂。

【艱澀】艱深。文思遲鈍。

【費解】難懂、不易理解。

【狗屁不通】說話或文章非常不通順。

【鉤章棘句】文詞艱澀。

【詰屈聱牙】文字深奧，音調艱澀，不易誦讀。

童姥練功已畢，命虛竹負起，要他再誦歌訣，順背已畢，再要他倒背。這歌訣順讀已**拗口**之極，倒讀時更是逆氣頂喉，攪舌絆齒，但虛竹憑著一股毅力，不到天黑，居然將第一路掌法的口訣不論順念倒念，都已背得朗朗上口，全無窒滯。（金庸《天龍八部．三十六》）

在徐文長用來總結一生的這讀起來**詰屈聱牙**的數語中，我們看到的不只是他對生與死的勘破和解釋，這裡面更多地包含了對棄世的言說。正是這種言說所具有的自我解嘲作用，使他在個人的渺小和虛弱之外，獲得了一種生存的輕鬆。（費振鐘〈末世之痛．末世幽默〉）

生動、細膩

【生動】靈活，栩栩如生。

【活潑】自然生動而不呆板。

【傳神】用圖畫或語言文字描繪，形象生動逼真，充分表現出其神情意態。

【細膩】精細周密。

【細緻】精細雅緻。

【飄灑】自然生動，不呆板。

【入微】達到非常精細深刻的程度。

【壓卷】形容詩文優秀，在眾人作品之上。

【絲絲入扣】本指織布的技巧純熟，後多用以比喻文章或表演緊湊合度。

【刻畫入微】形容文章或繪畫等藝術的描摹深入而生動。

【入木三分】描寫生動或評論深刻中肯。

【有聲有色】形容言論或文章生動逼真，精彩動人。

【繪聲繪影】講述或描摹事物，深刻入微、生動逼真。

【歷歷如繪】描寫、陳述得清楚，彷彿畫面呈現在眼前。

【呼之欲出】形容畫作或文學作品的描寫生動逼真。

【栩栩如生】生動逼真，彷彿具有生命力。

【活靈活現】生動逼真。

【維妙維肖】巧妙得如同真的一樣。形容非常逼真酷似。

【躍然紙上】活躍地呈現於紙上。形容描寫得非常生動逼真。

【談吐風生】談論時興致高昂，十分生動有趣。

【娓娓動聽】形容說話生動好聽。

【鏤彩摛文】敘述、描寫生動逼真，細緻入微。

【曲盡其妙】將妙處生動細緻地表現出來。形容表現手法非常高妙。

【蕩氣迴腸】形容音樂或文詞生動、感人。

【神來之筆】創作時，無意間捕捉到特殊靈感，表現絕佳巧妙境界，宛如出自天授。多用來形容書畫文章的出色生動。

【詞喻橫生】文詞的比喻橫逸生動。

【妙喻取譬】講解中以巧妙的比喻來說明。

【逐字逐句】依次序一字一句的。

於是有時車子開在路上，你會錯以為是希區考克的懸疑諜報片，一會又以為是五〇年代的黑色電影，轉個身卻又像是老好萊塢的浪漫通俗劇。李安不愧是李安，這種運「鏡」帷幄的大將之風，穩健中見細膩，平凡中見功力。只有李安才有這等電影語言的嫻熟，這般電影類型的出入自如。（張小虹〈從李安到張愛玲（上）〉）

……他很會講，起承轉合，抑揚頓挫，有聲有色。他也像說書先生一樣，說到筋結處就停住了，慢慢地抽菸，急得大家一勁地催他：「後來呢？後來呢？」（汪曾祺〈異稟〉）

老女人繪聲繪影說著，彷若她親自一旁看見，卻不見林市有何懼怕反應，有些索然。換轉話題接著說要林市時常同她到陳府王爺拜拜，好替陳江水消除部份罪愆。否則以後下地獄夫婦同罪，婦人也得擔待。這回林市張大眼睛，驚恐的很快點頭答應。……（李昂《殺夫》）

他是臺灣人，又去過許多東南亞國家和地區，對於那些地方的風俗習慣，世態人情，都描寫得栩栩如生，使沒有到過那些地方，沒有接觸過那些人物的讀者，都能從他的小說、戲劇、童話、詩歌、散文、遊記和回憶裡，品味欣賞到那些新奇的情調，這使得地山在中國作家群裡，在風格上獨樹一幟！（冰心〈憶許地山先生〉）

自然與雕琢

【自然】指文章未經雕琢。

【渾然天成】自然形成，沒有雕琢的痕跡。可用來形容文章自然完美。

【芙蓉出水】形容文章清新可愛。

【穠麗】豔麗、華美。

【繁麗】豐富華麗。

【麗藻】華麗的文藻。

【浮豔】文詞華麗，但內容貧乏。

【工巧】精美、精巧。

【雕琢】修飾文詞。

【雕鏤】雕琢刻鏤。

【錯彩鏤金】形容雕繪精巧華麗。

【絕妙好辭】形容極為佳妙的文辭。

【妙筆生花】文思俊逸，寫作能力很強。或稱讚人文章佳妙。

【夢筆生花】比喻文人才思泉湧、文筆富麗。

【字字珠璣】形容句子或文章中遣詞用字非常優美。

【詞華典贍】遣詞華麗，用典豐贍。

【鋪錦列繡】比喻詞藻華麗。

【奇文瑰句】奇美的文章，華麗的文藻。

【清詞麗句】清新華麗的文詞。

【斐然成章】讚美他人的言語或文章有文采與章法。

【擲地有聲】形容文字巧妙華美、音韻鏗鏘有力。

余始讀謝靈運詩，初甚不能入，既入而漸之以至於不能釋手。其體雖或近俳，而其有似合掌者，然至穠麗之極，而反若平淡；琢磨之極，而更似天然，則非餘子所可及也。鮑照對顏延之之請鷺，而謂謝如初發芙蓉，自然可愛，君若鋪錦列繡，亦雕繢滿眼也，自有定論。（明・王世貞〈書謝靈運集後〉）

湯惠休曰：「謝詩如芙蓉出水，顏詩如錯彩鏤金。」顏終身病之。（梁・鍾嶸《詩品・卷中・宋光祿大夫顏延之詩》）

荊公命童子取出一卷文字，遞與老泉道：「此乃小兒王雱窗課，相煩點定。」老泉納於袖中，唯唯而出。回家睡至半夜，酒醒，想起前事：「不合自誇女孩兒之才。今介甫將兒子窗課屬吾點定，必為求親之事。這頭親事，非吾所願，卻又無計推辭。」沉吟到曉，梳洗已畢，取出王雱所作，次第看之，真乃篇篇錦繡，字字珠璣，又不覺動了個愛才之意。（明・馮夢龍《醒世恆言・卷十一・蘇小妹三難新郎》）

簡短、精練

【簡短】文詞、言語簡單而不繁長。

【簡潔】簡要清晰，不繁複雜亂。

【簡要】簡單扼要。

【簡略】簡單而約略。

【簡約】簡單、約略。

【洗鍊】讚美人講話或作文章簡潔而俐落。也作「洗練」。

【精練】語言文字簡潔精要。亦作「精鍊」。

【凝練】形容文章簡潔有力、乾淨俐落。

【扼要】行文或發言能抓住要點。

【三言兩語】言語簡短，不多說話。

【隻字片語】指極少的言語或零散的文字。

【乾脆俐落】言語或動作敏捷、爽快。

【二話不說】不說第二句話。表示乾脆、爽快。

【長話短說】省略冗長的談話，只講重點。

【要言不煩】說話、作文章簡明扼要、不煩瑣。

【不蔓不枝】形容文章簡潔而流暢。

【簡明扼要】語言文字精簡明白，且能抓住重點。

【文簡意深】文字簡練，含義深刻。

【言簡意賅】言詞簡要而意義完備。

【無庸贅言】不用多說。

【一語道破】一句話就說穿。形容說話精確簡要，一句話就說出關鍵或揭露真相。

【提綱挈領】提起漁網的總繩、衣服的領口，就能把漁網、衣服理順。比喻抓住要領，掌握關鍵，簡潔扼要。

【不著一字】不撰一字。

我喜歡的散文，都是因為文字的美，我喜歡鍾阿城，他的《閒話閒說》、《常識與通識》、《威尼斯日記》愈來愈簡潔，愈點到為止的書寫方式，那就是詩了。（李進文〈如果MSN是詩，E-mail是散文〉）

劍川男人詩禮傳家，出語不俗。他們舌頭有點大的土腔透出些許木訥，唯其如此，言詞很是簡約，很是書卷氣，使女人聽君一席話會急出滿面桃花。時下人說，男人先征服社會再征服女人，劍川男人不媚這個俗。他們深深懂得家齊國治的辯證關係，征服了女人再去征服社會，寧靜的家園是劍川男人的心靈依靠，他們把家看得很重。（黃曉萍〈劍川男人〉）

「呵呵，」喵子笑了起來。「我知道你的意思。」喵子轉過頭來認真的說。認真得讓我感到訝異非常。「你的意思是，這世界為什麼會這麼的不公平？是吧？」喵子果然聰明，三言兩語便道破了我三十年解不開的疑惑，真不愧每天長時間的沉思和自省。（流氓阿德〈雨天裡的喵子〉）

她眼觀四面、耳聽八方，往往就在兩號病患前後交接、姨丈起身上洗手間的空檔，便眼明手快地推著彆扭扭的我閃電就座。等姨丈回來，看到落座的我，依然是標準句：「安怎？」然後，母親言簡意賅陳述病情，外加簡單的寒暄，我則模仿姨丈不開金口以掩飾內心的忐忑。（廖玉蕙〈取藥的小窗口〉）

冗長、堆砌

【瑣碎】語言、文詞零碎而繁瑣。
【重複】文句反覆相同。
【冗長】文詞枝蔓而長。
【冗贅】冗長而多餘。
【繁冗】繁雜紛多。
【繁雜】繁多而雜亂。
【繁瑣】繁雜而瑣碎。
【繁蕪】文字多而雜亂。
【蕪雜】雜亂不整，沒有條理。
【堆砌】在文章中堆積大量華麗而沒內容的詞藻。
【雕砌】雕琢堆砌。
【拖沓】言詞繁瑣，脫離主題。做事拖拖拉拉。
【長篇大論】滔滔不絕的言論，或篇幅極長的文章。
【累牘連篇】文字冗長且篇幅太多。
【拖泥帶水】指做事不乾脆，或說話、寫文章不夠簡潔。
【疊床架屋】床上疊床，屋下架屋，意指重複累贅。
【東拉西扯】言語、文字雜亂或偏離主題。
【洋洋灑灑】言論或文章長篇大論。
【狗尾續貂】拿壞的東西接在好的東西後面，指事物或文章以壞續好，前後不相稱。

吃一頓好吃的是一種療癒。出國旅行是一種療癒。看韓劇是一種療癒。看日劇也是一種療癒。洗溫泉浴是一種療癒。做spa是一種療癒。Shopping是一種療癒。芳香療法是一種療癒。一壺花草茶、一杯咖啡又何嘗不是一種療癒——有時為了一件推不掉的小事，或一場明知十分冗長無味的會議，還得先世故地到星巴克裡買一杯外帶咖啡隨身帶著去。（林文珮〈你就是醫我的藥〉）

在身心全不舒服的時節，像去年夏天，就沒法不過度的勉強，而過度的勉強每每使寫作變成苦刑。我吸菸，喝茶，楞著，擦眼鏡，在屋裡亂轉，著急，出汗，而找不到所需要的字句！勉強得到的幾句，絕對不是由筆中流出來的，而是硬把文字堆砌在一處。這些堆砌起來的破磚亂瓦是沒法修改的……（老舍《火葬》）

雄渾

【雄渾】雄健渾厚。
【雄健】蒼勁有力。
【渾厚】樸實而雄厚。
【蒼勁】蒼老而強勁有力。
【遒勁】蒼勁有力。
【剛勁】強勁有力。
【勁拔】遒勁卓拔。
【挺拔】剛健有力。
【峭拔】指文章或書法下筆雄健有力。
【沉鬱】深沉蘊積。
【質直渾厚】形容詩詞、文章、書畫等筆力、風格樸素厚實。

那次的講題是：「人生價值的鐘擺」，內容實在沒什麼新奇，但是張爾廉的本事，就是任何題目到他手中，都會像魔術般變得懾人心魄。他最大的本事是隨時即席演說，從不攜帶紙條，而且用字鏗鏘遒勁，中間絕無「這個、那個」之類的停頓語詞。一口京片子像銳利的刀鋒一樣，逼人莫敢仰視。（王

文進〈淡水情懷——七〇年代淡江行〉）

詩題就叫〈江南河〉，有時候會令人想起日本浮世繪畫家北齋的畫境，不過櫻花世界的虛幻感固然有之，若論到蒼茫沉鬱，便只有張擇端的汴梁虹橋差可比擬了。我不知這位詩人心目中是否想到過南宋的那座橋，但是我，我卻固執的把這首詩和那幅畫牢牢地聯在一起，終至不可開交的地步了。（高大鵬〈清明上河圖〉）

奔放

【奔放】 形容文思泉湧，或者感情盡情地表達，不受拘束。

【奔逸】 疾馳。

【豪放】 豪邁奔放。

【恣肆】 形容文筆或言論豪放不拘。

【縱橫】 放肆、恣肆，指文章、言論雄健奔放。

【揮灑】 形容作文章、寫書法或作畫運筆自如。

【行雲流水】 飄動的浮雲，流動的水。形容文章或言論飄灑自然，無拘無束的樣子。

【天馬行空】 比喻才思敏捷，氣勢奔放，文筆超逸脫俗。

【一瀉千里】 水的奔流通暢快速，用來比喻口才雄辯，或者行文暢達，氣勢奔放。

【揮灑自如】 寫作詩文或書畫，自在不受拘束。

【落紙如飛】 文思敏捷，創作時如行雲流水。

【汪洋閎肆】 形容人的氣度或是文詞寬宏奔放。

【跌宕遒麗】 形容文詞或書法豪放不羈，剛勁逸麗。

所示書教及詩賦雜文，觀之熟矣。大略如行雲流水，初無定質，但常行於所當行，常止於所不可不止，文理自然，姿態橫生。孔子曰：「言之不文，行而不遠。」又曰：「辭達而已矣。」夫言止於達意，即疑若不文，是大不然。求物之妙，如繫風捕影，能使是物了然於心者，蓋千萬人而不一遇也。

（宋・蘇軾〈與謝民師推官書〉）

我們中國自古是個散文成績最輝煌，散文作者最眾多的國家。按照古代的文學形式而言，除了駢文以外，什麼「賦」、「銘」、「傳」、「記」、「表」、「文」、「言」都是屬於散文一類。我們的前輩作家，拿散文來抒情敘事、寄哀誌喜、感事懷人，在短小的篇幅之中，揮灑自如，淋漓盡致，這個豐富多彩而又獨樹一幟的傳統，幾千年來，我們不是沒有繼承下來的。（冰心〈我們的新春獻禮——一束散文的鮮花〉）

深刻與淺白

【深湛】深厚、精闢。

【精到】精細周到。

【精湛】精良深厚。

【精微】精深微妙。

【精闢】深入而透徹。

【透闢】透徹精妙。

【雋永】甘美而意義深長，耐人尋味。

【玄奧】神奇奧妙。

【清新雋永】清麗新穎，意義深長。

【入木三分】筆力遒勁。評論深刻中肯或描寫生動。

【力透紙背】寫字時運筆的力量穿透紙張到背面。形容人書法遒勁有力。後用來形容詩文深刻有力。

【鞭辟入裡】評論他人的文章見解深刻。

【耐人尋味】意味深遠雋永，值得反覆體會。

【意味深長】意境趣味含蓄而深刻。

【文簡意深】文字簡練，意義深刻。

【深入淺出】以簡淺易懂的文字，表達深刻道理。

【立論精宏】議論精闢宏深。

【鴻篇巨制】篇幅、規模很大的著作，或恭維、讚美他人作品。

【體大思精】著作規模宏大、構思精密。

【淺白】淺顯明白。

【淺顯】淺白明顯。

【清淺】清楚淺白。

【平易】文字淺顯易懂。

【通俗】淺顯易懂，適合大眾水準。

【淺顯易懂】簡單，容易使人明白。

【思深語近】意義深刻長遠，而言詞淺顯易懂。

但是從這些短文裡，我們可以看到他的性格、他的愛好、他一生的際遇、他接觸過的人物、他居住過或遊歷過的地方。看了這些短文，就如同聽到他的茶餘酒後的談話那樣地親切而雋永。（冰心〈老舍的散文〉）

在真摯的愛和真摯的恨之間，他能寫出「輕不著紙」的繞指柔的詩篇，也能寫出「力透紙背」的百煉鋼的豪句！當然，一首好詩不但要有高尚強烈的感情，也要有美麗鏗鏘的音韻。（冰心〈西郊短簡〉）

他的《唐詩雜論》雖然只有五篇，但都是精彩逼人之作。這些不但將欣賞和考據融化得恰到好處，並且創造了一種詩樣精粹的風格，讀起來句句耐人尋味。（朱自清〈中國學術界的大損失〉）

創新與守舊

【創新】創造，推陳出新。

【新穎】新奇別致。

【不落俗套】創新風格，不流於陳腐老舊。

【不落窠臼】不落俗套，有獨創的風格。窠臼，陳舊、一成不變的模式。

【陳言務去】去除陳舊的言詞，力求創新。

【盡去陳言】完全去除陳舊的言詞。

【自出機杼】比喻詩文的組織、構思，別出心裁，具有獨創新意。

【獨創一格】有獨到的見解和風格。

【獨樹一幟】比喻獨具風格，自成一家。

【別具一格】風格獨特。

【別開生面】比喻開創新的風格、形式。

【別出心裁】獨出巧思，不流俗。

【自成一家】文章書畫等

有創新，自成一種風格。

【標新立異】創立新奇的名目或主張，與眾不同。

【語驚四座】發言新奇獨特，使人震驚。

【守舊】因襲舊法，不知變通。

【俗套】一般人流行、慣用的作法或說法。

【刻板】固定而缺乏變化。

【炒冷飯】重複做過的事或說過的話，沒有創新。

【老八股】比喻陳腔濫調的文章、言論或迂腐的言行舉止。

【如法炮製】本指依照古法製藥，後指按照往例或現有的方法辦事。

【一成不變】比喻墨守成規，不知變通。也作「一成不易」。

【千篇一律】形式或內容毫無變化。

【了無新意】完全沒有一點創意。

【老生常談】老書生的尋常言論。比喻時常聽到，了無新意的老話。

【陳腔濫調】陳腐而缺乏新意的論調。

【依樣畫葫蘆】比喻一味模仿，毫無創見。也作「照葫蘆畫瓢」、「依本畫葫蘆」、「依樣葫蘆」。

他繼續說：「劍橋的三一學院，今年蓋了個廁所，一位校監料到一定有廁所文學家出現，他乾脆把廁所的牆弄成黑板，並且把現成粉筆放在那裡備用。廁所文學於是大批出籠。不過，很容易擦，每天擦一下也就是了。劍橋解決問題的辦法，你看是否**獨創一格**？」（陳之藩〈一夕與十年〉）

十七年前那個初夏的午後，當菲比林踱進他店裡來的時候，他就有種異樣的感覺，說「一見鍾情」實在太**俗套**，但他知道他不會讓這個女孩子，像進來時那樣輕易地從他店裡出去。（席慕蓉〈斯人〉）

我真不知道該不該把這一類的庭訓傳衍下去。畢竟我這一代的人在無數爭取自我、表達自我、肯定自我的**陳腔濫調**之中長大，總相信那壓抑個人價值感的教訓注定是過時的了，也似乎不敢在任何程度上挫折年輕人的信心和勇氣。（張大春《聆聽父親・第八章》）

詞窮

【詞窮】論辯時，因為理由不充分，導致無言以對。

【無話可說】言窮詞塞。

【無言以對】沒有話可以對答。

【無以名之】不知道用什麼來表達它，無法形容。

【詞窮理盡】無言以對，無理可論。也作「詞窮理絕」。

【理屈詞窮】由於理虧而被反駁得無話可答。也作「詞窮理屈」。

【不可言喻】無法用語言文字表達。

【不可言宣】無法用語言來表達。

【不可名狀】不能用言語來形容。

【盡在不言中】內心有很多感受，不用表達或表達不出來。

可是我實在**無話可說**。我只覺得所住的並非人間。四十多個青年的血，洋溢在我的周圍，使我艱於呼吸視聽，那裡還能有什麼言語？長歌當哭，是必須在痛定之後的。而此後幾個所謂學者文人的陰謀的論調，尤使我覺得悲哀。（魯迅〈紀念劉和珍君〉）

建侯聽他太太振振有詞，又講自己「小孩子氣」，不好再吵，便搖手道：「這話別提，都是你對。咱們講和。」愛默道：「你只說聲『講和』好容易！我假如把你的話作準，早拆開了！」說著出去了，不睬建侯伸出待拉的講和的手。建侯一個人躺著，想明明自己理長，何以吵了幾句，反而**詞窮理屈**，向她賠不是，還受她冷落。他愈想愈不平。（錢鍾書《貓》）

梵谷畫這幅畫，用的全是粗筆，大塊黃色藍色顏料被他用枯筆「刮」在畫上，天空的線條是扭曲又糾結的，有些藍得過深，有點像深海裡的海水，又波濤洶湧的，太陽雖然很大，但被太過強烈的藍色與金黃色逼迫，竟然變成像死麵般慘淡灰白的一團。麥田黃色的線條也是同樣的混亂，風十分強烈，麥子傾倒得厲害，也許看到人來，一群烏鴉從田間驚飛而起，整幅畫有令人不敢逼視的氣勢，充滿著不可言喻的命運的危機。這是梵谷之路的終點，梵谷走進去之後就再也沒有走出來。（周志文〈梵谷之路〉）

愛和平是我的天性。在怨毒，猜忌，殘殺的空氣中，我的神經每每感受一種不可名狀的壓迫。記得前年奉直戰爭時我過的那日子簡直是一團黑漆，每晚更深時，獨自抱著腦殼伏在書桌上受罪，彷彿整個時代的沉悶蓋在我的頭頂——直到寫下了「毒藥」那幾首不成形的咒詛詩以後，我心頭的緊張才漸漸的緩和下去。（徐志摩〈自剖〉）

空洞、枯燥

【空洞】內容貧乏無物。
【空泛】空洞且不切實際。
【空疏】空虛、空洞。
【貧乏】不足、缺乏。
【膚泛】浮淺不切實際。
【膚廓】言詞空泛，不切實際。
【言之無物】文章或言論的內容空洞貧乏。
【不知所云】本指情緒激動，不知自己表達的內容。後多指言論或文章內容空洞模糊，無法確知意旨。
【不著邊際】言論空泛，不切實際。
【言不及義】只說些無聊的話，不涉及正當的道理。

【平淡】平常無奇。
【呆板】刻板而不知變通。
【刻板】呆板而缺乏變化。
【呆滯】死板、不流通。
【板滯】呆板、不靈活。
【枯燥】單調、無趣。
【枯澀】枯燥生澀。
【索然】乏味。
【言語無味】說話空洞，沒有內容。
【枯燥無味】單調、呆板而沒有趣味。
【味同嚼蠟】比喻文章、言語索然乏味。

天地會的口號是「天父地母，反清復明」，但當遇上身份不明之人，先將這八個字顛倒來說，倘若

是會中兄弟，便會出言相認，如是外人，對方不知所云，也不致洩漏了身份。（金庸《鹿鼎記・四十一》）

不說別的，比如週末請她們上夜總會跳跳舞，本是稀鬆平常的事，但是她們就會認為你羅某人要追求她了，架子大來兮，從頭到尾一副聖女狀，言語無味，跳起舞來隔了三尺遠，生怕你會侵犯她什麼似的。結果嘛勞心勞力大破鈔一番，除了一肚子氣外，一無所獲。（曹又方〈爪痕〉）

8 態度

聲調

【抑揚頓挫】 形容詩文或音樂之聲響高低轉折，富變化又有節奏。

【字正腔圓】 形容說話時咬字清晰，發音正確。

【清脆】 聲音清晰響亮。

【洪亮】 聲音洪大響亮。

【響亮】 聲音洪亮。

【嘹亮】 聲音清澈響亮。

【朗朗】 聲音清晰響亮。

【鏗鏘】 聲音響亮、清脆。

【高亢】 聲調高昂、激動。

【激越】 聲音激揚高亢。

【高唱入雲】 歌聲響亮，高入雲霄。

【響遏行雲】 聲音響亮高妙，能讓行雲停止。

【響徹雲霄】 聲音響亮。

【聲如洪鐘】 形容人的聲音像大鐘一樣響亮。

【穿雲裂石】 穿透雲霄，震裂石頭。形容聲音響亮高亢。

【清厲】 聲音清切高亢。

【厲聲】 語氣嚴厲。

【潑聲】 粗著嗓子。

【潑聲浪氣】 聲音粗大。

【震耳欲聾】 形容聲音很大，幾乎要將耳朵震聾。

【粗聲粗氣】 大聲而粗魯地講話。

【刺耳】 聲音尖銳吵雜。

【尖聲尖氣】 說話聲音尖銳刺耳。

【嘶啞】 聲音沙啞。

【倒嗓】 演員或歌手聲音變

沙啞。
【低沉】聲音低微沉重。
【低啞】聲音低沉沙啞。
【磁性】吸引力。
【悅耳】言語或聲音動聽，令人愉悅。
【婉轉】聲音動人悅耳。
【圓潤】聲音婉轉、和諧。
【圓渾】音調圓潤婉轉。
【軟儂】聲音輕盈柔美。
【銀鈴般】清脆好聽。
【餘音繞樑】餘音環繞屋樑旋轉不去。形容音樂美妙感人，餘味不絕。

前些年，我飛越太平洋參加中美作家對話時，曾在幾個大都市裡聆聽過洋小姐清唱的蘇三唱段。金髮碧眼的女郎們啟動的雖不是櫻桃小口，唱起來也不會字正腔圓，對戴枷蘇三的心境更不可能有真正的體味，但通過她們那濕潤豐腴的紅脣，卻使「洪洞」這個縣名，在異邦傳揚流播。（李存葆〈祖槐〉）

綠萼心中不忍，呆了一呆，叫道，「爹爹，爹爹！」想要追出去察看。裘千尺厲聲道：「你要爹爹，便跟他去，永遠別再見我。」綠萼愕然停步，左右為難，但想此事畢竟是父親不對，母親受苦之慘，遠勝於他，再者父親已然遠去，要追也追趕不上，當下從門口緩緩回來，垂首不語。（金庸《神鵰俠侶・二十》）

在這含暈的火光和燈光之下，屋裡的一切陳設，地毯，窗帘，書櫃，瓶花，壁畫，爐香……無一件不妥貼，無一件不溫甜。主婦呢，穿著又整齊，又莊美的衣服，黑大的眼睛裡，放出美滿驕傲的光；掩不住的微笑浮現在薄施脂粉的臉上；她用著銀鈴般清朗的聲音，在客人中間，周旋，談笑。（冰心〈第一次宴會〉）

嚴肅

【語重心長】說話誠懇，用意深長。

【不苟言笑】不隨便談笑，形容態度嚴肅。

【疾言厲色】言語急迫，神色嚴厲。

【聲色俱厲】說話時，口氣和臉色都很嚴肅。

【不假辭色】言語、神色皆不修飾、不隱瞞。形容態度直接而嚴厲。

【正言厲色】言詞鄭重，神情嚴厲。

【危言正色】言論正直，態度嚴肅。

殷先生那時是台大哲學系教授，四十五歲，滿頭灰髮，穿著白襯衫米黃長褲，教室講桌上頭懸著一支細長的日光燈，照得他的身影愈顯瘦小。他說話急促略帶金屬聲，講課時不苟言笑，神情有點疲憊，下了課收起書本就走，大概覺得我們只是慕名而來，並非真的想鑽研學術精髓。（季季〈鷺鷥潭已經沒有了〉）

受傷生命表現出來的第一種假是情緒過當，第二種假就是虛張聲勢，孔子稱之為「色厲內荏」（表情凶厲其實內心荏弱）。人為什麼須要用疾言厲色來待人？說穿了常是為了掩飾自己的心虛，卻不知明眼人早把你看穿；所以疾言厲色頂多能嚇一嚇比你還荏弱的人罷了！（曾昭旭《讓孔子教我們愛‧凡虛張聲勢，都只是自欺欺人》）

一個真正幽默的心靈，必定是富足，寬厚，開放，而且圓通的。反過來說，一個真正幽默的心靈，絕對不會固執成見，一味鑽牛角尖，或是強詞奪理，疾言厲色。幽默，恆在俯仰指顧之間，從從容容，瀟瀟灑灑，渾不自覺地完成……。（余光中〈幽默的境界〉）

撒嬌

【撒嬌】仗著對方的寵愛而恣意做出嬌態。

【嬌嗔】女子撒嬌，假裝生氣貌。

【軟語】溫婉輕柔的話語。

【嗲】形容聲音或姿態嬌媚造作。

【嗲聲嗲氣】形容聲音或姿態嬌媚造作。

【嬌聲細氣】聲音輕柔，口氣溫和。

【嬌聲細語】形容聲音輕柔、微細。

【軟語溫存】用溫婉輕柔的話來安撫慰藉。

媽媽說：「我看你還是另想辦法吧！我是捨不得你拿去亂穿的，這是存了四十多年的老古董啊！」珊珊還是不依，她扭著腰肢，撒嬌地說：「我要拿去給同學們看。我要告訴她們，這是我祖母結婚穿的百襉裙！」「誰告訴你這是你祖母結婚穿的啦？你祖母根本沒穿過！」媽媽不在意地，隨口就講了這麼一句話。（林海音〈金鯉魚的百襉裙〉）

晚上，我竟久久不能安眠，她的影子，她的聲音，飄忽而又執著地深印在我的心版上。有幾次，我都想告訴韓潮，可是終於還是忍住了。我們彼此之間不該有祕密，但我們的生活裡，從來沒有過嬌聲細氣的女人，我怕他說出什麼粗魯的話來，那會褻瀆了我內心裡神聖的意念。（彭歌〈蛙人記〉）

堅持

【堅稱】非常堅定地表示。

【咬定】話說得很肯定，堅持自己的意見。

【鐵口】形容口氣堅定、論斷精確。

【一口咬定】堅持自己的意見，不改口。

【堅持己見】堅持自己的意見，不聽從他人建議。

【固執己見】堅持己見，不願意變通。

【死不認錯】堅持不肯承

認錯誤。

【矢口否認】堅決否認。

【僵持不下】雙方因為堅持己見，僵滯而無進展。

【周旋到底】堅持與人對抗到底。

一仗打下來，馬橋這邊傷了兩個後生，還丟了一面好銅鑼，全班人馬黑汗水流整整餓了一天。他們無法相信那邊農民兄弟的革命覺悟竟然這樣低，想來想去，一口咬定是洪老闆在那邊搞陰謀。對洪老闆的深仇大恨就是這樣結下來的。（韓少功《馬橋詞典・洪老闆》）

他的結論是一個人必須在三十歲之前就做好打算。他最初立志要成為思想家，後來修正為出版家，畢業前夕他轉而希望當一個企業家，他闡述事業版圖時的自我陶醉，至今令我印象深刻。大學畢業之後，他進入國中教書，一教就是一輩子。最近我與他聊到這段往事，他矢口否認，似乎早已把當年的真知灼見忘得一乾二淨了。（邱坤良〈三十功名錄〉）

誠懇敦厚

【諄諄】叮嚀告諭，教誨不倦的樣子。

【衷腸話】出自肺腑的真心話。

【吐真言】說出真心話。

【老實話】坦白、沒有欺瞞的話。

【實話實說】說真話，沒有欺瞞。

【心口如一】心中所想的和口中所說的一致。

【言行一致】說的和做的一樣。

【憑良心說】說實話。

【以實相告】說實話。

【諄諄告誡】懇切耐心的反覆勸告。

【肺腑之言】發自內心的真話。

【不卑不亢】不自大，也不低聲下氣。比喻對人的態度恰合身分。

【情詞懇切】所說的話全出自肺腑，沒有虛假。

【隱惡揚善】隱藏他人的過失，宣揚他人的善行。

【傾心吐膽】說出真心話，指真誠相待。

【吐露心腹】說出真心話或實情。

【言為心聲】指言語反映了人內心的想法。

說老實話，我也漂泊了很久。倦飛而知返的時候，我卻飛遠了，遠到非常陌生的地方來了。還沒搬遷的時候，這一趟南遷，甚以為一種放逐，放逐到人生地疏的地方，這不是一種自討苦吃，甚至不是自走絕路呢？（許世旭〈祖駕馬車〉）

自從紅玉和莫愁在花園裡長談之後，紅玉對莫愁的愛，完全成為成年人有思想的深厚的愛，她倆說的要韜光養晦，不要聰明外露，真是肺腑之言。（林語堂《京華煙雲》）

川嫦道：「我到沙發上靠靠，舒服些。」便走到穹門那邊的客廳裡坐下。這邊鄭夫人悲悲切切傾心吐膽訴說個不完，雲藩道：「伯母別盡自傷心了，身體經不住。也要勉強吃點什麼才好。」（張愛玲〈花凋〉）

輕浮虛偽

【耍貧嘴】油腔滑調，說話浮華不實。

【嘻皮笑臉】笑裡透著頑皮和耍賴等不莊重的表情和態度。

【油嘴滑舌】說話油滑、輕浮不實。

【油腔滑調】寫文章或言語態度輕浮，不切實。

【口是心非】嘴上說的和心裡想的不一致。

【言不由衷】說話不是出於內心，沒有誠意。

【虛與委蛇】假意慇懃，敷衍應付。

【見風轉舵】隨機應變，視情況而說話、行動。

【心口不一】心裡想的和嘴裡說的不一樣，形容為人虛偽。

【矯言偽行】矯飾虛偽的言語行為。

【裝腔作勢】故意裝出某種腔調或姿態。

【兩面三刀】陰險狡猾，要兩面手法，挑撥是非的作風。

【陽奉陰違】表面上裝著遵守奉行，實際上卻違反不照辦。

【口蜜腹劍】嘴上說的好聽，但內心險惡，處處想陷害人。

閔柔對石中玉好生失望，但畢竟是自己親生的孩子，向他招招手，柔聲道：「孩子，你過來！」石中玉走到她身前，笑道：「媽，這些年來，孩兒真想念你得緊。媽，你越來越年輕俊俏啦，任誰見了，都會說是我姊姊，決不信你是我的親娘。」閔柔微微一笑，心頭甚是氣苦：「這孩子就學得一副油腔滑調。」笑容之中，不免充滿了苦澀之意。（金庸《俠客行・十五》）

人們在情感上要求真誠，要求真心真意，要求開誠相見或誠懇的態度。他們要聽「真話」、「真心話」，心坎兒上的，不是嘴邊兒上的話，這也可以說是「老實話」。但是「心口如一」向來是難得的，「口是心非」恐怕大家有時都不免，讀了奧尼爾的《奇異的插曲》就可恍然。「口蜜腹劍」卻真成了小人。真話不一定關於事實，主要的是態度。可是，如前面引過的，「知人知面不知心」，不看什麼人就掏出自己的心肝來，人家也許還嫌血腥氣呢！（朱自清〈論老實話〉）

秀才長歎了一聲，索性把電報擲在桌上。他恨自己滿腹詩書，無力解決這個當下急切的問題。他不能無咒咀朝代的變遷，詩書的不值錢了。他並看不起了受新教育的青年。以為這班人只會裝腔作勢，講幾句時髦的話，其實胸中全無半點文墨。（陳虛谷〈榮歸〉）

尤二姐笑道：「你這小猾猴兒的，還不起來。說句玩話兒，就唬的這個樣兒。你們做什麼往這裡來，我還要找了你奶奶去呢。」興兒連忙搖手說：「奶奶千萬不要去。我告訴奶奶，一輩子別見她才好呢。嘴甜心苦，兩面三刀，上頭笑著，腳底下就使絆子，明是一盆火，暗是一把刀，她都佔全了。只怕三姨兒這張嘴還說不過她呢，奶奶這麼斯文良善人，哪裡是她的對手！」（清．曹雪芹《紅樓夢．第六十五回》）

蠻橫與謙卑

【蠻話】蠻橫無理的話。

【刁話】蠻橫、不講理的話。

【蠻不講理】形容人態度惡劣不講道理。

【不可理喻】無法以道理使他明白。形容人態度強硬，不講道理。

【蠻橫無理】態度強硬不講道理。

【強辭奪理】理虧卻強行狡辯。

【出言不遜】指人講話傲慢無禮，或言語粗暴傷人。

【出言無狀】說話傲慢無禮。

【不容置喙】不容許插嘴或批評。

【客套】會客時表示問候、謙讓的應酬話。

【謙讓】謙卑退讓。

【禮讓】守禮而謙讓。

【辭讓】禮讓、婉拒。

【推讓】謙遜辭讓。

【你謙我讓】互相謙虛辭讓，而不接受。

【柔聲下氣】說話時聲低氣柔，形容人謙卑恭順的樣子。

【低聲下氣】因為謙卑或懼怕而順從小心的樣子。

【微不足道】卑微渺小得不值得一提。

【不足掛齒】不值得一談。

金花婆婆咳嗽兩聲，向滅絕師太瞪視兩眼，點了點頭，說道：「嗯，你是峨嵋派的掌門，我打了你的弟子，你待怎樣？」滅絕師太冷冷的道：「打得很好啊。你愛打，便再打，打死了也不關我事。」紀曉芙心如刀割，叫道：「師父！」兩行熱淚流了下來。她知師父向來最是護短，弟子們得罪了人，明明理虧，她也要強辭奪理的維護到底，這時卻說出這幾句話來，那顯是不當她弟子看待了。（金庸

《倚天屠龍記・十三》）

他們向來對於他就沒有好感，只是在積威之下，不敢作任何表示。現在他自己行為不端，失去了他的尊嚴，他們也就不顧體面，當著他的面出言不遜，他一轉身，便公開地嘲笑他，羅杰在人叢中來去總覺得背上汗濕了一大塊，白外套稀皺地黏在身上。（張愛玲《沉香屑・第二爐香》）

如果用語言來表達我這種直感，大抵是，啊！可憐的人，他們可憐，他們衰老，他們那點微不足道的願望也難以實現的時候，他們就禱告，好求得這意願在心裡實現，如此而已。（高行健《靈山》）

年幼時候我所經受的種種抑鬱和壓力，就今看來十分平常，不過蒙昧之中的小小挫折——比較起有些人的遍歷艱辛，或生命涉危的情狀，似乎不足掛齒，但那印痕即使至今卻也不易自成長的精神上拭去，反而每當回看時，為自己的少年時代的寂寞，感到悲傷。（雷驤〈車棚裡的先生〉）

四 閱讀與運用

1 閱讀

閱讀

【閱讀】看文字、書報，領會其表達的意義。

【默讀】不發出聲音地讀書。

【讀書】閱讀文字、書報（不發出聲音），或誦讀文字、書報（發出聲音）。

【傳閱】傳遞著看。

【過目】看一遍，閱讀。

【瀏覽】大略地看。也作「流覽」。

【披覽】翻閱、觀賞。

【涉獵】粗略地閱讀而不深入鑽研。

【泛覽】廣泛地閱覽。

【博覽】廣博閱覽。

【重讀】重新再讀。

【精讀】仔細深入地閱讀。

【熟讀】仔細閱讀並深入理解。

【精研】仔細研究。

【鑽研】深入而徹底地研究。

【拜讀】恭敬謹慎地閱讀。

【捧讀】拜讀。

我明明是在閱讀著，卻沒感到閱讀的知性與嚴肅性，只感到身心鬆弛的快樂。當我看著楚留香破空而去，從書頁之間飄到港劇裡，鄭少秋瀟灑的身影飄到每個人的家庭，他的彈指神功如此輕盈而又威力無限，每到星期天晚間八點鐘，街上看不見行人，商店直接拉下門打烊，喜宴也總是匆匆結束。當

「湖海洗我胸襟」的歌聲響起，整座島上的人都整齊劃一地集合在電視螢光幕前。就像童年時集中在廣場的小板凳俱樂部。（張曼娟〈小板凳俱樂部〉）

然而當我二十五年後重讀〈與妻訣別書〉，我發現林覺民可能就是這樣一個任性的年輕人。當然，他「吾充吾愛汝之心，助天下人愛其所愛」……的情操，是一般人比不上的。今日的我們不會助天下人愛其所愛，甚至不會祝前情人愛其所愛。我們會詛咒分手的情人去死，希望他下一個情侶不及我們的萬分之一。（王文華〈他也是一個爸爸〉）

翻閱著蒼白的教科書，小時候熟讀的中國山水地理，而今終於將場景拉回現實，來到我們生活的土地，島嶼的頂點，三千九百五十二公尺的玉山之頂。終於有了回家的感覺，從遙遠的記憶中回來，回到自己的土地，在最高的玉山，俯看台灣，俯看世界，俯看流逝的歲月，漂泊的靈魂與失真的過往。（廖永來〈玉山小記〉）

誦讀

【誦讀】發出聲音地讀。

【朗讀】高聲地誦讀詩文。

【朗誦】高聲地誦讀詩文。

【念書】誦念書籍。也作「唸書」。

【宣讀】當眾高聲朗讀（布告、文件等）。

【諷誦】朗誦、誦讀。

【傳誦】流傳並被人們誦讀與稱道。

【背誦】熟記文句而默誦之。

【背書】背誦念過的書。

【記誦】記憶背誦。

【默唸】背誦。

【覆誦】背誦。

【闇誦】默記而背誦。

【朗朗上口】誦讀熟練，能順口念出來。

【倒背如流】比喻將書或詩文讀到滾瓜爛熟。

【書聲朗朗】形容讀書聲清脆響亮。也作「書聲琅琅」。

司儀唱道：「叩首！叩首！三叩首！主祭人起立，復位！」此時一鄉耆開始誦讀祭文，一吟三嘆的湘音十分哀痛，波下的大夫聽到了，想必也會鮫淚成串吧。（余光中〈水鄉招魂〉）

始終記得在多麼遙遠的少年時代，朗讀著《戰國策》裡荊軻的故事，吟詠著「風蕭蕭兮易水寒」這悲愴的曲調，心中竟然燒起一團熊熊的火焰，還立即向渾身蔓延開來，灼熱的血液似乎要沸騰起來，無法再安靜地坐在方凳上，雙手撫摸著滾燙的胸脯，竟霍地站立起來，繞著桌子緩慢地移動腳步，還默默地昂起頭顱，憤怒地睜著雙眼，就像自己竟成了這不畏強暴和視死如歸的壯士。（林非〈浩氣長存〉）

每一首詩渴望被高聲朗誦，如同每一椿故事企求被完整保留。多年之後，我漸漸明白自己之所以落敗，並不是抽中的那首詩過於平庸，而是事先聆聽了妳的朗誦，宛如天使清音點醒雪封枝椏裡的每一粒花苞，讓折翅粉蛾也有想飛的慾望。（簡媜〈女兒狀〉）

一日，老和尚聽見他念書，走過來問道：「小檀越，我只道你是想應考，要上進的念頭，故買這本文章來念；而今聽見你念的是詩，這個卻念他則甚？」浦郎道：「我們經紀人家，哪裡還想甚麼應考上進？只是念兩句詩破破俗罷了。」（清．吳敬梓《儒林外史．第二十一回》）

索倫城之所以偉大，索倫城的一切光榮事蹟之所以為人傳誦，都因有這銅像存在。呼回詩人沒有一位不曾寫詩詛咒過銅像，也沒有一位不曾寫詩讚滿過銅像。（張系國〈銅像城〉）

她就只是反覆的向人說她悲慘的故事，常常引住三五個人來聽她。但不久，大家也都聽得純熟了，便是最慈悲的念佛的老太太們，眼裡也再不見有一點淚的痕迹。後來全鎮的人們幾乎都能背誦她的話，一聽到就厭煩得頭痛。（魯迅〈祝福〉）

假如三峽中壁立的群峰是一排歷史的錄音機，它一定會錄下歷代詩人一顆顆敏感心靈摧肝折骨的吶喊和豪情似火的朗吟。「屈平詞賦懸日月」，船過秭歸，人們面對著萬樹丹橘，總要聯想起那以物擬人的不朽名篇〈橘頌〉；而當朝辭白帝，放舟三峽，又必然記誦起李白的流傳千古的佳作。（王充閭〈讀三峽〉）

那朗朗上口的「美談」，中美斷交之後，也就全數收藏在五權路的歷史傳說裡了。從前在一片燈火燦爛的小酒吧中仍顯得輝煌奪目的元帥大飯店，如今卻蒙上厚厚的一層頹灰，變矮變老了。（鐘麗琴〈生命地圖〉）

吟詠

【吟】詠、誦。

【吟誦】有節奏地誦讀詩文。

【吟詠】吟誦詩文。

【吟哦】吟詠。

【口占】不用筆墨起草，而直接從口中念出詩文。

【詠】以抑揚頓挫的語調吟唱。

【詠嘆】吟詠、歌誦。也作「詠歎」。

【歌詠】以詩文、歌唱抒發情感。

【沉吟】低聲吟詠。

【吟誦】吟詠歌誦。

下午總愛吟那闋「聲聲慢」／修著指甲，坐著飲茶／整整的一生是多麼長啊／在過去歲月的額上／在疲倦的語字間／整整一生是多麼長啊／在一支歌的擊打下／在悔恨裡（瘂弦〈給橋〉）

詩不是吟詠助興的小調，詩是心血精力的凝聚；詩不是風流自賞的花箋，詩是干預氣象的洪鐘；詩不是個人起居的流水帳，詩是我們用以詮釋宇宙的一份主觀的、真實的紀錄。（楊牧《一首詩的完成・

古典》）

簷前細雨燈花落，夜深只恐花睡去，宮燈教室裡，黃暗的燈火，詩人曼聲吟哦，墨箋娟美，夜霧低迷。那一句句的詩語，都不是古人古書上的意象，而就是我們讀詩時親身體驗的情境。（龔鵬程《龔鵬程四十自述・問道》）

我常常划著一隻小遊船，來到無人多風的橋洞下，我捻起那一截玲瓏的竹子，將無限的憂思消散於長風短笛之中，於是我心上的重量消失了。記得有一晚，我泊舟湖邊，上岸尋詩，一切靜寂，只聽得水鳥撲飛。我曾口占過一首小詩，也許你會喜歡。（張秀亞〈秋日小札〉）

「韭菜開花直溜溜，蔥仔開花結綫毬；少年仔唱歌交朋友，老歲仔唱歌解憂愁！」……她的詠嘆打動了我，那麼平和自然的聲音卻蘊涵深沉的人生滋味，彷彿大火燎燒之後只剩一截木炭閃著微火，巨浪澎湃後化成沉默的流水，沒有火焦味與濁濤，只有樸素的詠嘆。（簡媜〈老歌〉）

陶潛歌詠荊軻、龔自珍歌詠陶潛，都是因為當代已無俠士，只能把心事寄託前朝。小說可以任憑想像，但詩文多半依賴生活經驗。我們的生活本非武俠世界，既然日常間難見俠客，要創作武俠詩、武俠散文豈是易事？江湖詩文無多，原因正在於江湖俠骨無多啊！（徐錦成〈江湖詩文恐無多——漫談武俠詩與武俠散文〉）

……燕趙多佳人，美者顏如玉；被服羅裳衣，當戶理清曲。音響一何悲，弦急知柱促。馳情整中帶，沉吟聊踟躕。思為雙飛燕，銜泥巢君屋。（《古詩十九首・東城高且長》）

2 書寫與記錄

書寫

【作】創作。

【撰】著述。

【修】撰寫、著述。

【書寫】用筆來寫。

【抄寫】依照原文謄寫。

【繕寫】謄錄、抄寫。

【謄寫】謄清抄寫。

【謄錄】謄寫抄錄。

【塗寫】用筆在紙上隨意寫。

【提筆】執筆。寫作。

【執筆】拿筆。寫字或作文。

【握管】拿筆，執筆。

【援筆】執筆寫字。

【搦翰】執筆，書寫。搦，ㄋㄨㄛˋ，握，持。

【動筆】拿筆去書寫或作畫。

【搖筆】提筆、動筆。

【揮翰】運筆書寫。

【寫作】撰述，創作。

【筆談】以文字來書寫、溝通。

【筆耕】靠抄寫或寫文章維持生活。

【直書】根據事實書寫，沒有褒貶。

【曲筆】因阿諛或畏懼而未能根據事實直書。

【編纂】編輯。

【編撰】編寫撰述。

【校閱】對書籍進行審訂。

【輯錄】收集記錄，編纂成書。

【修訂】修改訂正。

【勘誤】校正文字錯誤。也作「刊誤」。

【拿筆桿】寫作。

【爬格子】寫作。

【信筆塗鴉】隨便書寫或作畫。

【搦管操觚】拿筆寫文章。

【一揮而就】才思敏捷，落筆就能成為文章。

【援筆立就】拿起筆來很快便完成。也作「援筆而就」。

【大書特書】將值得書寫的事，鄭重地記錄下來。

【奮筆疾書】提起筆來快速書寫。

【振筆直書】揮筆不停地寫。

【飛書馳檄】形容書寫文件的速度很快。

【手不輟筆】不停地動筆寫。

【手不停揮】不停地揮筆

書寫。形容文思泉湧，寫作很快。

【下筆有如神】形容寫文章時文思泉湧，行文流暢，如有神助。

【鬻文】賣文。指替他人撰寫文章並得到酬金。

【煮字療飢】賣文以維持生活。

【筆耕墨耘】寫作。

【心織筆耕】形容文章寫的好，並以賣文為生。

【代筆】代替他人寫作。

【捉刀】代替他人寫文章，或頂替他人做事。

【停筆】暫停書寫或寫作。

【擱筆】放下筆來，中止寫作。

【封筆】指作家或畫家不再提筆從事創作。

我們共同經歷的感情雖沒這樣壯烈，也有這樣的驚魂動魄與痛入心肺，然而是什麼讓愛情冷卻，我的話語糾纏，仍說不出個真，能被說出的已遭塗寫，未被說出的永遠是個謎，所謂的原初真的存在嗎？

（周芬伶〈蘭花辭〉）

我回到房間，回到書桌前面，打開玻璃窗，在繼續執筆前還看看窗外。樹上，地上，滿個園子都是陽光。牆角一叢觀音竹微微地在飄動它們的尖葉。（巴金《寂靜的園子》）

尹雪豔仍舊一身素白打扮，臉上未施脂粉，輕盈盈的走到管事臺前，不慌不忙的提起毛筆，在簽名簿上一揮而就的簽上了名，然後款款的步到靈堂中央，客人們都倏地分開兩邊，讓尹雪豔走到靈台跟前，尹雪豔凝著神，斂著容，朝著徐壯圖的遺像深深的鞠了三鞠躬。（白先勇〈永遠的尹雪豔〉）

我們平時見什麼作家擱筆略久時，必以為「這人筆下枯窘，因為心頭業已一無所有」。我這支筆一擱下就是兩年。我並不枯窘。泉水潛伏在地底流動，爐火悶在灰裡燃燒，我不過不曾繼續使用它到那個固有工作上罷了。（沈從文《大山裡的人生》）

記錄

【記錄】把說過的話、發生過的事記載、保存下來。

【記載】把事情用文字記錄下來。

【記述】用文字記錄、敘述。

【記敘】記載陳述。

【記事】把事情記載下來。

【著錄】記載登錄。

【撰錄】撰集著錄。

【輯錄】收集記錄。

【實錄】據實記載。

【登記】記錄。

【註明】記載清楚。

日本到今天還有這樣禮俗，東京銀座的和服店經常掛出「即笄禮」的服飾。即笄的少女在店裡由專人梳髮上笄，試披和服，動靜之間，看得窗外的人目眩神迷。難怪文學裡會出現谷崎潤一郎這樣的作家，迷戀到孜孜不倦地記錄女性的一舉一動。（盧非易〈在清明的郊野路上——寒食〉）

彷彿符合某種中世紀預言書的記載：原本烏鴉群集，不停叫喚，整群整群棲滿街市間小公園的樹端，突然間，城市烏鴉的蹤跡開始零星；在我醒覺之前，牠們已經閉了嘴，不再叫喚。（洪素麗〈烏鴉的城市〉）

這裡的英雄事蹟很多，不能一一記述。每一片葦塘，都有英雄的傳說。敵人的炮火，曾經摧殘它們，它們無數次被火燒光。人們的血液保持了它們的清白。（孫犁〈採蒲台的葦〉）

3 定名、釋義與引用

定名

【定名】命名。
【命名】取名。
【取名】命名。
【叫做】被稱為。
【喚做】叫做。
【稱】叫，叫做。

【稱為】叫做。
【指稱】稱說。
【稱呼】對人口頭上的稱謂。
【名】稱號、指稱。
【曰】稱為、叫做。

【謂】稱呼、叫做。
【統稱】總稱。
【泛稱】一般性稱呼。
【通稱】通常稱為。
【簡稱】以簡略、簡縮的詞語來代替較複雜的名稱。

【暱稱】親暱的稱呼。
【謔稱】開玩笑的稱呼。
【俗稱】通俗的稱呼。

你如何**命名**那些姿態？／豐隆的愛容易蒂落／我們都太飽滿了，但是我們要反抗／在大灰塵中逆旅／在引力下迴身（楊佳嫻〈逆雨〉）

悅來場在休市的日子人口是否過千，很成問題。**取名**「悅來」，該是《論語》「近者悅，遠者來」的意思，蠻有學問的。鎮上只有一條大街，兩邊少不了茶館和藥鋪，加上一些日用必需的雜貨店、五金行之類，大概五分鐘就走完了。（余光中〈思蜀〉）

這隻小貓，本來就長得漂亮，如今更顯得難得；我們讓牠在屋裡玩，比巴掌略大些的身子，襯著一對大眼睛，不時爬上籐椅，蜷偎在身邊膝上，沒事也會追追小蟑螂，伸出小手爪，攀扯掉一兩根衣服上

的毛線。妻喊牠「漂亮貓」，又叫做「臭臭咪」。這臭當然是暱稱，就像情人又喚做冤家一樣。（龔鵬程〈後院〉）

我的故鄉莆田（福建）出生一位舉世聞名的女神：媽祖。故鄉的人們亦往往稱她為姑媽。我再說一下，儘管歷代帝王敕封她為天妃、天后、天上聖母，民間仍然親暱地稱呼她：媽祖或是姑媽。（郭風〈媽祖〉）

掃墓時候所常吃的還有一種野菜，俗名草紫，通稱紫雲英。農人在收穫後，播種田內，用作肥料，是一種很被賤視的植物，但採取嫩莖瀹食，味頗鮮美，似豌豆苗。花紫紅色，數十畝接連不斷，一片錦繡，如鋪著華美的地毯，非常好看，而且花朵狀若蝴蝶，又如雞雛，尤為小孩所喜。（周作人〈故鄉的野菜〉）

〈春之寓言〉簡稱為〈春〉（Primavera），是一幅巧組人體的群像，也是靈與肉、神與形互為表裡的哲理抒情詩。畫中有六女二男，加上一位不分性別的天使：人體與真人大小相當，因此觀眾的臨場感也更真切，害得我們時而近視，時而遠觀，進退為難。（余光中〈佛羅倫斯記〉）

釋義

【釋義】解釋文義。

【解釋】分析、闡明。

【注釋】解釋文句的意義。

【注解】解釋字句的意義。

【詮釋】解釋、說明。

【詮解】解釋。

【言詮】以言語解說。

【解讀】解釋讀取。

【附註】對正文加以解釋或補充說明。

【顧名思義】本指寄望為人子女者，勿忘自己名字的由來；後比喻看到名稱，就聯想到它的意義。

【斷章取義】截取文章的某一段或談話中的某一句，

引來表達自己的意思，而不顧全篇或原本的意思。

【望文生義】只從字面上解釋，而未能理解詞句真正的涵義。也作「緣文生義」。

而歲月何其曠茫，獨立天地之間，才發現蜉蝣人生處處都有生死悲歡的劇本。因此我總愛回到古典詩裡，去尋找一種古典的情懷，以注釋歲月流走的聲音。是的，江河日月，流水不回，但總有一首詩可以挽住生命中的某片雲影，挽住某段閒逸的心情吧？（辛金順〈悼忘書〉）

她撐著傘，帶我去看一些更古老的，一家圮頹的宗祠，雕花的樑柱落在蔓草裡，石碑上排列著一代代有顯赫官銜的列祖列宗的名字，也半躺在湮荒的庭院中濯著雨，而崖下的大漢溪仍然流著，和從前一樣的流著。她沒有說話去詮釋和肯定甚麼，她的笑容展在無邊春雨中，染上一些春暮的悲涼……（司馬中原〈古老的故事〉）

唯勇者始敢單獨面對自己；唯智者才能與自己為伴。一般人的心靈承受不了多少靜默，總需要有一點聲音來解救。所以卡萊爾說：「語言屬於時間，靜默屬於永恆。」可惜這妙念也要言詮。（余光中〈娓娓與喋喋〉）

在濕冷潤澤的山風裡，我試著解讀，很明顯整座山散發的強大氣味是以植物為基調，就像踩過淌著露水的草地，隨之而來青草涼辣氣息。（馮子純〈山頭〉）

老實說我並不真正知道作家的煩惱，也恐怕沒有呈現作家所關注的事情的全部。也許他會說我這樣做對他不公平，我只是節錄了他的形象其中一面。但我的用意只是想去體會別人的感受，而在理解的過程中，若文字是必然地被斷章取義，這也是我們得忍受和諒解的事情。（董啟章〈看（不）見的城市〉）

引用

【引用】言論或文章中援用古書典故、名人格言以及俗語。

【引證】援引事實、法條或他人的言論做為立論根據。

【引據】引用、根據。

【引述】引用、敘述。

【援引】引證、舉例。

【摘引】摘錄引用。

【徵引】引證文獻。

【引經據典】引用經籍典故等作為發言或寫文章的依據。

【旁徵博引】多方引用，以資徵信。

在學校裡，老師天天交代我們：要穿鞋子，要常洗頭髮，要買衛生紙，不要隨地大小便。我回家跟爸爸說要買鞋子，爸說沒那麼「好命」；我提起衛生紙的好處，媽說那太浪費，小孩子不懂賺錢的辛苦；我又引用老師的話，說用竹片子揩屁股會生痔瘡，爸生氣了，他說老師一定瘋了，因為他從一歲到二十歲都是這樣，也沒生過痔瘡；我小聲地說，應該有廁所，祖父說，奇怪，水溝不是很多嗎？最後爸爸解釋說，衛生紙太薄，容易破，揩不乾淨。（阿盛〈廁所的故事〉）

我回到平日起居的都市裡，和另一朋友說及我抬櫃子的這樁經歷，也順勢說了某人童年在閣樓的生活略況，我所引據的，是我心中的印象，而這印象也是虛幻的，是我從沒見過的，但口說起來，我這另個朋友也能了解，也就是說，他能隨他意想像，然後成為一種他可能的「了解」。（舒國治〈自私瑣記〉）

有的雖不太講外文，但也不是等閑之輩。旁徵博引，學通古今，幾乎句句都能注出出處。哪怕引一句「語言是很重要的」這句話，也注明是引自某某出版社某某年版本某卷某頁，其治學嚴謹的風範和皓首窮經的功力，令M局長不敢吱聲。（韓少功〈火宅〉）

貳・語言社會行為

一 情感與思想的溝通

1 情感

聽話

【聽話】聽從別人的話。

【聽說】聽人所說。

【耳聞】聽說。

【據說】根據他人所說，未必有真憑實據。

【順耳】和順悅耳。

【入耳】聽到。悅耳、中聽。

【中聽】聽起來悅耳好聽。

【言聽計從】完全採納他人所說的建議。形容對人非常信任。

【忠言逆耳】誠懇正直的規勸往往刺耳，而不易被人接受。

【耳熟能詳】聽得非常熟悉，以致能詳盡地說出來。

【前所未聞】從來未曾聽說過。

曾經去過遠方的人回來驚訝道：「我見過山，我見過山，完全是石頭，完全是石頭。」於是**聽話**的人在夢裡畫出自己的山巒。他們看見遠天的奇雲，便指點給孩子們說道：「看啊，看啊，那像山，那像山。」孩子們便望著那變幻的雲彩而出神。平原的子孫對於遠方山水真有些好想像，而他們的寂寞也正如平原之無邊。（李廣田〈山水〉）

後來母親低聲向我提起，為了順利獲得戰時配給，父親有一段時期改姓「田中」。皇民化運動的風潮，竟然也席捲這小小的家庭。母親說，在戰爭期間只要能夠活下去，什麼方式都願意嘗試。耳聞這段不為人知的插曲，我不免感到吃驚。那時已經接受了中華民族主義教育的我，竟然對父親改姓名的舉動有一種仇視。（陳芳明〈母親的昭和史〉）

青塚在呼和浩特市南二十里左右，據說清初墓前尚有石虎列、石獅一個，還有綠琉璃瓦殘片，好像在墓前原來有一個享殿。現在這些東西都沒有了，只有一個石虎伏在階台下面陪伴這位遠嫁的姑娘。（翦伯贊〈內蒙訪古〉）

語言當然不就是聲音，但是在不中聽，不願聽，或者隔著牆壁和距離聽不真的語言裡，文字都喪失了圭角和輪廓，變成一團忽漲忽縮的喧鬧，跟雞鳴犬吠同樣缺乏意義。這就是所謂「人籟」！（錢鍾書《寫在人生邊上》）

對於舊金山人們耳熟能詳，尤其是反越戰的六〇年代，連我在台灣聽到這首歌都心嚮往之。另外一首歌叫Do You Know the Way to San Jose?「你知道去聖荷西的路嗎？」從舊金山往南開車到聖荷西只要一個小時，可是那時幾乎沒有人聽過聖荷西這個地方。（李黎〈兩個城市兩首歌〉）

冷淡

【耳邊風】 耳邊的風。比喻對所聽到的事毫不關心。

【秋風過耳】 比喻對事情毫不關心在意。

【馬耳東風】 比喻對事情漠不關心。

【充耳不聞】 形容故意不理會或不願聽取別人的意見。

【聽而不聞】 耳朵聽著，但沒記在心上。形容沒注意，不關心。

【置若罔聞】 雖然有聽到，卻好像沒有聽到一樣不加理會。

【不聞不問】 置身事外，漠不關心。

【不相聞問】 彼此之間沒有往來，互不關心。

當封疆大吏盡皆鼓勵拱手請降的時刻，當遼東名將迭遭敗績敵焰正熾的時刻，你站出來幹什麼？難道你不知道自己只是一個官微職卑的六品縣令？你毫不理睬一切睥睨，也似乎對世俗的喊喳充耳不聞，攬請纓印信，大步登上寧遠城樓，一炮將不可一世的努爾哈赤打下馬來，威懾皇太極竟至倉皇失措！（石英〈袁崇煥無運歌〉）

忍耐

【忍氣吞聲】受了氣也強自忍耐，不敢作聲抗爭。

【低聲下氣】因謙卑或者懼怕，口氣順從小心。

【低三下四】卑恭屈膝討好他人的樣子。

【唯唯諾諾】順從而無所違逆。

常常想像金盞喝醉了酒來親昵他的妻子百葉，把酒氣染在百葉身上，使她的花朵裡有了黃色的短花瓣。百葉生氣的時候，金盞端著酒杯，想喝而不敢，低聲下氣過來討好百葉。這樣的時候，水仙花散發出極其甜蜜的香味，是人間夫妻和諧的芬芳，瀰漫在迎接新年的家庭裡。（唐敏〈女孩子的花〉）

惋惜

【惋惜】嘆惜、痛惜。

【慨嘆】有所感觸而嘆息。

【太息】大聲嘆氣。

【感嘆】心中因有感慨而發出喟嘆。

【喟嘆】感慨、嘆氣。

【欷歔】悲泣抽噎的樣子。

【興嘆】因情緒引發的感嘆。

【嘆惋】嘆息、惋惜。

【嗟嘆】感嘆、嘆息。

【咨嗟】嘆息。

杜鵑的膽子，與其智能、體形均不相稱。牠們一般隱匿於稠密的枝隙，且飛行迅疾，使人聞其聲卻難見其形。華茲華斯即曾為此感嘆：「你不是鳥，而是無形的影子，是一種歌聲或者謎。」迄今我只觀察到過一次杜鵑，當時牠在百米以外的一棵樹上啼鳴。我用一架二十倍的望遠鏡反覆搜尋，終於發現了牠。（葦岸〈大地上的事情〉）

在面對人生的命遇時，我們既不能挑選，也無從迴避，與其嗟嘆「古來才命兩相妨」，或努力做「君子居易以俟命」的工夫，終不如順情、因境、承命而起興。（龔鵬程《龔鵬程四十自述‧感興》）

厭惡、輕視

【厭棄】由厭惡而放棄。

【嫌棄】厭惡不喜歡，不願接近。

【唾棄】輕視鄙棄。

【鄙棄】鄙視唾棄。

【鄙薄】鄙視、輕視。自謙之詞。

【菲薄】鄙夷、輕視。

【不足道】不值得稱述。

【嗤之以鼻】從鼻子裡發出冷笑，表示不屑、鄙視。

它靜靜地臥在那裡，院邊的槐蔭沒有庇覆它，花兒也不再在它身邊生長。荒草便繁衍出來，枝蔓上下，慢慢地，竟鏽上了綠苔、黑斑。我們這些做孩子的，也討厭起它來，曾合夥要搬走它，但力氣又不足；雖時時咒罵它、嫌棄它，也無可奈何，只好任它留在那裡去了。（賈平凹〈醜石〉）

妻也是一個十分念舊的女人。她從不任意唾棄自己所曾寶愛過的人或物。祖母去世了，她從將被丟棄的遺物中，撿回一只錫鑄的針線盒、一把拂塵、一柄葵扇。雕鏤著牡丹花的盒蓋，一層暗灰的塵垢，累積著祖母多少縫縫補補的歲月。（顏崑陽〈思舊賦〉）

小氣

【斤斤計較】極細微、瑣細的事物也要計算得很清楚。

【論斤估兩】形容斤斤計較。

【較短量長】比喻斤斤計較。

【爭長論短】爭論、計較利害得失。

至於我，讀書純為了享受，在選擇上是不免斤斤計較的。買書也斤斤計較，為的是財力還不准隨心所欲。書少買，也就少累贅，至少在逃難時不致發生一手抱孩子，一手還要抱書，或者抱了孩子就不能抱書，抱了書就不能抱孩子，那種難捨難分的狼狽狀態。這時書無疑是一種災害。此類書災，我尚未嘗過。買書少，在選擇上斤斤計較是難免的，那情形可能近乎手邊不甚寬裕的主婦去買件把衣料。（吳魯芹〈我和書〉）

埋怨

【埋怨】抱怨、責怪。

【抱怨】對他人訴說心中的不滿和怨恨。

【怨懟】怨憤、怨恨。

【微詞】不直接說明，以隱微的言詞批評。

【牢騷】抑鬱不平而抱怨。

【發牢騷】向人傾吐心中的不滿和怨恨。

【怪罪】責備、埋怨。

【怨尤】怨恨責怪。

【抱屈】受到委屈，心中感到不平。

【怨天尤人】懷恨上天，責怪他人。

【怨聲載道】到處充滿了怨恨的聲音。形容群眾普遍怨恨、不滿。

【自怨自艾】原指悔恨自己過去的錯誤而加以改正，今多指自我悔恨、責備。

【無病呻吟】沒有疾病卻故意發出痛苦的聲音，比喻無端憂愁，妄發牢騷。也指文章矯揉造作，缺乏真實情感。

平常，看到這麼多螞蝗，在自己的小腿上吸吮，還有蚊子不斷飛繞臉頰邊，總會埋怨這條山徑的潮濕、多蟲，乃至感嘆山路的崎嶇不平。現在看到牠們活絡而旺盛地出現，且貪婪地攻擊我和隊友，反而有些心平氣和了。好像唯有這樣才能證明，雪山隧道暫時還未對上面的森林造成嚴重影響。（劉克襄〈雪山隧道上的小村〉）

時間果然能屈能伸——不然為什麼快樂總是像放煙火，而老人家總抱怨「一暝落落長」？如果想更確切地體驗時間的彈性，那麼夏天的夜裡抬頭看看北極星吧。八百六十年前發出的光芒，歷經幾世紀時空穿梭終於送達我們眼睛；剛好，你接收到了，或許今晚也因而變得有些古典。（高自芬〈表情〉）

尹雪豔的新公館很快的便成為她舊雨新知的聚會所。老朋友來到時，談談老話，大家都有一腔懷古的幽情，想一會兒當年，在尹雪豔面前發發牢騷，好像尹雪豔便是上海百樂門時代永恆的象徵，京滬繁華的佐證一般。（白先勇〈永遠的尹雪豔〉）

我也認得一些真正毫無怨尤，為子女投注了一生的女性。她們也許沒有高深的學識，卻沒有放棄求知；也許看來柔弱，卻在遇事時明理而堅毅。如果專業的母親不能得到應有的肯定，我不免要為這樣的女性抱屈，因為，亙古以來，她們才是安定整個人類社會的最大力量；在所有的擾攘紛亂中，她們的關愛才是我們心靈最終的支持。（黃碧瑞〈母親結〉）

剛開始，同學所寫的詩，幾乎全是傷春悲秋、無病呻吟之作。大二學生，會有什麼大不了的憂愁呢？但是，寫出來的詩，竟然全像是被拋棄了數十次的怨婦一般，哀怨滿紙，忿懣無邊。我不能確知申教授看到這樣的內容，心裡是怎麼想的，然而，他從來沒有譏笑過我們幼稚的強說愁，只是誠懇地將格律錯誤的地方挑出、加以訂正，或是把不通的句子改為通暢、不雅的詩句變為優雅。（廖玉蕙〈護岸

小桃紅滿樹〉）

2 猜測

推測

【推測】推究揣測。
【推度】推論、揣測。
【推斷】推測、斷定。
【推想】推論、揣測。
【推見】由已知的現象推想出結論。
【猜想】猜測、料想。

【猜測】猜想、推測。
【猜度】猜測、料想。
【懷疑】感到疑惑。
【猜疑】猜測、懷疑。
【料想】揣測、猜想。
【料到】預測到、猜到。
【評估】以預定的準則，對事物加以衡量、估計。

【估計】推測。
【估算】估計盤算。
【估量】估計、推算。
【打量】估計。
【忖度】揣測、思量。
【思忖】考慮、思索。

【忖量】揣測、猜度。
【臆測】主觀的猜測。
【臆想】猜想。
【臆度】主觀的推測。
【揣測】推測、估量。
【揣度】猜測，暗地估量。

我是瘋瘋癲癲的。不過，能變成從小渴望的瘋癲，即使談不上驕傲，也稍微感到滿足。我為什麼會變成這樣一種人，相信聰明的你不必等我作不厭其煩的說明，單憑剛才告訴你的我少年時代的環境就可以充分推想出來。（翁鬧著，魏廷朝譯〈天亮前的戀愛故事〉）

「選誰？」這問話出口之後，短暫的懸疑迅速充氣，膨脹住兩個人身之間的距離。一個敏感怯懦的被問話者會遲疑一下，誠實的答案是不是會造成任何傷害呢？問話的人自己支持的是誰呢？於是他也開

始用口音、年齡、性別，這些外顯的身分殘片，猜測問話者想聽的答案。（張惠菁〈美好世界〉）

我在西門町逛著，有時離開了主要的街市，遠離人車喧囂的時候，常常以為自己走進時光的隧道，來到另外一個地方。其實只是隔著一兩條街而已，但在這裡的屋舍街巷，卻像是一群洗盡鉛華，脫下了絢爛衣裳的老人。流行已不再光臨，青春成了過去，使我甚至懷疑剛才走過的那些雜沓的人潮，日式美式韓式的異國風情，只是有如電影「神隱少女」裡，小女孩「千尋」走過的恍若海市蜃樓的鬼魅街景。一切，都變得不大真實了。（張維中〈青春租借地〉）

後漢有一位袁安，大雪塞門，無有行路，人謂已死，洛陽令令人除雪，發現他在屋裡僵臥，問他為什麼不出來，他說：「大雪人皆餓，不宜干人。」此公戇得可愛，自己餓，料想別人也餓。我相信袁安僵臥的時候一定吟不出「風吹雪片似花落」之類的句子。（梁實秋〈雪〉）

美其言為半遁世主義，卻必得勇於自承是在現實俗世之間行走，拙於應對與爭逐；究竟是好是壞？如何以一個普世價值予以準確評估？（林文義〈冷杉林〉）

今天我路過梁實秋家的門前。我是進城去上班。梁實秋當然不在，陽光照耀這幢瓦房，也照亮我的眼睛。誰是這裡的新主人，他晾了那麼多衣服，用竹竿和繩子橫斜著，架在房前的壩子裡，一條紅色的內褲也昭然地掛在屋檐下，看那些衣服粗糙的質量，估計也不是一個什麼「雅」致的人兒……。（燕曉東〈路過梁實秋家的門前〉）

有一女子上前，把石頭門推開兩扇，請唐僧裡面坐。那長老只得進去，忽抬頭看時，鋪設的都是石桌、石凳，冷氣陰陰。長老心驚，暗自思忖道：「這去處少吉多凶，斷然不善。」眾女子喜笑吟吟都道：「長老請坐。」長老沒奈何，只得坐了，少時間，打個冷禁。（明・吳承恩《西遊記・第七十二

回》）

而所有的臆測無非在說明，偶然的歌者和偶然的聽者之間，只是萍和水的一點觸動，萍跡之後，便只有漣漪的記憶，要江州司馬那樣的知音，才能先歌者而淚濕青衫。也可能，我們時代裡眾多包裝出來的歌聲和裹著華服的風情，把我們的心鍛鍊成一種世故的冷酷了。（黃碧瑞〈歌者〉）

所以我雖愛濛濛茸茸的細雨，我也愛大刀闊斧的急雨，紛至沓來，洗去陽光，同時也洗去雲霧，使我們想起也許此後永無風恬日美的光陰了，也許老是一陣一陣的暴雨，將人世哀樂的蹤跡都漂到大海裡去，白浪一翻，甚麼渣滓也看不出了。焦躁同倦怠的心境在此都得到涅槃的妙悟，整個世界就像客走後，撇下筵席，洗得頂乾淨，排在廚房架子上的杯盤。當個主婦的創造主看著大概也會微笑罷，覺得一天的工作總算告終了。最少我常常臆想這個還了本來面目的大地。（梁遇春〈春雨〉）

這扇窗自從取得麻雀的信任後，就顯得生動多了。我們開始揣測麻雀會有什麼下一步計畫。不過，在頭兩年，冷氣開動聲響確會驚擾了牠們，但是接下來卻不當一回事，繼續牠們午後聊天會。我們從窗景頻繁來來回回的掠影中，就知道牠們早已將它視為自己應屬的地盤。（陳煌〈尋找一扇窗的理由〉）

預料

【預料】事前的推測料想。
【預想】事前預先料想。
【預測】事前的推測。
【預計】事先估計。
【預卜】事先占卜、斷定。
【預言】預先說出將發生的事情。
【預期】事前的期望。
【承望】料到、想到。
【意料】事先料想到的。
【出乎意料】超出人們的料想之外。

【出人意表】出乎意料之外。也作「出人意料」、「出人意外」。

【一語成讖】無意間說出不吉利的話，竟成了應驗的預言。

【不出所料】沒有超出預料；在意料之中。

整整有半年時間，我被掩埋在龐雜的歷史文獻堆中，為不知如何下手把閱讀過筆錄的材料轉化融入小說創作而焦慮到寢食難安，成為我不算短的寫作生涯中最大的挑戰。明知到了這般年紀，還想駕馭這麼龐然的寫作計畫，力不從心應該是在預料之中，然而，天生「硬頸」的我，從來不肯輕言放棄，何況我是抱著使命感為清代的台灣作傳。（施叔青〈放下反而獲得〉）

義大利柏樹占地不多，往空中發展，前途無量。我們買了三株幼苗，延著籬笆，種了一排。剛種下去，才三、四呎高，國祥預測：「這三棵柏樹長大，一定會超過你園中其他的樹！」果真，三棵義大利柏樹日後抽發得傲視群倫，成為我花園中的地標。（白先勇〈樹猶如此〉）

他愚蠢的微笑著，神經質的搓著雙手，愣愣的站在門口。因為朋友沒有延請他進去，而他一時又不知怎樣才好。來此之前一再打過腹稿的話，曾經預計是在朋友客廳坐定後，再用閒聊的方式提出的，現在情況完全變了，不是他所能預料的，因此一時不知如何說起，只好傻傻的微笑著，好像那笑容是刻在臉上的。（楊海宴〈暴發戶與風濕症〉）

我們發現觀察者和被觀察的對象都一樣驚慌不可名狀，甚至大聲宣告：「喧嘩啊——」是的，就是這近似末日使徒的吶喊使我們驀然回首，想起我們曾經沉湎於其中的寧謐、安詳，我們早年預期，看到、經之營之的靜，為了一首詩的完成。（楊牧〈翅膀的去向〉）

我在小學三年級那年，終因功課太差而留級了。我記得把成績單交給母親時，沒有勇氣看她的臉，低下頭看見母親拿著那張「歷史實錄」的手，顫抖得比我自己的更其厲害。可是，出乎意料地，那雙手，卻輕輕覆壓在我頭上，我聽見母親和平地說：「沒關係，明年多用點功就好了。」我記不得究竟站著多久，但我永遠記得那雙手給我留下的深刻印象。（莊因〈母親的手〉）

3 思考

計劃

【計劃】事先策劃，擬定具體方案或辦法。也作「計畫」。

【謀劃】設計、策劃。

【規劃】籌謀策劃。也作「規畫」。

【策劃】計劃。

【籌劃】謀劃。

【籌謀】商量規劃。

【統籌】通盤計劃。

【計議】計劃商議。

【盤算】籌劃、估算。

【打算】預先籌劃，考慮思量。

【計算】計劃打算。

【算計】計算、計劃。

【合謀】共同謀劃。

【同謀】共同計謀。

【共謀】共同計劃、商量事情。

【圖謀】計謀、打算。

我更喜歡在紫藤廬喝茶，會朋友。茶香繚繞裡，有人安靜地回憶在這裡聚集過的一代又一代風流人物以及風流人物所創造出來的歷史，有人慷慨激昂地策劃下一個社會改造運動；紫藤花閒閒地開著，它不急，它太清楚這個城市的身世。（龍應台〈在紫藤廬與Starbucks之間〉）

上海一百多年來是中國最大的產業城市，當張愛玲、《長恨歌》或《花樣年華》大紅特紫的時候，卻不記得除了精緻和心思縝密之外，幾代上海弄堂裡的女人，曾天天晨起拿著那種竹篾紮的大刷子，嘩啦嘩啦地清洗便桶。她們做人也會有怨氣，但要盤算了過的日子，也細心地一天天認真過下去。她們必是勤快的，家中天地不一定大，卻一定也想以舒適俐落為人稱道。在這樣的大環境裡，若是懶女人，總要被人指了脊梁。（趙川〈上海的女人〉）

怎麼那麼湊巧？不到兩吋的縫隙，在電梯和六樓的地板之間，吞沒住家、辦公室、汽車、信箱的九支鑰匙。那麼大串的金屬落入奇怪的空間裡，彷彿一場事先計算過的預謀。意外的不只我，一群等電梯的人同時目睹了鑰匙逃逸的經過——就在電梯打開，我和上弓的食指，以及掛在食指上的鑰匙同時準備跨出的剎那，它輕易從食指滑下，縱身躍入黑暗的窄縫。（鍾怡雯〈芝麻開門〉）

分析

【分析】對事理加以分解辨析。

【辨析】明辨、分析。

【剖析】分析、辨解。

【評析】評論分析。

【賞析】欣賞與分析。

【解析】分解剖析，將事物逐項釐清。

【破解】分析、解釋。

【條分縷析】分析細密，條理清晰。

【毛舉縷析】瑣碎列舉、仔細分析。

【析毫剖釐】剖析非常細小的事物。形容分析透徹。

密密麻麻的人群中，一支彷彿有三角形旗幟的竿子，樹立在中學生隊伍前。現場看起來像是有人正在演講，集中了所有人的目光，演講的內容並不是高亢的吶喊而更像是沉重的批判、分析，以至於空氣中，有一種濃厚的專注味道。然而，我們無法看到是誰在演講，因而增添一股懸疑的氣氛。（楊渡

〈兩個朋友〉）

綜合

【概括】總括。

【概論】總括意旨並論其大要。

【概說】概括並扼要地論述。

【歸納】歸類、歸結。

【歸結】總括起來，求得結論。

【綜合】將各別分項分類的事物或概念，根據共通的性質加以總合歸類與討論。相對於「分析」而言。

【總括】包括一切。

【總結】綜合所有意見所作的結論。

【統計】總括計算。

【總而言之】總括來說。

【一言以蔽之】用一句話來概括。也作「一言蔽之」。

即使他的孩子在文學上粗有虛聲，父親從來不曾在我跟前揚喻他所喜愛的一些我的作品，更從不曾在外人對我的文學的褒聲中附和。他畢其一生從容而自在地隱藏著他過人的資質、識見和高潔的心靈。他為自己寫下了這墓誌銘：「這裡睡著一個無可隱而隱的老人」，謙沖地概括了他一生的風格，讓我們終於把它鐫刻在他的墓石上。（陳映真〈父親〉）

振保看著她，自己當時並不知道他心頭的感覺是難堪的妒忌。嬌蕊道：「你呢？你好嗎？」振保想把他的完滿幸福的生活歸納在兩句簡單的話裡，正在斟酌字句，抬起頭，在公共汽車司機人座右突起的小鏡子裡看見他自己的臉，很平靜，但是因為車身的搖動，鏡子裡的臉也跟著顫抖不定，非常奇異的一種心平氣和的顫抖，像有人在他臉上輕輕推拿似的。（張愛玲〈紅玫瑰與白玫瑰〉）

好像中國人特別知道石頭是天地的開始；中國的一部美術史，不過從一塊頑石說起。從石器時代到玉的琢磨，從石雕造象到山水畫從石起筆。宋代以後，庭園中就端立著一尊歷經滄桑的奇石。到了「紅樓夢」，女媧補天，一場文明的繁華幻滅都不過歸結到青埂峰下一塊石頭再說從頭罷。（蔣勳〈石頭〉）

區別、比較

【區別】分別。

【畫分】分開、區別。

【比喻】將兩種相似的事物相比，使所說的話或者所寫的文章生動具體，更容易了解，富形象化。

【比方】透過淺顯、具體的方式，說明不容易了解的意念。

【譬喻】藉由兩件事物的相似點，以此說明彼，以具體解釋抽象。可分為明喻、隱喻、略喻、借喻、假喻等。

【比擬】以類似的事物相比附、比較。

【比附】以近似的事物作比擬。

【比較】較量高下、輕重、長短、距離、好壞、快慢等。

【計較】計算、比較。

【相比】互相比較。

【對照】用相反對比的方法，以加強或襯托兩者的特性。

【比照】比較對照。

【取譬】尋取其他事物作為譬喻。

【相提並論】把情況或性質相近的人事物，放在一起討論或同等看待。

【同日而語】相提並論。

【無與倫比】沒有可以比擬的。

【無可比擬】沒有可以相比的。

【不可同日而語】差異很大，無法相提並論。

蕭伯納說，他和莎士比亞都是沒有靈魂的人，依我的理解，他是表示沒有立場，超越是非。說個比喻，有兩個人下圍棋，他為黑子設想，也為白子設想，也就是耶穌說的：上帝降雨在好人的田裡，也降雨在壞人的田裡。（王鼎鈞〈文學的技藝——從《關山奪路》談創作的瓶頸〉）

我曾見過北京十剎海拂地的綠楊，脫不了鵝黃的底子，似乎太淡了。我又曾見過杭州虎跑寺旁高大而深密的「綠壁」，叢疊著無窮的碧草與綠葉的，那又似乎太濃了。其餘呢，西湖的波太明了，秦淮河的也太暗了。可愛的，我將什麼來比擬你呢？我怎樣比擬得出呢？大約潭是很深的，故能蘊蓄這樣奇異的綠；彷彿蔚藍的天融了一塊在裡面似的，這纔這般的鮮潤呀。（朱自清〈綠〉）

意見

【主張】對事物所抱持的意見。

【主見】確定的主張或辦法。

【高見】高明遠大的見解。尊稱別人的意見。

【高論】高遠的見解，不平凡的言論。

【卓識】高超的見解。

【卓見】高超的見解。

【定見】一定的見解、主張。

【立論】對問題提出看法與議論。

【持論】立論，發表主張。

【淺見】淺薄的見解。

【成見】主觀的意見。

【歧見】不同的意見。

【異言】不同的意見或言論。

【輿論】代表公眾意見的言論。

【一言堂】比喻作風不民主，無法聽取群眾意見，某一個人說了就決定。

【略陳管見】大致說明自己的意見。

【各抒己見】每個人充分發表自己的見解。

【各伸己風】每個人充分發表自己的見解。

【各抒所見】每個人充分發表自己的見解。

【各執己見】各自堅持自己的看法，意見不能統一。

【各執一詞】各人有各人的想法，各自堅持自己的意見和主張。

【各說各話】各人有各人的說法，說法不一致或意見不統一。

【自說自話】只顧發表自己的意見，不考量客觀事實或環境。

【人多口雜】人多而意見紛紜。

【言人人殊】各人所言不同。

【眾說紛紜】眾多說法，雜亂不一。

【莫衷一是】眾說紛紜，無法得到一致的結論。

【扞格不入】彼此的意見完全不合。

【獨排眾議】排斥眾人的議論，堅持自己的主張。

【力排眾議】為堅持自己的意見，竭力排除眾人不同的議論。

【一家之言】指有獨到的見解、自成系統的言論。

【獨到之見】獨特的看法、見解。

【真知灼見】精闢透徹的見解。

【陳義過高】所說的道理太過高深。

【卑無高論】指一般見解，沒有什麼獨特之處。

【人微言輕】因地位低微，言論主張不受到重視。

【片面之詞】單方面的說法或意見。

【邪說異端】異於正統思想的學說或主張。

【以人廢言】不考慮說話者的意見或言論是否合理，只因身分或品貌不合己意就不予以採納。

【不贅一詞】形容文章寫得好，他人無法再增刪一詞一句。也指不表示意見。

【事後諸葛】事前沒有意見，事後才開始高談闊論的人。

【拋磚引玉】拋出磚，引來玉。比喻先發表自己粗陋的詩文或不成熟的意見，來引出他人的佳作或高見。

【廣開言路】指政府鼓勵人民發表意見，以做為施政的參考。

【捐棄成見】拋棄原本主觀意見。

【有話好說】有什麼意見可以互相商量。

【公說公有理，婆說婆有理】雙方爭辯，各有各的道理，各人堅持各人的意見。

飯很不得味的匆匆喫了，馬上就想坐船。——但是不巧，來了一群女客，須得儘先讓她們耍子兒；我們惟有落後了。H君是好靜的，主張在西泠橋畔露坐憩息著，到月上了再去蕩槳。我們只得答應著；而且我們也沒有船，大家感著輕微的失意。（俞平伯〈西湖的六月十八夜〉）

他在英國住過幾年，對人生一發傲睨，議論愈高不可攀；甚至你感到他的卓見高論不應當平攤桌上、低頭閱讀，該設法粘它在屋頂天花板上，像在羅馬雪斯丁教堂裡賞鑒米蓋郎琪羅的名畫一樣，抬頭仰

面不怕脖子酸痛地瞻望。（錢鍾書《貓》）

弔客之中，有百餘人是韋陀門的門人，大都是萬老拳師的再傳弟子，各人擁戴自己師父，先是低聲議論爭辯，到後來忍不住大聲吵嚷起來。各親朋賓客或分解勸阻，或各抒己見，或袒護交好，或指斥對方，大廳上登時亂成一片。（金庸《飛狐外傳·六》）

光明解釋給他聽，沒什麼用。人到了一種歲數，耳朵通常只用來聽自己對別人說了什麼，海祥這輩子又向來自說自話慣了的。光明見他橫豎要發火的，索性瞪著他讓他把話說完。大概口水泡也吐累了，海祥總算住了口。（袁瓊瓊《蘋果會微笑·七》）

要有點膽量，獨抒己見，不隨波逐流，就是文人的身分。所言是真知灼見的話，所見是高人一等之理，所寫是優美動人的文，獨往獨來，存真保誠，有氣骨，有識見，有操守，這樣的文人是做得的。（林語堂《人生的盛宴》）

4 認知

證明

【證明】引證確實。

【論證】舉實例證明所論事理的是非曲直。

【證實】證明確切屬實。

【印證】互相證明。

【相印】互相印證。

【驗證】檢驗查證。

【引證】援引事實、法條或別人的言論做為根據。

【作證】保證、證實。

【對證】為了證明事實而相互比對言詞。

迎接了三十幾次的春來春去的人，對於花事早已看得厭倦，感覺已經麻木，熱情已經冷卻，決不會再像初見世面的青年少女地為花的幻姿所誘惑而讚之，嘆之，憐之，惜之了。況且天地萬物，沒有一件逃得出榮枯，盛衰，生滅，有無之理。過去的歷史昭然地證明著這一點，無須我們再說。古來無數的詩人千遍一律地為傷春惜花費詞，這種效顰也覺得可厭。（豐子愷〈秋〉）

只要翻攪垃圾袋，可以發現一個獨身者習慣自己動手做飯或者喜歡罐頭速食。一個空藥瓶證實了失眠時的焦慮不安，一封揉皺的情書說明了愛情正成為難以治癒的傷痛，一疊詩稿指出了它們的主人所以憂鬱寡歡的原因，幾團拗折的紙菸盒提供了房客肺活量的資料。垃圾是一切隱私的鑰匙。（林燿德〈房間〉）

幾十年來，許多歷史論著，將起於農民的造反，稱為「農民起義」或「農民革命」，一概從根本上加以肯定，說是歷史發展的動力。為了印證這一先行結論，經常不能正確對待史料。總是按這把尺子，對史料進行取捨、剪裁、加工、曲解，有時到了令人哭笑不得的程度。（潘旭瀾〈走出夢話——太平雜說〉）

我可以作證，那個死角不是犁翻的。我只能相信，他已經具備了一種神力，一種無形的氣勢通過他的手掌貫注整個鐵犁，從雪亮的犁尖向前迸發，在深深的泥土裡躍躍勃動和擴散。（韓少功《馬橋詞典・三毛》）

認識、辨別

【認識】認得。
【辨識】辨認、識別。
【辨析】明辨、分析。
【分辨】辨別、說明。
【辨別】判別、分別。
【判別】分別。
【識別】認識辨別。
【鑑別】審察辨別事物的真偽優劣。
【鑑定】判定事物的是非真偽。
【鑑識】明辨、識別。
【衡鑑】衡量、評估、鑑定。
【涵咀】含食並咀嚼。比喻辨別、研究。
【不識之無】比喻不識字或沒有學問。
【不識一丁】形容不識字或沒有學問。

「漫長」的中學階段，我「犧牲」優良成績交換而來的文學閱讀，雖然觸角還算多面，數量也不少，而且概略認識「文學發展」，畢竟止於粗淺浮泛；而我傾注大半年少心血的文學習作，發表的數量還算可觀，不免過於青澀。然而就像武術功夫的蹲馬步，這些閱讀和習作，大致培育了我的文字能力、文學品味的起碼基礎，邁開了文學馬拉松的起步。（吳晟〈文學起步〉）

入粵以來時時可以看見榕樹，它那帶著南國的豐足與慵倦的巨大軀幹，隨處落地生根的習性曾經引起過詩人蘇軾的驚歎，我自信已經非常熟習，可以不必躊躇就能辨識了。可是眼前出現的這些樹呢？似乎有點像，可是比起榕樹來它們卻更振拔而秀特，壯健而整飭，何況有的還開著細白微黃的花？同座的朋友看出了我的專注與遲疑，就帶著幾分驕傲為我解釋，「看，這就是荔枝。」（黃裳〈深圳〉）

你突然發現原來周遭如此安靜，細微的風搖晃樹梢，在嘈雜喧鬧的水聲中依然可以分辨出來，風聲、水聲、樹葉摩擦的窸窣聲、蟲族拍翅鳴叫聲，因為安靜，細小的差異也可以輕易分辨。（楊明〈在山與水之間〉）

判斷

【判斷】 斷定事物的是非曲直、高下優劣。

【判定】 依照客觀事實加以分辨斷定。

【臆斷】 主觀的判斷。

【斷定】 決斷性的認定。

【論斷】 推論、辨析之後，加以判斷。

【明斷】 明確地判斷。

【裁斷】 裁決判斷。

【武斷】 沒有持平地隨意評決他人的曲直是非。

【假設】 假定；姑且認定。

【大體而言】 根據整體情況來判斷。

【另當別論】 依不同的情況另做考量和評斷。

往後，景香從母親全然不曾留下任何一點可追溯的蛛絲馬跡，任何一點書信文字、照片證件、衣飾用品來判斷，是否是那鹿城人認為的「外省人」，不可知。「背叛拋棄」，基本上應是事實。才會使這負心背叛的「外省人？」是誰，至少有個名姓，（還是她的父親），一直無從追究、無法得知。（李昂〈兩個母親〉）

楓葉剛轉橙紅的初秋早晨，唐人街的老婦人出門散步，不慎迷路。這樣的故事原本不會成為新聞，可是她這一迷路就是三天三夜。警察最後找到婦人時，她的家人已經斷定她遭遇不幸。問她到過什麼地方，她完全不知道。……她被警察尋獲時，已走了三日三夜，這三天三夜裡究竟想些什麼，報上沒有寫，作者也無從知道。（張系國〈長征〉）

這到底怎麼回事？生前他告訴我的事實為真，還是這本小冊子裡寫的事實為真？再說，假使小冊子裡寫的是真的發生的往事，他為什麼要用假設的語法？總之，這前後一定哪裡說了謊言。他是不是想在這陣前後表裡不一的疚責的鬥爭裡獲得解脫呢？（黃克全〈謊言〉）

相信

【相信】信任，以為確實如此而不懷疑。
【聽信】聽從相信。
【置信】相信。
【確信】確實地相信。
【採信】採用相信。
【深信】深深地相信。

【堅信】深信不疑。
【輕信】輕易相信。
【誤信】錯把錯誤的事情當真。
【當真】信以為真。
【信以為真】相信，認為是真的。

【兩無猜疑】彼此心中坦蕩，沒有猜忌與嫌疑。
【不容置疑】不容許對某事或某人有所懷疑。
【無庸置疑】不必懷疑。
【疑信參半】抱持懷疑的態度，沒有完全相信。

【半信半疑】有些相信，也有些懷疑，無法判定是非真假。
【將信將疑】半信半疑。
【難以置信】令人難以相信。

納莉颱風來襲那夜睡得很不安穩。風號，鬼哭，我以為我被流放在一艘搖晃的船，在海上。好不容易掙扎醒來，走到窗前一探，心冷了。雖然窗外漆黑如世界末日，生物本能讓我知道，淹水了，在這個全島最不可能淹水的地方，臺北的黃金地段，到處是高樓大廈的市中心。我無法置信地坐在窗前，聽著水勢湍急怒吼的聲音，想像著五彩的熱帶魚穿梭在地下室剛買的新車之間，或靜息在昨晚因為疲倦懶得拿上樓的手提電腦上，像牠們平日棲息在海底的礁石一般。（卓玫君〈寫給自己的一則洪水神話〉）

我早已知道：我生活的這塊土地，經常為了事不關己的外來事務而緊張、而恐慌、而犧牲。我也知道：這塊土地的真理公義有時候會在特殊時空裡以變形蟲的醜陋態勢存在，失去了放諸四海皆準的普羅價值。但是我確信的是；這段奇特的歲月我曾經過過。（霍斯陸曼·伐伐〈那年，我們在金門前

線〉）

火車過橋的聲音特別響亮——當列的列的、工農工農、累的累的聲音被火車拋在後面，又會從前面迴來時，就知道岩灣站前的隧道口到了，卑南溪和都蘭山的風景將要進入尾聲，在隧道口與隧道口的空隙間，被夾扁又放大的風景、空氣、陽光，消失又出現，這是隧道的魔術，在時間與空間的轉換中，讓人信以為真。（詹澈〈隧道口〉）

推論

【推論】 推求討論。

【推演】 推算演繹。

【推度】 推論揣測。

【推究】 推論研究。

【類推】 在不同的事物中，取其相類似的地方來推測、衡量其他。

【類比】 將類似經驗與新事物相比，從相同或相似之處，獲得理解的推論方法。

【推理】 從已知或假設的前提來推論，或從已知的結果，反求理由或根據。

【引申】 由事物、字詞的本義推演或轉變成其他的意義。

【觸類旁通】 理解一事物的知識或原理，進而推知其他同類事物的道理。

【舉一反三】 列舉一例，即能推求、曉喻同類的其他事物。

【融會貫通】 將各種知識或事理加以融合、貫穿，進而獲得全面、透徹的領會。

【聞一知十】 形容人領悟力、類推力強。

【問牛知馬】 指先打聽牛的價錢，便能推知馬的價錢。比喻從旁推敲而得知事實真相。也作「問羊知馬」。

【以此類推】 由這點出發推想其他類似情況。

家裡的人敢和奶奶頂嘴的除了姑姑只有我這個長孫，我常常為母親打抱不平，奶奶說她當年也曾常受她婆婆的嘮叨；照這樣類推下去，母親也可以把嘮叨寄託在我身上，有天我長大了，娶了媳婦，母親就可以有找頭了。但是母親不是這種型的，她把什麼都傳給姊姊，唯獨沒有嘮叨和抱怨。她受多少委屈，吃多少辛酸，總是默默地忍著，儘管往肚子裝。（張拓蕪〈紡車〉）

心中腦中一團亂絲理不清，我寫信給故鄉的二叔和肫肝叔，他們的回信各不相同。二叔勸我讀唐詩宋詞，寄給我一本納蘭的飲水詞，吳蘋香的「香南雪北廬」詞與李清照的漱玉詞，叫我細讀。他說詩詞是圖畫的，音樂的，哲學的，多讀了對一切自能融會貫通。肫肝叔卻叫我讀莊子，讀佛經，他介紹我看景德傳燈錄，佛說四十二章經，心經淺說。那陣子，我變得痴痴呆呆的，無限虛無感、孤獨感，覺得自己是個哲人。沒有人了解我。（琦君〈三更有夢書當枕——我的讀書回憶〉）

二 人際關係的聯結

1 社交活動

社交、交際

【來往】 交際往來。

【往來】 交往、交際。

【交往】 交際往來。

【過從】 相往來。

【交流】 相互來往。

【通好】 彼此往來交好。

【社交】 人與人的交際往來。

【交際】 人與人之間彼此往來、應酬聚會。

【應酬】 交際往來。

【酬酢】 交際應酬。

【酬應】 交際應酬。

【應接】 應酬交際。

【周旋】 原指古代行禮時進退揖讓的動作，後引申為應酬、交際。

【張羅】 招待。

【聯繫】 連絡。

【連絡】 連繫、往來。

【聯絡】 連繫。

【聯誼】 聯絡交誼。

【蹀躞】 往來頻繁的樣子。

【打交道】 彼此接觸往來、交際協商，處理事務。

【送往迎來】 迎接來的，送走離去的。形容忙於應酬的情形。

【你來我往】 形容往來非常頻繁。

【禮尚往來】 他人以禮相待，同樣也以禮回報。

【不相往來】 彼此互不交往。也作「不相來往」。

【不相聞問】 斷絕往來。

【老死不相往來】 直到老死，都不來往。比喻人與人相距很近，卻互不來往，也互不干擾。

獄中十年，我曾一千遍地想：父親淒苦而死，母親悲苦無告。有誰敢到我那屈死的父親跟前，看上一眼？有誰敢對我那可憐的母親，說上幾句哪怕是應酬的話？我遍尋於上上下下親親疏疏遠遠近近的親朋友好，萬沒有想到張伯駒是登門弔慰死者與生者的第一人。（章詒和《往事並不如煙：君子之交——張伯駒夫婦與我父親交往之疊影》）

有人擦肩而過，嘴裡支吾一句「嗨——」，表示在此處，立足地幾乎平等之意。似曾相識的就要機械地和你握手了。在「好久不見」這句後面，究竟是表示慶幸，可惜，或者根本就不表示什麼，是應該有各色各種註解的。更有好事之徒，周旋於各界人士之間，惟恐某名士對另一名媛，或某聞人對另一學者，失此良機，未遂識荊之願。不免「來來來，我來介紹某某……」，結論當然是皆大歡喜，因為彼此都過了某種癮了。（吳魯芹〈雞尾酒會〉）

兩年來，在臺灣交的新朋友，寄來的信已經塞得滿滿一抽屜。臺北的電話太少，本市的朋友也要靠綠衣人聯絡，所以寫信也成了伏案生活的一部分。寫信有好處，「物證」在手，閑時可供消遣，必要時也可資覆按，比起話說過了不存形跡的，另是一番趣味。將來「王師北定」之後，把這些信整理發表的話，也稱得起是「避秦書簡」呢。（林海音〈友情〉）

和同世代的摩登少女一樣，陳文茜的生命中不單有一個三毛，也有一個叫張愛玲的東西，也就是說，出身法學院的陳文茜，當年是在一面閱讀著張愛玲的同時，學會跟馬克思、韋伯、格瓦拉勾搭、打交道的。（楊澤〈悄悄告訴你〉）

問好

【問好】問候人家是否安好，常用的客套話。

【問安】問候起居安好。

【請安】問候人是否安好。

【問候】探問人的起居。

【探問】探望問候。

【致意】表達思慕、問候、感謝等的情意。

【問訊】問候。

【寒暄】見面時彼此問候起居，或泛談氣候寒暖之類的應酬話。

【打招呼】遇到熟人時，寒暄或打手勢，互相致意。

【打照會】打招呼。

【別來無恙】從別離到現在一切順利平安，通常作為問候語。

【晨參暮省】早晚敬拜問候。

【晨昏定省】夜晚服侍父母就寢，早晨向父母問安。

我也向這老闆娘問好。我一開口說早哇，那老闆娘忽然說你缺了兩顆門牙為什麼不去補，這樣太不好看了。我並非不補牙，而是裝了假牙就渾身不自在。食物也咬不動，生怕假牙忽地掉下來的緣故。這位老闆娘真是眼明手快，一瞥就發現我沒有門牙，真令人驚訝。（葉石濤〈舊城一老人〉）

搭乘這條支線，我經常靜靜觀察著客運車裡的鄉人，大都是上了年紀的公公婆婆。在每一個小站停留時，車上的人總是很熱情的向上車的人問安致意，整個車廂裡閒話家常的談話不斷，似乎都由於同鄉之誼或搭乘這條支線而熟稔，成為很好的朋友。（林文義〈瑞平海邊〉）

台階築在門內，主人必須親自開門迎接訪客，再與訪客一道走過台階。無論多熟的朋友，在台階也免不了生疏地寒暄，我看她忙著觀照腳下的苔階和身旁久違的臉孔，不知道這兩者給她什麼樣的聯想。（陳淑瑤〈苔階〉）

在威尼斯本島，可從未見過這麼開朗熱情的歐巴桑。在水都，通常是我先主動跟對向而來的老太太老

先生打招呼，對方才回禮。看來威尼斯深層的那股陰鬱和哀傷氣息，並未感染到這個漁業小島。（韓良憶〈把顏色灑遍布拉諾〉）

訪問、探望

【訪問】拜訪。
【拜訪】拜候、探望。
【拜候】拜訪問候。
【拜望】拜訪問候。

【拜謁】拜見。
【過訪】來家訪問拜訪。
【造訪】探訪。
【看望】探訪問候。

【探望】拜訪看望。
【探訪】拜訪探問。
【探問】探望問候。
【尋訪】尋找探問。

【會晤】見面。
【串門子】俗稱到他人家中閒坐、閒談。

那是一個大家都沒電話的年代，不像現在，想去朋友家拜訪要先撥個電話，人家表示歡迎，才可過去，這叫注重隱私權，也是一種禮貌。在民國四十年到五十年前後，還沒這種觀念，大家想去誰家就到誰家，這叫串門子，家家戶戶也沒電鈴，到了朋友或同學家不是拉高了喉嚨大喊名字，就是用手拍門，打得震天價響，也不會有人生氣，穿了短褲就出來開門，吃飯時間一定請上桌，你在我家吃飯，我在你家吃飯，吃來吃去都很平常。（隱地〈餓〉）

東北面山下，是一片桑麻沃地，有一條長蛇似的官道，隱而復現，出沒盤曲在桃花楊柳槐榆樹的中間，繞過一支小嶺，便是富陽線的境界，大約去程明道的墓地程墳，總也不過一二十里地的間隔。我去拜謁桐君，瞻仰道觀，就在那一天到桐廬的晚上，是淡雲微月，正在作雨的時候。（郁達夫〈釣台的春晝〉）

美國近百年來的都市文明，製造了一批定期造訪酒店的飲者。他們多半是低薪工人、學生、單身者、婚姻不滿者，他們企圖在酒中忘卻白日，於是一些鄙俚的歌也隨之產生，幫助他們度過漫漫長夜。這些歌曲每天每週可以誕生數百首，同時每天每週可以淘汰數百首。就像飲即溶咖啡，或是可口可樂，來得容易，去得也快，完全沒有回味的餘地。（陳芳明〈流浪的吉他〉）

教室木造的講台是我的最愛，走起來吱吱作響，有古風遺味，身後國父遺像在記憶中倒也從未變過，一貫的莊嚴肅穆，緊盯著每個上課的學生和老師。我們的教室夏時稍熱，南風極難探訪我們的緣故，冬時北風不請自來，山區的濕冷，即使把門窗全關也是擋不住寒的。來此多年，教了三個班，竟然全在這個教室裡。（王文華〈孩子〉）

北方有句話，串門子，這往往是信步闖到一家人家，敲門而入。主人呢，「咦，你來啦！」——這就是現代時髦人說的「我真高興看見你！」客人說，「我閒著沒事，順便來找你聊聊。」（思果〈談話的趣味〉）

邀請

【邀請】約請他人參加聚會。

【邀約】邀請、約請。

【約請】邀請。

【特約】特別約請或約定。

【面邀】當面邀請。

【力邀】大力邀約。

【敦請】誠懇地邀請。

【遍請】邀請所有相關的人。

【函請】以信件邀請。

【邀集】招集。

【約同】邀約偕同。

【不請自來】沒受邀請而自行來到。

【不速之客】沒受邀請而自行來到的客人。

【三顧茅廬】敬賢禮士，誠意地邀請。

【卻之不恭】指拒絕他人邀請是不恭敬的事。

「告訴我那座樓的故事，」我說。我和我的朋友坐在塘邊，已把釣絲拋了出去，望著漂在水上的白色浮標。在一個沙漠地方住了幾年，我變得固執又傷感，但這個夏天卻無法謝絕這位朋友的邀請，他說旅行和多雨的氣候會使我柔和、清爽、有生氣些，於是我到了他的家鄉。（何其芳〈樓〉）

接近了鏢丁挽季節，海湧伯經常邀約我和粗勇仔一起吃飯，就是在港邊也常常拉住我倆坐在港邊地上聊天。海湧伯的壞脾氣我倆都領教過，如今他一反常態，使得我和粗勇仔都顯得拘束不安。（廖鴻基〈丁挽〉）

待客

【客氣】表現謙虛禮讓的態度。

【客套】彼此謙讓、問候。會客時表示謙讓、問候的應酬話。

【歡迎】高興地迎接他人的到來。

【招待】接待賓客。

【接待】招待。

【款待】殷勤招待。

【待承】招待、看待。

【挽留】留住使不離去。

【款留】殷勤勸留賓客。

【謝客】謝絕賓客。答謝賓客。

【待慢】招待不周到。

【輕慢】對人輕忽簡慢。

【冷落】冷淡、不親近。

【失敬】待人不周，有失禮數。多為對人自責疏忽的客套話。

【下逐客令】主人暗示或明示客人，該告辭離去。

輕啟窗框，嘹亮的蟬聲立即溢進車內，透著窗玻璃，我看見一株株滿布皺紋老幹的樟樹，在車行之外，起勁地搖曳著滿樹的蓊鬱，歡迎我們到來，也舞起一陣又一陣悠揚的樂音，給酷炎夏日注一劑清涼。（李儀婷〈啊，流年〉）

這是一個虔誠信仰天主的家庭，從她們飯前禱告的容顏裡我領會了許多這一民族因著被侮蔑的過去而來的滄桑和心懷。誰說這些島的原住民的秉性是凶悍野蠻的呢？他們對於一個陌生的、浪遊的男子的熱誠招待的背後那種對人濃厚不疑的人情味又豈是過度世故的都市人內裡的巧詐所可比擬的？（藍博洲〈旅行者〉）

介紹

【介紹】為人引見。居中接洽，牽合雙方。

【引見】介紹、相見。

【說合】居間介紹，以促成某事。

【推薦】推舉引薦。

【引薦】引進推薦。

【舉薦】保舉推薦。

【推舉】推薦、選拔。

【引介】引見、介紹。

【推介】推薦介紹。

【媒介】介紹。

【簡介】簡明扼要介紹。

【拉攏】籠絡對自己有利的人。

【攏絡】使用手段拉攏別人。

【籠絡】籠與絡都是縛住動物的器具，引申為用權術或手段拉攏他人。

【撮合】拉攏雙方在一起。

【牽合】牽線撮合。

【引線】為人介紹、拉攏。

【毛遂自薦】戰國時，秦兵圍攻趙國，平原君欲向楚國求救，其門下食客毛遂自薦前往，說服楚王同意趙楚合縱。後用來比喻自告奮勇，自我推薦。

人群從牌坊下湧出，簇擁著八、九個老人步下階來，笑語喧闐，神情興奮。明蓉立刻為我們「介紹」。老同學面面相覷，我的雙手都來不及握。大家的表情，驚喜裡有錯愕，親切中有陌生，忘我的天真中又有些尷尬。歲月欺人，大家都老了，可堪一嘆。不過都還健在，而且不怎麼龍鍾，也無須攙

扶，又值得高興。（余光中〈片瓦渡海——跨世紀的重逢〉）
不知道高漸離舉著筑撲向秦王時，他究竟有過怎樣的表情。那時人們議論勇者時，似乎有著特殊的見地和方法論。田光向太子丹推薦荊軻時曾闡述說，血勇之人，怒而面赤；脈勇之人，怒而面青；骨勇之人，怒而面白。那時人們把這個問題分析得入骨三分，一直深入到生理上。田光對荊軻的評價是：神勇之人，怒而色不變。（張承志〈清潔的精神〉）

送別

【告別】辭別。
【作別】辭別、道別。
【送別】送人離去。
【道別】以動作或言語與人告別。
【歡送】高興、誠懇地送別。
【話別】臨別時聚在一起談話。
【敘別】話別。
【惜別】捨不得分別。
【握別】握手道別。
【告辭】告別。
【辭別】辭行、告別。
【拜辭】告辭道別的敬詞。
【辭行】臨行前向親友告別。
【訣別】永別、辭別。
【不告而別】沒有道別便離去。

蓬頭髮默默地低頭走路。旁邊莽莽蒼蒼地橫臥著的沙漠此刻吞沒了落日，地平線上空一片火紅的雲霞。那沙漠像在和我告別呢，他想，或者像是在活活地氣我。（張承志〈九座宮殿〉）
柴進下馬問道：「二位官人緣何在此！」軍官道：「滄州太尹行移文書，畫影圖形，捉拿犯人林沖，特差某等在此守把。但有過往客商，一一盤問，才放出關。」柴進笑道：「我這一夥人內中間夾帶著林沖，你緣何不認得？」軍官也笑道：「大官人是識法度的，不到得肯夾帶了出去？請尊便上馬。」

柴進又笑道：「只恁地相託得過，拿得野味回來相送。」作別了，一齊上馬出關去了。（明・施耐庵《水滸傳・第十一回》）

公公輕輕拍著我的手臂，然後站起來，伸手去握志平的手。我趕快去推大寶來向公公道別，大寶卻執意地拉住我的裙角，雙唇死命地緊抿著。（莘歌〈畫像裡的祝福〉）

空聞大師輕輕咳嗽了一聲，說道：「張真人，這等變故……嗯，嗯……實非始料所及，張五俠夫婦既已自盡，那麼前事一概不究，我們就此告辭。」說罷合十行禮。張三手還了一禮，淡淡的道：「恕不遠送。」少林僧眾一齊站起，便要走出。（金庸《倚天屠龍記・十》）

差人惱了道：「這個正合著古語，『瞞天討價，就地還錢！』我說二三百銀子，你就說二三十兩！『戴著斗笠親嘴，差著一帽子』！怪不得人說你們『詩云子曰』的人難講話！這樣看來，你好像『老鼠尾巴上害癤子，出膿也不多』！倒是我多事，不該來惹這婆子口舌！」說罷，站起身來謝了擾，辭別就往外走。（清・吳敬梓《儒林外史・第十四回》）

慶祝

【祝賀】 致送恭賀之意。

【祝福】 本指求神賜福，今多指希望對方得到福分。

【道賀】 用言語向人祝賀。

【慶賀】 向有喜慶之事的人道賀。

【稱賀】 恭賀、祝賀。

【道喜】 向有喜慶之人表示祝賀。

【賀喜】 祝賀、道喜。

【致辭】 集會時發表歡迎、祝賀、答謝等言辭。

【恭喜】 賀人喜事之詞。

【祝壽】 祝賀人生日。

【拜壽】 慶賀生日。

【賀年】 慶賀新年。

【賀歲】 慶賀新年。

【拜年】 新年期間，親友彼此往來，登門道賀。

【拜節】 節慶時，親友彼此

來往道賀。

【舉手加額】 舉手與額頭相齊。表示祝賀慶幸的意思。

【額手稱慶】 舉手齊額，祝賀慶幸之意。

想來想去，人最是念舊的，儘管地牛搗亂，仍然不肯離開，繼續扎根於此，渴望重生。一張張曾經哭喪的臉，一群群曾經落魄的人，都在永平村努力工作著呢。祝福你們，我還會回來。（許世旭〈台灣老家〉）

七月是收穫的季節，田水已經放乾，穀穗把稻桿拉彎到地面。這時候，太陽曬得正猛，鐮刀的收割也最忙。這裡那裡，互傳打穀的聲響，嘭，嘭，嘭，那是一束一束的稻，被激奮的雙手握牢，重重打在禾桶的邊緣；雙手一邊打，一邊扭轉禾束，使每一根稻都摔在桶壁上，向桶內留下它的一顆顆結實的穀粒。於是，午飯的時刻，桶裡的穀被挖進籮筐；滿載的籮筐在扁擔的兩端，應著挑擔人的步子，一沉一躍。把新穀倒在院裡的曬穀坪上，讓七月的太陽曝曬，人則息入堂屋，那裡有巴掌大塊的粉蒸豬肉，慶賀一年的豐收。（顏元叔〈堯水之頭〉）

這個小天使和她的姊姊們跟媽媽來我們這一席了。大家忙不迭地向著女主人說恭喜的話，並稱讚著小嬰孩的好看。繼而客人們都去逗趣著這個小姊姊，她畏羞地放開姊姊們的手，躲到母親的背後去了。（王文興〈黑衣〉）

俞蓮舟在張松溪身邊悄聲道：「咱們本想過了師父壽誕之後，發出英雄帖，在武昌黃鶴樓頭開英雄大宴，不料一著之失，全盤受制。」他心中早已盤算定當，在英雄大宴之中，由張翠山說明不能出賣朋友的苦衷。凡在江湖上行走之人，對這個「義」字都看得極重，張翠山只須坦誠相告，誰也不能硬逼他做不義之徒。便有人不肯甘休，英雄宴中自有不少和武當派交好的高手，當真須得以武相見，也決不致落了下風。哪料到對方已算到此著，竟以祝壽為名，先自約齊人手，湧上山來，攻了武當派措手不及。（金庸《倚天屠龍記・十》）

2 社會關係

交友

【結交】與人結識相交。

【交際】人與人之間彼此往來、聚會應酬。

【結識】認識交往。

【相交】相互交往。

【締交】結交。

【訂交】結交為朋友。

【交好】結交為好友。

【交往】交際往來。

【神交】慕名而未見過面。

【和睦】彼此親密和善。

【融洽】彼此感情和睦。

【投機】意見相合。

【投合】合得來。

【投契】情意相合。

【談得攏】談得投機。

【一言訂交】指雙方情投意合，才一交談，就成了至交。也作「一言定交」。

【一見如故】初次見面就相處融洽，像老朋友一樣。

【相得甚歡】彼此相處極為愉快。

【志同道合】彼此的志趣、理想一致。

【握手言歡】互相握手，交談甚歡。一是形容有深厚交情的朋友見面時的情況；另一是盡釋前嫌，歸於友好。也作「把手言歡」。

【斷交】斷絕交往。

【絕交】斷絕友誼。

【棄絕】唾棄斷絕。

【破臉】不顧情面，當面爭吵，破壞了原有的情分。

【撕破臉】指感情或關係破裂。

【君子交絕，不出惡聲】君子絕交，也不會口出惡言。

【交淺言深】與相交不深的人說親密話。指說話不得體。

荊軻也曾因不合時尚潮流而苦惱。與文人不能說書，與武士不能論劍。他也曾被逼得性情怪僻，賭博奢酒，遠遠地走到社會底層去尋找解脫，結友朋黨。他和流落市井的藝人高漸離終日唱和，相樂相泣。他們相交的深沉，以後被驚心動魄地證實了。（張承志〈清潔的精神〉）

二人談談說說，大是情投意合，常言道：「酒逢知己千杯少，話不投機半句多」，楊過口齒伶俐，言辭便給，兼之生性和黃藥師極為相近，說出話來，黃藥師每每大歎深得我心，當真是一見如故，相遇恨晚。他口上雖然不認，心中卻已將他當作忘年之交，當晚命程英在楊過室中加設一榻，二人聯床共語。（金庸《神鵰俠侶．十五》）

黃昏裡，歸途中，走入自己的巷道，戶戶是滿門滿窗的柔黃燈火，照著庭前的尤加利樹，鳳凰樹，而燈下的竹葉特別嫩綠明亮。竹葉背後傳來小孩子的叫聲，狗的叫聲，炒菜的喧囂聲。長長巷道兩側的門，不時開著，放去一陣燈光，納入回家的人。隔著牆收音機裡傳來「以阿和談有進展」：願他們早日握手言歡。長長的狹巷，剎那間又似乎和整個世界發生了勾連，無可豁免的勾連！（顏元叔〈行走在狹巷裡〉）

慰問

【安慰】 安撫勸慰。

【安撫】 安慰、撫慰。

【慰問】 安慰問候。

【寬慰】 安慰他人使其寬心。

【撫慰】 安撫慰勉。

【宣慰】 安撫慰勞。

【告慰】 安慰他人使其滿意、安心。

【慰藉】 安撫。

【慰勞】 用言語或物質撫慰勞苦的人，使其心中安適。

【慰勉】 慰勞勉勵。

【勸慰】 勸說慰解。

【撫卹】 安慰、救濟。

【道乏】 向他人道謝或慰問。

【噓寒問暖】 形容對人關懷愛護十分周到。

「不得了！」老頭兒說。「我夢見中央軍打敗了！」那時，人們相信夢境是神的預言，對這個傷心驚恐的老人，都有些手足無措。倒是他的老伴兒有個主意，安慰他：「不要緊，夢死得生，你夢見中央軍打敗了，那一定是中央軍打勝了。」全家附和，老翁漸漸鎮靜下來，再度睡去。黎明，老翁嚎啕起來，他嚷著：「不得了，不得了，我又做了一個夢，夢見中央軍打勝了！」（王鼎鈞〈天才新聞〉）

回國後這一年來，他跟他父親疏遠得多。在從前，他會一五一十，全稟告方遯翁的。現在他想像得出遯翁的回信。遯翁的心境好就撫慰兒子說：「尺有所短，寸有所長，學者未必能為良師」，這夠叫人內愧了；他心境不好，準責備兒子從前不用功，急時抱佛腳，也許還來一堆「亡羊補牢，教學相長」的教訓，更受不了。這是紀念周上對學生說的話，自己在教職員席裡傍聽得膩了，用不到千里迢迢去搬來。（錢鍾書《圍城》）

女人們就圍著這口水井，挑水、洗衣服、說笑、訴苦、爭吵、唱歌……有委屈，彼此勸慰；有好事，大家高興。而幾十年來，這口井一直默默地聆聽著女人們悲悲喜喜的心事。（顏崑陽〈水井邊的女人〉）

小黑的帳戶增加了很多錢，可是小黑的生活一如往常，只是週末有時北上台北，有時南下屏東，他的親生母親一開始時每天打電話來噓寒問暖，他只好求饒，因為同學們已經開始嘲笑他了。（李家同〈苦工〉）

感謝

【感謝】 接受他人恩惠而表示謝意。

【感激】 衷心感謝。

【道謝】 用言語表示謝意。

【稱謝】 道謝；答謝。

【致謝】 表示謝意。

【答謝】 受人利益或招待而表示謝意。

【申謝】表明謝意。
【鳴謝】表達感謝之意。
【酬謝】以財物或行動來答謝。
【酬答】以財物或行動來答謝。
【叩謝】叩首道謝。表達非常深切的謝意。

房門不能開，高高百思不得其解的結論是，打一些獵物獻給天文以換取門票，她打來壁虎，完完好好一條放在天文房門口，打來麻雀、蚱蜢、大蜘蛛、紋白蝶、飛蟻……，總是總是，我聽到天文在樓上聞聲開門的高聲感謝：「謝謝你、謝謝你。」我次次都被天文充滿驚喜感動的語調感染得忍不住大聲問：「今天是什麼禮物？」「唉呀蟑螂啦。」怕高高聽懂人言因此低聲回答，天知道天文的天敵就是蟑螂。（朱天心〈只要愛情，不要麵包的貓〉）

伐木季節裡，當巨大的裁切好的相思樹幹從對岸的流籠運過來、再一次壓在搬運工人的肩上時，我記得他們胸口與喉間不由自主地發出「呃」的一聲，那聲音既像由衷感激又像對命運的哀嘆。（林銓居〈我的里山二坪〉）

我在隧道口拍照，養路工人騎著老機車挨近，笨拙地停好車走過來說，雨後上坡易落石，不宜久留，叮嚀與道謝，各走交叉路。山中人多祥和親切，因為空間夠大，眼界寬廣，每回遇見同類，螞蟻似的交換費洛蒙。（陳玉峰〈南橫數帖〉）

我們這一代是被很多賣力演藝的小人物養大的，他們展示了人生的瘡孔又宣傳足以治癒的靈藥，三言兩語之間啟動幻想，鼓舞意志。有時，我放任自己買一些根本不需要的小玩意，單純地只是要向記憶裡那些賣力演藝的小人物致謝，感謝他們用才華給窮村的孩童餬口。（簡媜〈聖境出巡——菜市場田野調查〉）

諂媚

【諂媚】以言語或行為奉承取悅他人。
【諂佞】巧言逢迎，以討人歡心。
【諂諛】諂媚阿諛。
【阿諛】阿附諂諛。
【巴結】奉承、討好。
【獻媚】為了討好別人而露出諂媚姿態。
【便佞】諂媚、討好。
【夤緣】攀附權貴，以求進身。
【吹噓】吹捧、稱揚。
【攀附】巴結、投靠有權勢的人往上爬。
【趨奉】迎合、奉承。
【趨附】趨承巴結有權勢的人。
【奉承】諂媚討好他人。
【逢迎】在言語行動上奉承討好別人。
【迎合】逢迎，揣測人意而投其所好。
【迎阿】逢迎阿諛。
【阿附】巴結奉承，以迎合他人。
【恭維】奉承、阿諛。
【曲筆】因阿諛或畏懼而未能根據事實直書。
【拍馬屁】諂媚阿諛，討好他人。
【戴高帽】用好聽的話奉承人。
【灌迷湯】恭維、奉承他人，使人心神迷醉。
【抱粗腿】喜歡拍馬屁，攀附權貴。
【違心之論】違背本意的言論。
【搖尾乞憐】本指狗搖著尾巴，以討主人歡心，後用來形容人有所請求，卑躬屈膝討好對方。
【打躬獻趣】阿諛奉承。
【夤緣攀附】攀附權貴，拉攏關係。
【攀龍附鳳】趨附權貴，以謀取個人名利。
【諂諛取容】阿諛獻媚以討好別人。
【屈意奉承】低聲下氣，委屈自己，去討好別人。
【趨炎附勢】比喻依附權勢。

曾先生說用辣宜猛，否則便是昏君庸主，綱紀凌遲，人人可欺，國焉有不亡之理？而甜則是后妃之味，最解辣，最宜人，如秋月春風，但用甜則尚淡，才是淑女之德，過膩之甜最令人反感，是露骨的諂媚。曾先生常對我講這些，我也似懂非懂，趙胖子他們則是在一旁暗笑，哥兒們幾歲懂些什麼呢？父親則抄抄寫寫地勤作筆記。（徐國能〈第九味〉）

日本茶道算是現代最講究喝茶氣質的了。先是四周的竹圍就能清心寡慾，加上一大套進退舉止，讓誰都不敢輕舉妄動。茶宴上禁論世俗之事，例如政治或某人醜聞，同時也不許主客互相讚美阿諛。喝茶喝到這樣素心，也差不多像喝惠山茶一樣教人挺難受。（盧非易〈來，唸一下詩篇第五十一——茶〉）

段譽只給他抓得雙肩疼痛入骨，仍然強裝笑容，說道：「誰說的？『岳老大』三字，當之無愧。」心中暗暗慚愧：「段譽啊段譽，你為了要救木姑娘，說話太也無恥，諂諛奉承，全無骨氣。聖賢之書，讀來何用？」又想：「倘若為我自己，那是半句違心之論也決計不說的，貪生怕死，算甚麼大丈夫了？只不過為了木姑娘也只得委屈一下了。……」（金庸《天龍八部・四》）

經筵的著眼點在發揮經傳的精義，指出歷史的鑒戒，但仍然經常歸結到現實，以期古為今用。稱職的講官務必完成這一任務，如果只據章句敷衍塞責或以佞辭逢迎恭維，無疑均屬失職，過去好幾個講官就曾因此而被罷免。（黃仁宇《萬曆十五年・第二章》）

不和

【不和】不和睦、不融洽。

【不睦】感情不和諧，相處不融洽。

【作對】故意跟人為難。

【齟齬】牙齒上下不齊，比喻彼此的意見不相合。

【彆扭】意見不合而吵鬧或賭氣。

【排擠】施用手段排斥別人。

【擯斥】排除、斥退。

【傾軋】互相毀謗排擠。

【鬧彆扭】彼此有意見而合不來；因心中不滿而故意不合作或為難對方。

【鬧意見】因意見不合而

起爭執。

【一言不合】一句話說得不投機。

【話不投機】談話時，彼此意見不相合。

【冰炭不洽】比喻對立的雙方無法調和或不能相容。

【勾心鬥角】比喻彼此明爭暗鬥，各用心機。也作「鉤心鬥角」。

【誓不兩立】發誓絕對不和敵對的人並立於天地之間，形容仇恨極深。

【冰炭不相容】比喻對立的雙方無法調和或不能相互容忍。

【話不投機半句多】談話時彼此意見不合，無法繼續交談，連半句都嫌太多。

今天淡水的街上，已經到處可以見到齒科醫生的招牌了。聽說馬偕有紀念醫院在臺灣。他建的醫院和教堂還留在原地。這些實際的建設留下，至於那些中外接觸初期的傳聞逸事，現在人們都當笑話來說了。種種不同的接觸，和更現實的齟齬，何嘗不是到處可見。（也斯〈佛塔與十字架〉）

孩子群奉行的道理是弱肉強食，總是有人帶頭起鬨，仗著人多勢眾就欺侮落單的那個，而且沒什麼道理。我生存的方法通常是依靠一個小團體，以免遭到孤立和排擠，雖然誰也不知道自己什麼時候會遭到來自團體內部突然的排擠。（柯裕棻〈裸露的腳〉）

大嫂是個最無能而又最不懂事的人，二嫂是個很能幹而氣量很窄小的人。她們常常鬧意見，只因為我母親的和氣榜樣，她們還不曾有公然相罵相打的事。她們鬧氣時，只是不說話，不答話，把臉放下來，叫人難看；二嫂生氣時，臉色變青，更是怕人。她們對我母親鬧氣時，也是如此。我起初全不懂得這一套，後來也漸漸懂得看人的臉色了。我漸漸明白，世間最可厭惡的事莫如一張生氣的臉；世間最下流的事莫如把生氣的臉擺給旁人看，這比打罵還難受。（胡適〈我的母親〉）

挑撥、計算

【挑撥】搬弄是非。
【挑動】引起、觸發。
【挑唆】挑撥、教唆。
【挑釁】故意引起爭端。
【挑弄】挑撥、搬弄。
【調撥】搬弄是非。
【調唆】挑撥、教唆。
【調弄】調唆。
【離間】從中挑撥，使人不合。
【鼓搗】撥弄、擺布。
【撥弄】挑撥。
【搬弄】挑撥是非。
【播弄】挑撥。
【遇事生風】搬弄是非，興風作浪。
【搬弄是非】蓄意挑撥雙方，或在他人背後隨意加以評論，以引起糾紛。
【搬脣弄舌】故意調唆、搬弄是非。
【調嘴學舌】說長道短，搬弄是非。亦作「調嘴弄舌」。
【搖脣鼓舌】鼓動嘴脣與舌頭，指利用口才搬弄是非。也作「鼓舌搖脣」。
【搖吻鼓舌】逞口舌之能，搬弄是非。
【調三窩四】搬弄口舌、挑撥是非。亦作「調三斡四」、「挑三豁四」、「挑三窩四」。
【算計】暗中圖謀他人。
【計算】暗中謀劃，對付他人。
【暗算】祕密地設計害人。
【圖謀不軌】謀劃不法叛逆的事。

在顫抖的長歲月中，不知有多少江河帶著黃河污染你的蔚藍，不知道有多少狂風帶著大陸的塵埃挑釁你的壯麗，也不知道有多少巨鯨和群鯊的屍體毒化你的芬芳，然而，你還是你，海浪還是那樣活潑，波光還是那樣明豔，陽光下，海水還是那樣清。不是嗎？我明明讀到淺海的海底，明明讀到沙，讀到礁石，讀到飄動的海帶。（劉再復〈讀滄海〉）

他們鄰居之間，雖然沒有圍牆，但彼此頗知尊重對方的自由。他們不隨便闖人家，使你沒有不設防或客人隨時入侵的威脅；也不喜歡搬弄是非，更不會反賓為主。夜深以後，不會打電話去吵鬧別人，更

不會以無線電、打小孩、呼么喝六來騷擾鄰居。美國人居家雖無形式上的籬笆，心中卻有籬笆；中國人則反之。（夏菁〈籬笆〉）

鴉片戰爭結束後，殖民者限制被殖民者的行動自由，嚴格規定晚上十時以後，華人不准外出閒遊街上，違者警察即行拘捕。禁止夜行的理由是認準華人趁黑夜圖謀不軌，盜竊滋事，遺害閭里。（施叔青《她名叫蝴蝶・第五章》）

調解、和解

【調停】 居中調解，排除糾紛。

【調解】 調停雙方意見，平息紛爭。

【調和】 居中協調，平息爭端。

【調處】 調停處理。

【協調】 協力調和，使意見一致。

【勸解】 勸人和解。

【排解】 居中調停，解決紛爭。

【說和】 調解雙方的爭執。

【講和】 起衝突的雙方，共同商議和解。

【談和】 說和，解決彼此敵對的狀態。

【言和】 談和、講和。

【和解】 停止爭執，重歸於好。

【和好】 恢復和睦親善的感情。

【說服】 用言語使對方信服。

【斡旋】 居中調解、周旋。

【疏通】 調解雙方的爭執。

【和稀泥】 把爛泥巴攪和在一起。多用來指不分青紅皂白，毫無原則的為人調解紛爭。

【打圓場】 替人調解紛爭。

【言歸於好】 和好如初。

【息事寧人】 原指為政者不生事擾民，後指調停紛爭，使彼此相安。

於是這個說，「我坐這兒！」那個說，「大哥不讓我！」大哥卻說，「小妹打我！」我給他們調解，說好話。但是他們有時候很固執，我有時候也不耐煩，這便用著叱責了；叱責還不行，不由自主地，

我的沉重的手掌便到他們身上了。於是哭的哭，坐的坐，局面才算定了。（朱自清〈兒女〉）

母親晚年信了佛教，她最得意的事是說服了一些信佛教的有錢人，湊足了一百萬台幣，捐給天主教辦的孤兒院，捐贈的那一天，她也親自去了。（李家同〈車票〉）

一個小小的，寂寞的女孩兒，自轉學到城裡後，一腳踩空，便掉入舊雨新知眾叛親離的窘境，原本只能躲在閣樓窗簾後，和路上指天畫地、自言自語行走的瘋婦遙遙招手，進行自認的通關密語對話遊戲，而因為街角的那間租書店，自憐被同儕孤立的孩子，偷偷和母親搶看同一窗口，也以那小小的租書店為根據地，似懂非懂地鯨吞蠶食，書本成了她和寂寞握手言和的仲介。（廖玉蕙〈開窗放入大江東〉）

我們看氣氛就要變僵，趕緊起來打圓場。有人講起林志玲，有人說他認識林志玲。在故意營造起來的熱鬧中，我知道這兩個同學以後不會講話了。他們高中時曾是橄欖球隊最好的搭檔，一起衝過大半場，一起受過傷。（王文華〈我四十歲，我迷惑〉）

商量、接洽

【商量】交換意見。
【商討】商量討論。
【商談】商議談論。
【商議】商量、議論。
【商計】商量、計劃。
【商榷】商量、討論。

【商酌】商量、斟酌。
【協商】共同商量。
【洽商】接洽商量。
【磋商】互相商量。
【諮商】商議。
【協議】共同商議討論。

【面議】當面討論。
【蹉議】商量、商議。
【洽談】接洽商量。
【接洽】與人商議事情。
【面洽】當面商量。
【談判】商議解決重大問題。

【情商】以私人交情商請對方同意。
【婉商】婉轉商量。
【交涉】雙方協商，共同解決相關問題。

【計較】計劃、商量。

【討價還價】賣方索價，買家還價，以達到各自理想的價錢。比喻談判時雙方各提條件，反覆爭議。

【從長計議】慢慢地仔細商議，不急著決定。

【共商大計】共同商議，籌劃計策。

【免談】沒有商量的餘地。

【不謀】不商量。

【不謀而合】沒有事先商量，但意見、行為一致。也作「不謀而同」。

【不相為謀】彼此立場、觀點差異太大，無法商量。

他迷戀陸小曼已經是家喻戶曉的了，值得注意的是徐志摩也把這件事情看得完全妥當，他跟他的元配一定也**商量**了，離婚後兩人還跟好朋友一樣來往，我們也無從得知他第一位夫人張幼儀女士當時的感受，不過不得不佩服她的雅量和同情。而徐志摩心願得償之後怎麼樣呢？據梁實秋先生說：「浪漫的夢經不起打擊。志摩是一個絕頂聰明的人，並且不是一個沒有膽量認錯的人，所以他很快的承認了他的失敗。」（思果〈惑〉）

畢伯伯一直很堅強，把喪事辦得整齊周到，待出殯完回家，來跟父親**商談**一些善後瑣事，談著談著竟至慟哭流涕，念來念去還是怪畢媽媽糊塗，夫妻十年，他不曾有過重話，怎麼這氣頭上話就當真了呢！（朱天文〈小畢的故事〉）

卻說玄德正行之間，只見後面塵頭驟起，謂關、張曰：「此必曹兵追至也。」遂下了營寨，令關、張各執軍器，立於兩邊。許褚至，見嚴兵整甲，乃下馬入營見玄德。玄德曰：「公來此何幹？」褚曰：「奉丞相命，特請將軍回去，別有**商議**。」玄德曰：「『將在外，君命有所不受』。吾面過君，又蒙丞相鈞語。今別無他議，公可速回，為我稟覆丞相。」（明・羅貫中《三國演義・第二十一回》）

毫無預警趕我下車，我心中只有錯愕，伊不是只能跟我在一起的嗎？伊不是只適合我嗎？除了我還有誰能夠忍受伊的嘮嘮叨叨……但是協議分手後，伊連電話也沒來過一通，兩人都認識的某朋友不經意間透露，很快伊又有了新男友，還同居，這就更使我難堪了。（王盛弘〈花盆種貓〉）

他喃喃自語：都說我林三好賭。我林三才不愛賭呢！我恨這三色牌。我恨死賭場了。只要再贏一次。我今後再也不賭了。再賭就把手剁掉。只要贏一次就好。好好地贏一次。我林三死也不賭了……。他閉著眼，滿臉虔誠，好像在和上天談判。（荊棘〈白色的酢漿草〉）

媽的脾氣倔直，最懶得理睬動不動愛討價還價的顧客。不過吧女們的直截了當有時也帶來可怕的後果。遇有爭執時，她們往往不像家庭主婦般保有最基本的儀節規範，可以破口從店裡罵到街上。如果發生這種事，我們一家一連幾天都會沉陷在惡劣的低氣壓裡不能動彈。（楊照〈謎與禁忌〉）

3 禮貌用語

迎送

【久仰】仰慕已久。初次見面時的客套話。

【拜辭】告辭道別的敬詞。

【留步】主人送客時，客人請主人不必遠送的謙詞。

【慢走】對將離開者說的客套話。

【再會】再見，為臨別時的客套語。

於是我們開始寒暄。某君是久仰我的「大名」而且也曾拜讀過我的「大作」。「淺薄得很，先生不要見笑。」我照例恭恭敬敬的回答。但是這句話剛出口，我登時就覺得不妙。我得了一種感覺，我們還

得互相回敬十五分鐘，大繞大彎，才有言歸正傳的希望。到底不知他有什麼公幹。（林語堂〈冬至之晨殺人記〉）

請託

【勞煩】勞動煩擾，請人幫忙的客套話。

【勞駕】勞動大駕，請人做事或事後道謝的客套話。

【有勞】感謝他人幫忙，有所勞累的客氣話。

【勞動】勞累、煩勞，感謝他人為自己做事的客套話。

【勞神】耗費心神，請人幫忙做事的客套話。

【費神】耗費精神，託人或謝人幫忙的客氣話。

【費心】請託別人或謝人出力幫忙的客氣話。

【難為】感謝人費事或安慰人受委屈的客套話。

【不勞】不用勞煩。為謙詞。

「你不用著急，我來是為你好！」偵探露出點狡猾的笑意。趕到高媽把門開開，他一腳邁進去：「勞駕勞駕！」沒等祥子和高媽過一句話，扯著他便往裡走，指著門房：「你在這兒住？」（老舍《駱駝祥子・十一》）

牛老心裡著實不安，請他坐下，忙走到櫃裡面，一個罐內倒出兩塊橘餅和些蜜餞天茄，斟了一杯茶，雙手遞與卜誠，說道：「卻是有勞的緊了，使我老漢坐立不安。」卜誠道：「老伯快不要如此，這是我們自己的事。」（清・吳敬梓《儒林外史・第二十一回》）

溫侯呂布挺身出曰：「父親勿慮。關外諸侯，布視之如草芥；願提虎狼之師，盡斬其首，懸於都門。」卓大喜曰：「吾有奉先，高枕無憂矣！」言未絕，呂布背後一人高聲出曰：「『割雞焉用牛刀』？不勞溫侯親往。吾斬眾諸侯首級，如探囊取物耳！」卓視之，其人身長九尺，虎體狼腰，豹頭猿臂；關西人也；姓華，名雄。（明·羅貫中《三國演義·第五回》）

請問

【請問】詢問的敬辭。
【借問】請問，向人打聽情況的客氣話。
【煩問】請問。
【動問】請問。

【敢問】表示冒昧的問。
【試問】請問，為懷疑用語。
【請教】請問、請求指導。
【求教】懇請他人指教。

【討教】請教。
【賜教】請人指教的敬辭。
【指教】指正教導。
【就教】前往他人處受學。
【領教】接受別人的指導。

【叨教】蒙受教誨。
【請示】請求給予指示。
【請益】請求給予詳細的指導。

寶玉聽了這話，不覺轟了魂魄，目瞪口呆。心下自思：「這話他如何知道？他既連這樣機密事都知道了，大約別的瞞不過他。不如打發他去了，免的再說出別的事來。」因說道：「大人既知他的底細，如何連他置買房舍這樣大事倒不曉得了？聽得說他如今在東郊離城二十里有個什麼紫檀堡，他在那裡置了幾畝田地幾間房舍。想是在那裡也未可知。」那長府官聽了，笑道：「這樣說，一定是在那裡。我且去找一回，若有了便罷；若沒有，還要來請教。」（清·曹雪芹《紅樓夢·第三十三回》）

「雅堂書局」開辦之初，外祖父每日上午十時左右到店，略事巡察後，若無顧客，即取書埋首研讀。店內的新舊書籍各種，他都興味盎然地飽覽，遇有疑慮，必查究字書類書。有時買書的青年人請益討教，也會熱心指導。（林文月〈莊子〉）

茶罷，孔明曰：「昨觀書意，足見將軍憂民憂國之心；但恨亮年幼才疏，有誤下問。」玄德曰：「司馬德操之言，徐元直之語，豈虛談哉？望先生不棄鄙賤，曲賜教誨。」孔明曰：「德操、元直，世之高士。亮乃一耕夫耳，安敢談天下事？二公謬舉矣。將軍奈何捨美玉而求頑石乎？」玄德曰：「大丈夫抱經世奇才，豈可空老於林泉之下？願先生以天下蒼生為念，開備愚魯而賜教。」（明・羅貫中《三國演義・第三十八回》）

邀請

【屈駕】委屈大駕。邀請人來臨的敬詞。

【枉駕】屈尊以相訪，稱人到訪的謙詞。

【有請】有人謁見時，請人進入相見的客套話。

【賞臉】請對方接受自己的要求或餽贈的客套話。

【光臨】稱賓客來訪的敬語。

【光顧】光臨、來訪。

【恭候】等候的敬詞。

【大駕光臨】歡迎賓客來訪。

原來牠不是死貓，是活貓，不但是活貓，更是野貓，趁人不備，溜進我家後院，單憑自己的本事，單憑自己的機智，「荒野求生」，果腹充飢。我有些歉意，難道垃圾也不分牠一杯羹？臺灣富庶，有的是垃圾；我家雖不富庶，養活一頭貓的垃圾還不缺。歡迎你隨時光臨：我向消失在蒼茫世界的「瓦上飛」，無聲地喃喃著；卻也無法忘記牠臨去時那一眼凶光，那挑戰性的一聲「貓武」。（顏元叔〈懶貓百態〉）

感謝、抱歉

【承蒙】受到別人幫忙、款待或重視時所用的客套話。

【失禮】對人表示禮貌不周到的客氣話。

【失敬】待人不周，有失禮數。對人自責疏忽的客套話。

【心領】婉拒他人好意的客套話。

【托福】仰賴他人福氣，使自己幸運。多用於答覆他人問安，表示謙遜。

【不敢當】承受不起、不敢接受。表示謙讓的客套話。

楊康在燕京時未曾聽說完顏洪烈要與丐幫打甚麼交道，此時急欲知道他的用意，問道：「不知趙王爺對敝幫有何差遣，要請老幫主示下。」裘千仞笑道：「差遣二字，決不能提。趙王爺只對老朽順便說起，言道北邊地瘠民貧，難展驥足……」楊康接口道：「趙王爺是要我們移到南方來？」裘千仞笑道：「楊幫主聰明之極，適才老朽實是失敬。趙王爺言道：江南、湖廣地暖民富，丐幫眾兄弟何不南下歇馬？那可勝過在北邊苦寒之地多多了。」楊康笑道：「多承趙王爺與老幫主美意指點，在下自當遵從。」（金庸《射鵰英雄傳・二十七》）

4 請求

求情、求助

【求情】乞求給予情面。

【討情】請求人寬恕。

【說情】代人請求通融或原諒。

【講情】為他人說情，請求通融。

【求饒】請求饒恕。

【討饒】請求別人寬恕。

【告饒】請求寬恕。

【美言】為他人說好話。

【關說】請人代為請託遊說。

【緩頰】和婉勸解或替人求請。

【請託】以某事相託付。

【請命】代人求情以保全其性命。

【求助】請求幫助、救助。

【乞憐】求他人的憐憫。

【乞求】懇切地請求。

【啟齒】開口說話。多指有求於人。

【乞哀告憐】乞求別人憐憫同情。

郭芙的心思遠沒母親靈敏，遭此大事，竟是嚇得呆了，站著不動。黃蓉左手抱著嬰孩，右手回棒一挑一帶，捲起女兒身軀，從窗口直摔了出去，叫道：「快回桃花島去，請柯公公來向爹爹求情。」跟著轉過竹棒，連用打狗棒法中的「纏」「封」兩訣，阻住郭靖去路，叫道：「快走，快走！小紅馬在府門口。」（金庸《神鵰俠侶・二十六》）

雁不像燕子一樣玲瓏多姿，不像燕子一樣地在你堂前呢喃多語，雁永遠是離你遠遠的，孤獨高傲地飛過，不給你帶來什麼麻煩，也不向你乞求任何施捨，當雁群來時，牠的鳴聲告訴你秋天來了，叫你好及早準備迎接將來的寒冬，當雁北歸時，你也不必因為牠而惆悵，因為歸雁已經告訴了你，春天到了。（王孝廉〈雁〉）

要求

【請求】向別人提出要求，希望能得到實現。

【懇請】誠懇地請求或邀請。

【懇求】誠懇地請求。

【要求】提出具體的條件或願望，希望能實現或滿足。

【求告】請求別人幫忙或原

諒、寬恕。

【哀求】悲哀痛苦地乞求。

【哀告】哀求、央告。

【央求】懇求、請求。

【央告】懇求。

【苛求】嚴苛地要求。

【祈求】懇切地請求，深切期盼能得到。

童年時教大提琴的老師拍著手，要求我們俯下身拉響琴弦時，都呼應著體內的節奏。我還記得有次向老師抱怨，怎麼辦，我的身體裡沒有任何節奏感應。如今，心電儀嗶嗶伴奏在側，連接身體的每道管線都試圖窺探我的祕密，但我對生命節奏仍一無所悉。（呂政達〈最慢板〉）

等一下，媽媽進來了。她看見我還沒起床，嚇了一跳，催促著我，但是我皺緊了眉頭，低聲向媽哀求說：「媽，今天晚了，我就不去上學了吧？」媽媽就是做不了爸爸的主意，當她轉身出去，爸爸就進來了。他瘦瘦高高的，站在床前來，瞪著我：「怎麼還不起來，快起！快起！」「晚了！爸！」我硬著頭皮說。「晚了也得去，怎麼可以逃學！起！」一個字的命令最可怕，但是我怎麼啦！居然有勇氣不挪窩。（林海音〈爸爸的花兒落了　我也不再是小孩子了〉）

喆生回房抓了帽子，趕出來。連長卻揮揮手，不要他去。連長唸書不多，做起事來可不含糊，一絲不苟的，好幾次，喆生受不了他那點近於苛求的仔細，真恨死了他。（林懷民〈逝者〉）

歸有光四十三歲喪子，哀痛至極，先作〈亡兒壙誌〉，再建思子亭，留下〈思子亭記〉一文。他因為鍾愛的兒子十六歲時與他同赴外家奔喪，突染重病而亡，歸有光常常想著出發那天，孩子明明跟著出門，怎料到足跡一步步就消失在人間。此後，不論在山池、台階或門庭、枕席之間，他總是看到兒子的蹤跡，「長天遼闊，極目於雲煙杳靄之間」，做父親的徘徊於思子亭，祈求孩子趕快從天上回來。這是邦兒走後，我讀之最痛的文章。（陳義芝〈為了下一次的重逢〉）

5 答應與贊同

答應

【答應】允許、同意別人的要求。
【答允】答應、應允。
【許可】允准、答應。
【允許】准許、許可。
【允准】答應、許可。

【允承】承諾、答應。
【允諾】答應、同意。
【應允】答應、允許。
【應承】應允、承諾。
【應許】承諾、許可。
【應諾】答應、允諾。

【應昂】答應。
【許諾】答應、應承。
【准許】同意別人的要求。
【容許】允許。
【默許】不明說，在心中表示許可。

【慨允】沒有條件、爽快地答應。
【慨諾】爽快地承諾。

我真的撐不下去了，精神和肉體都被這失眠蠶食得差不多了。我將手臂伸長在骯髒的桌上，頭埋在它們之間，搖滾把這個咖啡室弄成了鍛造車間。出校門我見「老美」等在風裡。一點兒不忍和感動，使我幾乎又要答應他陪我回家。我還是請他離開了我。我眼裡脹著淚，他也是。可他連伴兒也不是；他不能把無眠的長夜分走一半。（嚴歌苓〈失眠人的豔遇〉）

你侮慢了祂原本應允你在（有限）青春正盛時該去謙卑體驗的感官冒險、激情瞬間，或是，除了妳之外的，我們後來退化的審美能力與另外的，另外的身世之詩意辯證。（駱以軍〈啊，我記得……〉）

次日天未明，劉姥姥便起來梳洗了，又將板兒教訓了幾句。那板兒才五六歲的孩子，一無所知，聽見

帶他進城逛去，便喜的無不應承。（清・曹雪芹《紅樓夢・第六回》）

贊同

【贊同】贊成、同意。

【贊成】對他人的主張或行為表示同意、肯定。

【同意】對某種主張表示相同的意見。

【算數】確認有效力。

【響應】以言語、行動贊同，支持某種號召或行動。

【支持】贊同並給予鼓勵或贊助。

【擁護】贊成並支持。

【採納】採用、接受他人的意見或建議。

【附和】自己未有定見，追隨、應和他人的行動和言語。

【苟同】隨意地贊同。

【首肯】點頭表示同意。

【稱是】表示肯定、贊成。

【唯唯】恭敬應諾之詞。

【唯諾】順從他人的意見，沒有違逆。也作「唯唯諾諾」。

【幫腔】附和別人做事或發言。

【一呼百應】一人召喚，百人響應。贊同回應的人很多。

【一呼百諾】一人呼喚，眾人應諾。形容反應熱烈，聲勢浩大；或是形容權勢顯赫，奉承應和的人眾多。

【一唱百和】一人提倡，百人附和。附和的人很多。

【搖旗吶喊】作戰時揮動軍旗，大聲喊叫以助聲威。比喻助人威勢。

【眾口一詞】大家意見相同，說的話都一樣。

【異口同聲】大家都說同樣的話。形容眾口一詞、意見相同。

【隨聲附和】自己沒有定見，只迎合或追隨他人的主張。

【人云亦云】別人說什麼，就跟著說什麼。沒有獨立的見解，只會盲從跟隨。

【拾人牙慧】比喻蹈襲別人的言論或主張。

【拾人涕唾】比喻蹈襲別人的言論或主張。

【鸚鵡學舌】比喻人云亦云，搬嘴弄舌。

對「成功」和「快樂」有個簡短的定義我很贊同：success is to have what you want, happiness is to want what you have（擁有了你所想要的，是成功；滿足於你所擁有的，是快樂）。有了還會想再有，沒有就不快樂；可是珍惜喜歡自己所擁有的，即使很少、很短暫，在別人眼中無足輕重，但只要是自己覺得「這正是我要的」，這就是快樂了。（李黎〈有沒有，要不要——快樂的十大法則〉）

從前一位台大的女同學，去了美國一兩年便談起留美觀感來，她說她最欣賞美國人住家不用圍牆，你家的後院連著我家的後院，我家的左窗對著他家的右窗；她說這樣表示美國人很開放，很坦承，容易來往，容易大夥兒混在一起。也許她有道理。不過我還是喜歡躲在圍牆後面，曬我的太陽；我不願意讓個人曬太陽的事，變成左鄰右舍的話題——假使他們不同意我曬太陽；要是他們同意，我也不願意他們倣效，於是千家萬戶通通把睡椅搬到門前的草坪上，舉國的人都曬起太陽來。（顏元叔〈曬太陽記〉）

那些像海象、海龜的巨石只露出脊背，兩岸植物都飽吮水分，不需灌溉，溪流儘管一路歡暢奔放，不時捲著幾片落葉沖浪，撞到石頭激起密密麻麻雪白的泡沫，串成數不清的一條條銀鰻騰躍翻滾，我上半身俯臥在綠欄杆上，雙頰沾濺，深深被吸引融入，感到生命的歡欣在心中澎湃，活力在血液中提升，思想活潑起來。溪流傳遞了春的音訊，響應春的感召，人和自然萬物再重新出發。（艾雯〈人在磺溪〉）

好不容易問到福岡美術館館長，這位有點年紀、外型粗獷、個性豪邁的福岡人立即哼起「博多夜船」，邊唱邊打拍子，還會以口舌仿三味弦伴奏，沙啞的歌聲夾雜著日本演歌的技巧，味道十足，有人立即附和：「這首歌好像聽過！」（邱坤良〈博多夜船〉）

我喜歡女兒，漸漸有了一群乾女兒。朋友說，如果你自己有女兒，又怎會有這麼多乾女兒？她們都叫你「媽」，跟親生一樣，她說我「賺了」。我連聲稱是，心中暗想，朋友借給你一張畫，讓你在客廳裡掛幾天，跟你自家的收藏能一樣嗎？（王鼎鈞〈四月的聽覺〉）

胡屠戶道：「我自倒運，把個女兒嫁與你這現世寶，窮鬼，歷年以來，不知累了我多少。如今不知因我積了甚麼德，帶挈你中了個相公，我所以帶個酒來賀你。」范進唯唯連聲，叫渾家把腸子煮了，盪起酒來，在茅草棚下坐著。母親自和媳婦在廚下造飯。（清・吳敬梓《儒林外史・第三回》）

這群詩人以趙樣超為首，果然也在討論如何抵制金大悲等人。趙樣超大罵金大悲不學無術，居然敢編什麼詩選，其餘眾人也隨聲附和。（張系國〈翦夢奇緣〉）

不會人云亦云，隨波逐流。不會時間到了叫吃飯就吃飯、叫洗澡就洗澡，完全不傾聽自己的靈魂深處叫喚。不會睡覺睡到沒自然足夠便爬起來。睡眠是任性的最佳表現，人必須知道任性的重要。豈不聞日諺：「愈是惡人，睡得愈甜。」吾人有時亦須做一下惡人。（舒國治〈一個懶人的生活及寫作〉）

6 拒絕與反對

拒絕

【拒絕】不接受、不答應。
【回絕】答覆對方，表示拒絕。

【不准】不允許、不答應。
【不許】不允許。
【駁回】不答應、不承認。

【推託】藉故推辭拒絕。
【推辭】拒絕。
【推拒】推辭、拒絕。

【推卻】推辭。
【謝絕】推辭、拒絕。
【謝卻】婉謝、拒絕。

【辭謝】婉言推辭、不接受。

【辭退】推辭、拒絕。

【婉拒】委婉拒絕。

【婉謝】委婉地謝絕。

【婉辭】婉言拒絕。

【遜謝】謙虛地推讓不接受。

【堅拒】堅定地拒絕。

【堅辭】堅定地推辭、拒絕。

【峻拒】嚴厲地拒絕。

【拒卻】拒絕、推卻。

【推三阻四】用各種藉口推託阻攔。

【敬謝不敏】恭敬地表示不能接受，或者能力不行的客氣話。

【拒人於千里之外】斷然拒絕他人的請求，沒有轉圜餘地。

【來者不拒】原指對所要求的一概不拒絕。後指送上門來的全部接受。

做父母的怎麼看都覺得對方人品好外形靚前途光明，用對待未來女婿的方式對待他們。愛爬樹的女兒卻用一個可笑的藉口拒絕了，這兩個男人都有懼高症，對高高在上的女人充滿無法控制的不安全感。（鍾怡雯〈位置〉）

蘇說：「你不能再喝了！我不准你喝了，想想你的身體。」仲偉平感激的拍拍蘇的手，有人對你說「我不准你」也是一種享受啊！他去買了一角大大的比薩餅，九餡的，又加一大杯奶昔，蘇自己不賣的，給蘇送去。他知道蘇沒有錢。婚還沒有離成，在賭場裡賣可樂的薪水全數交給丈夫，然後，還得忍捱那兩百多磅丈夫的重掌大拳，經常地帶著一身瘀傷，蘇，這小女人，早晚會把命送掉！（愛亞〈脫走女子〉）

若是人生真正苦海，也不應該酒菜吃一半，難道莫替我想，我不過是一個查某人，好歹嘛是遵守婦道的查某人，聽到你忽然間講「我要去釣魚」這款推辭的話語，我請問你啦，恐怕你在苦海比我較快樂啦，你莫替我想，我是不是還有面子活落去——想到這裡，淚水直撲下來，突然聽見屋後溪谷的

急流，似乎正以從未有過的湍浪旋起了滾滾回聲，像晨起的無邊雨霧，將她裹住全身。（王定國〈苦花〉）

這河不知到底繞過了多少山的阻攔，謝絕了多少山的挽留，只在一路歡唱向前。它唱得歡樂而堅韌，不達目的決不回頭。只有展開一張山區地圖，你才能看清，這河像是誰的手任意畫出來的一團亂線。（鐵凝〈河之女〉）

送父親上山以後，大伯父和二伯父說父親的一生給書誤了，如今落到這種地步，他們願意資助，勸母親將風樓讓出去，我們都小，未來的日子也長，不能沒有打算。母親毅然婉拒了，她幾乎是悲憤的告訴我們，你們父親喜歡讀書有什麼錯？他只是生錯了一個時代，他的魂還在這幢樓，不能讓，我們餓死也在這幢樓。（白辛〈風樓〉）

反對

【反對】對他人的言語或行動表示不贊成。

【否決】對事物表示不同意。

【抗議】對他人的意見或措施表示強烈的反對。

【反動】對現實的政治或社會運動，表示反對意見或採取反對行動。

【唱反調】提出相反的意見、論調，或者採取相反的行動。

【不同意】不認可、不贊成。

【澆冷水】打消他人興致。也作「潑冷水」。

【不以為然】不認為是這樣，表示不同意。

【依違兩可】不贊成也不反對。對事情表現的態度不明確，模稜兩可。

或許因為叛逆期，我欲抗議，卻又懼怕而止步，開始選擇以沉靜來抗爭。那時爸載我回家的路上，我們是兩座堅硬的岩層；稀少的對話，總是翻挖不出潛藏的礦脈。爸的醫師長袍在後座飄盪出藥水、消毒水味，營造出一片更加封鎖、冰涼的氣味。（黃信恩〈肚痛帖〉）

後來，我們兩個人都渴了，甚至也有些餓了，便下樓去翻找食物。你倒了兩杯蜂蜜加冰水，又找到了一些菠蘿麵包。我們的話題也就無所不包，而且變得更為細膩。我們談到愛的問題。你問：「別人都說愛是給予，不是接受。這話對嗎？」不是我要故意唱反調，只是我越來越不同意從前理所當然人云亦云的說法。大人也還是在不停成長的。（林文月〈生日禮物〉）

7 責罵與批評

罵

【罵人】以惡言加於人。

【責罵】指責謾罵。

【辱罵】汙辱責罵。

【笑罵】譏笑與辱罵。開玩笑地罵。

【嘲罵】嘲笑辱罵。

【臭罵】狠狠地罵。

【咒罵】用惡毒的話斥罵。

【斥罵】大聲責罵。

【叱罵】咒罵、責罵。

【謾罵】肆意亂罵。也作「漫罵」。

【唾罵】鄙棄辱罵。

【詛罵】咒罵。

【詛咒】原指祈求鬼神降禍所恨之人，後指以惡毒的言語詛罵。

【罵詈】罵人。詈，ㄌㄧˋ，責罵。

【詈辱】責罵侮辱。

【啐罵】口中發出唾聲地罵，表示鄙夷和憤怒。

【詬罵】辱罵。

【詬讓】責罵。

【詬誶】責罵。

【詆誚】侮辱責罵。

【破口】口出惡言咒罵他人。

【破口大罵】以惡言大聲咒罵。

【千咒萬罵】百般咒罵。

【粗聲厲語】大聲責罵的樣子。

【指桑罵槐】指著桑樹罵槐樹，比喻拐彎抹角地罵人。

【惡言詈辭】辱罵、中傷人的言語。

【痛毀極詆】極力地毀謗辱罵。

【笑罵從汝】對方譏笑辱罵，但無動於衷。

【笑罵由他】對方譏笑辱罵，但無動於衷。

然而秋確有另一意味，沒有春天的陽氣勃勃，也沒有夏天的炎烈迫人，也不像冬天之全入於枯槁凋零。我所愛的是秋林古氣的磅礴氣象。有人以老氣橫秋罵人，可見是不懂得秋林古色之滋味。（林語堂〈秋天的況味〉）

十歲那年吧，長年在外的父親有一天突然回家，他要母親做午餐，他先是埋怨母親動作太慢，又責罵她廚藝不精，最後，他要我把飯從電鍋中取出，因太燙我將煮熟的飯鍋倒在地上，父親沒有打我，他說我可以走了，我以為他要我回我的房間，但他跟著我到房間門口，他一字一字地告訴我，我必須離開這個家，必須滾出去，我走的時候腳上連鞋子也沒穿。我一個人在外面走了一天。我無處可去。（陳玉慧〈父親〉）

路口四周的忠孝東路和敦化南路上的霓虹燈已經陸續燦爛起來，而這路口卻是全然黑暗的，捷運施工的木板圍牆隔斷了一切光源，圍出的狹窄人行步道上，川流不息的行人靠著快車道上擠滿的汽車車燈往前奔去，車子擠滿了每一寸可行之路，喇叭聲和咒罵聲摻著雨聲，令人不知置身何地之感。（齊邦媛〈失散〉）

在學校裡，校長對學生很嚴厲，包括對自己的女兒。他要我們跑得快，站得穩，動作整齊畫一。如果我們唱歌的聲音不夠雄壯，他走到我們面前來叱罵：「你們想做亡國奴嗎？」對犯規的孩子，他動手打，挨了打也不准哭。（王鼎鈞〈紅頭繩兒〉）

在城市裡，就講台北市吧，如果你是那種走走看看比方說必須等公車因此閒著也是閒著的人，你並不難注意到而且一定會記得一些，有特定幾個店面，總像遭到詛咒一般開什麼賣什麼都不成，它們對景氣的僅有貢獻是裝潢業，拆了建建了拆，你習慣繞過滿地電線、菸蒂、木頭木屑的濘濕地面，總忍不住猜猜下一個英勇不信邪的倒楣鬼接下來又想賣什麼。（唐諾〈找尋一間玻璃屋子〉）

抽痰機又轟隆隆響起。轟隆隆聲中忽然間拔起婆婆尖銳筆直的啐罵：阿麗啊，你抽那麼久，阿公會很痛耶，一直抽一直抽，不然妳抽妳自己看看……接著，啪拉啪拉拍背聲繼續響了半個鐘頭。（鄭麗卿〈想去遠方〉）

詩人畫家為著要追求自己的幻夢，實現自己的癡願，甯可犧牲一切物質的快樂，受盡親朋的詬罵，他們從藝術裡能夠得到無窮的安慰，那是他們真實的世界，外面的世界對於他們反變成一個空虛。（梁遇春〈「春朝」一刻值千金（懶惰漢的懶惰想頭之一）〉）

兩個兵士從門檻上走下來，彎著身體，向地上的飯鍋菜碗，看了好久。突然間，一個兵士抬起頭來，破口便罵：「他媽的！這是吃剩的嘛！老婆子，你怎麼敢給解放軍吃你們吃剩的東西！」說完話，一腳把飯鍋菜碗踢翻了，飯鍋向我們滾過來，在地上劃出一道白飯。（顏元叔〈夏樹是鳥的莊園〉）

責備

【責備】批評、責怪。要求做到盡善盡美。

【責難】非難、詰難。

【責怪】責備、怪罪。

【嗔怪】責怪。

【指責】責備、怪罪。

【叱責】大聲責罵。

【斥責】嚴厲地責備。

【呵斥】大聲斥責。也作「呵叱」。

【呵責】大聲斥責。

【怒斥】因發怒而大聲斥責。

【申斥】對屬下或晚輩的責備與告誡。

【申飭】對屬下的責備。

【貶斥】斥責、非議，給予不好的評價。

【訓斥】嚴厲地訓誡與斥責。

【苛責】過分嚴厲地責備。

【譴責】責備。

【痛責】嚴厲地斥責或責罰。

【痛斥】深切嚴厲地斥責。

【痛喝】大聲斥責。

【非議】反對、指責的言論。

【訾議】非議；指責。

【誚讓】譴責、責問。誚，ㄑㄧㄠˋ，責怪。

【見怪】埋怨、責怪。

【數落】指責。

【搶白】當面責備與嘲諷。

【聲討】公開譴責他人罪狀。

【自責】自我譴責、責備。

【自譴】自我譴責。

【問罪】指出對方的罪過，加以嚴厲責備。

【詰難】詰問非難。

【興師問罪】出兵討伐有罪的人，後指宣布他人罪狀，嚴加譴責。

【口誅筆伐】用言語和文字揭發、譴責他人罪狀。

【無可非議】沒有什麼可以讓人批評、指責的。

在我漫不經心的生活中，在家照顧弟妹，常常疏忽於顧火而把爐火熄滅，而要煮午餐之前，還要到隔壁他那裡取火，而且起火不成，有時候三番兩次。他以那神祕的沉默和眼神瞪視我，然後「啊！」一聲責備。有時候，或許我已經困擾了他，連「啊！」一聲的意圖都放棄了，而改以沉默不語替代，我就知道他已經因我而心情不如意。然而，他從來不吝嗇。（奧威尼・卡露斯〈沉默的人〉）

這說明，號上的人就都能買到魚。端麗換了換腳，心裡很踏實，很高興。沒料到，吃條魚還這麼難，

她想起過去對阿寶阿姨的種種責難，有些歉疚。（王安憶〈流逝〉）

三十年裡，我們共同寫出了六百種書，彷彿一個寫字工廠。你寫，我寫，他也寫。時間，我不應該總是怨你，責怪你，其實也該感謝你，要不是你的慷慨，給我們三十年時間，我們怎麼可能寫成六百種書。（隱地〈今昔〉）

因為老朽無能，謠傳他隨時會被殺頭（解聘），所以他除了拍上司的馬屁之外，就像啃住桌子似的，慢吞吞地工作。比他年輕甚多的黃助役，以指責學生的口氣稍一說他，便唯唯喏喏地現出恭順諂媚的樣子，如同家畜那樣可悲的畫面。陳有三經常想起自己也像他那樣慘不忍睹的姿態，便增加了心中的暗淡。（龍瑛宗著，張良澤譯〈植有木瓜樹的小鎮〉）

那天中午，午飯甫畢，何先生在午睡。我和三小不知道在玩什遊戲，一時興起愈玩愈開心，尖叫聲、笑聲、打翻桌椅板凳等等都來了。何太太自廚房中出言制止，沒人理會，最後鬧得太不像樣，她從廚房中跑出來，以嘹亮的女高音叱責之：「別鬧啦！你爸爸在睡午覺哪！」（王正方〈老街坊〉）

母親厲聲呵斥，命令我改掉獄中惡習。我乖乖地躺下，望著漆黑的天空，最後一次見到的羅儀鳳那燈乾油盡的樣子，就在眼前晃來晃去。我心想，如果羅儀鳳像我能學會罵人，她一定會像我一樣活著。（章詒和《往事並不如煙：最後的貴族——康同璧母女之印象》）

大人們聞之色變的風災水患，對兒童而言確是神祕節慶。你記得做孩童的你們雀躍地喊：「風颱來囉！大水來囉！」一時，總遭到大人怒斥：「呷到憨米是莫？做大水會淹死人你知莫？」孩童當然不會估算災害的嚴重性，不了解比窮更窮的那種窮是什麼？孩童是唯一可以向天地借膽、向桀驁難馴的冬山河借膽的族群。（簡媜〈河川證據〉）

林震出了廠子再騎上自行車的時候，車輪旋轉的速度就慢多了。他深深地把眉頭皺了起來。他發現他的工作的第一步就有重重的困難，但他也受到一種刺激，甚至是激勵——這正是發揮戰鬥精神的時候啊！他想著想著，直到因為車子溜進了急行線而受到交通民警的申斥。（王蒙〈組織部來了個年輕人〉）

「義大利麵醬的玻璃罐打不開怎麼辦？」「用熱水沖啊！」朋友訓斥我。「包子用微波爐蒸，出來變石頭！」「要灑水啊！誰叫你用微波爐，要用電鍋！」「荷包蛋都煎焦了！」「火開小一點！」「冰箱都是怪味道！」「不立刻吃的東西你要放在保鮮袋，往冷凍庫裡塞！」我跑遍世界，暢行無阻。但在一個小小的廚房，我卻寸步難行。（王文華〈郵件招領〉）

蒙泰紐卻又進一步說，不獨賣葬具者為然，凡天下之得利者，都該痛斥。商人利用青年的無節制，農夫只想抬高穀價，建築師希望人家屋倒，訟師唯恐天下沒有事，就是善譽者以及牧師，也是因為我們作惡或死人時纔有實用。醫生決不喜歡人的健康，兵士沒有一個是愛和平的。（郁達夫〈清貧慰語〉）

真奇怪，人老了，反而熱愛叨絮別人的生活，卻忽略自己怎麼活。阿嬤數落他人瑣事的神情彷若有光，一下子青春二十年。或許關心別人比較沒有負擔，一關心起自己，煩惱就紛至沓來。阿嬤無力對抗生老病死，既然命定只好避開，改以飛沫摑往事，重拾消失的生命力。（李進文〈老〉）

批評、抨擊

【批評】評論是非好壞。
【批判】對錯誤的思想和言行進行分析，加以否定。判斷是非優劣，加以評價。
【指謫】指出錯誤並加以批評。
【非難】指責別人的過失。
【詬病】批評、指責。
【訾詬】批評、指責。
【訾病】批評別人的缺失。
【褒貶】批評是非優劣。
【抨擊】用言語或文字攻擊、糾責他人。
【抨彈】抨擊彈劾。
【批駁】批評、駁斥。
【攻擊】以武力或語言對人施加傷害。
【攻訐】舉發他人過失，加以抨擊。
【開炮】對人嚴厲批評。
【譏評】譏諷批評。
【微詞】隱晦的批評。

那年，念園藝的哥哥回鄉，批評父親許多種植的方法錯誤，土壤過度耕作，肥力濕度都嚴重不足，表土且因坡地長期沖刷呈沙質化。父親默然。許多年前，念土木工程學成歸國的兄長，當面批評父親只會死守土地。如果早早賣了轉投資，資產不知道已經翻了幾倍，何苦一家人困守膠園。父親也是默默無語。（黃錦樹〈流淚的樹〉）

您鄙視唾棄和批判的，是所有的獨裁暴政，無論它是共產黨還是法西斯。更重要的是，您選擇經由文學這樣的藝術形式來表達您對生命經驗、對一個時代和歷史的深思細索，呈現您幽微的情懷、觀察和洞視。您不可能為任何藏汙納垢的權力當局講話；您關心的是更久遠的東西。（陳列〈我們曾經如此靠近〉）

現在有些人非難著新詩的晦澀，不知道這種非難有沒有我的份兒。除了由於一種根本的混亂或不能駕馭文字的倉皇，我們難於索解的原因不在作品而在我們自己不能追蹤作者的想像。有些作者常常省略那些從意象到意象之間的連鎖，有如他越過了河流並不指點給我們一座橋，假若我們沒有心靈的翅膀便無從追蹤。（何其芳〈夢中道路〉）

如果你是個天真無邪的人，或者說，你是台灣諺語中所形容的「天公所疼愛」的那種憨憨楞楞的人，如果你並不覺得對女孩子說「呀！你英風颯颯，真是女中丈夫」是讚美，也不認為對男人說「你看你！一副娘娘腔」是訾詬，那麼，你自自然然不費吹灰之力就已經達到了范仲淹所說的「寵辱皆忘」的境界。（張曉風〈如果有人罵你「隔聊」〉）

如果作家上了班，他很可能會寫不出東西來，這是普遍的說法。因為生活的機械化，周圍缺乏富有智力的談話，作家的創造力將為了趕上進度、完成工作而衰竭，而貧乏，而枯朽。就算有一些異質天賦的作家掙脫了這套陳腔濫調，證明一個人可以一邊上班一邊寫作，他寫出來的東西不是關於一個人如何早上起床發現自己蛻變成一條巨蟲的故事，就是充滿激情地抨擊官僚制度的腐化與人性的險惡。（胡晴舫〈辦公室是一座瘋人院〉）

在三十年代的作家中，張愛玲是作品中流露出最多中國感情的作家，她的中國，不是歌頌讚美，也不是謾罵批駁，而是一種深深的惋惜，一種無法說，說出來也不見得有人聽的絞痛。（周志文〈張愛玲〉）

8 吵架

爭吵

【口角】爭吵。

【口舌】言語上的爭吵、爭執。

【爭吵】爭執吵鬧。

【吵架】爭執，以言語相鬥。

【吵嘴】爭吵、拌嘴。

【拌嘴】爭吵、鬥嘴。

【鬥嘴】吵架，互相爭辯。

【破臉】不顧情面，當面爭吵，破壞了原有的情分。

【勃谿】家人互相爭吵。

【扯皮】無理取鬧。

【鬧口舌】吵架、發生糾紛。

【扯破臉皮】互相堅持己見，而做出不顧對方顏面的事情。

她呆呆的看他，不敢出聲，好像不能那樣隨隨便便打擾人家似的。如果老派跑來，一定會發生事情，他們可以吵架，可以互相罵些髒話，最後鬧得不可開交。但是，她若同他這樣安靜，便沒有什麼事情好發生。不過，她認為應該打聲招呼，由自己先開始，那樣她能輕易的得知他從什麼地方進來。這一點很重要，因為她和老派在值日。（于墨〈圓形〉）

我又想到婚後那種甯靜的日子，我在寫稿，她輕輕從背後遞過來一杯熱茶，寬容的給我一根她最討厭的香菸。我想起我們吵嘴的時候，我緊皺的眉，她臉上的淚。我又想起我們歡笑的日子，在書桌上開鳳梨罐頭，用稿紙抹桌子。她已經成了我生活中的一部份，我也成了她生活中的一部份，但是分娩室的門把我們隔開了。（子敏〈小太陽〉）

小朋友互相炫耀他們的梅爾魁德斯魔術禮物：魔術杯子，可以折疊三層而不會漏水的；魔術墊板，輕輕晃動時漫畫小人兒會眨眼睛的；魔術湯匙，遇水會從紅色變成藍色的。一樣樣巧妙玩具，成為小朋友相互炫耀和鬥嘴的話題，整個校園散佈著耳語，只要把梅爾魁德斯的藥袋子吃光，就可以憑藥盒換神祕禮物，諸如會放屁的猩猩、永遠不必充墨水的鋼筆、只要吃一粒就可以取代整個便當的健素糖。（莊裕安〈魔術師的藥包〉）

胞有重閬，心有天遊。室無空虛，則婦姑勃谿；心無天遊，則六鑿相攘。（《莊子・外物》）

頂撞

【頂撞】用強硬的話回嘴。或者回罵對方。

【應口】頂嘴、辯駁。

【強嘴】強辯、嘴硬。

【頂嘴】和尊長爭辯。

【還嘴】回嘴。

【嘴硬】態度強硬，就算自知理虧也不肯認輸或認錯。

【鐵齒】閩南方言。形容人嘴硬。

【回嘴】受到指責時辯解，

【反脣】回嘴、反駁。

我總覺得他愛找我的碴兒，因為我不像那些學生那麼聽話。一次他改我的簿子，自己拼錯了注音，反而把我對的畫了叉，我和他頂撞了幾句。從此，他看見我就會紅眼睛。（李藍〈誰敢惹那傢伙〉）

不久他姑媽也和一群婦人家到河邊洗衣服，她一見花鼠慢吞吞在那裡拖磨著便叫：「你且不要挑水，都到那房間裡把髒衣服拿來給我洗。」花鼠說：「你一下要我挑水，一下又要我去拿衣服，到底依那？」姑媽一聽，跳起身來大叫：「你這沒爹沒娘的兒子，膽敢與我頂嘴。」便一八掌打過去。（宋澤萊《打牛湳村系列・花鼠仔立志的故事》）

雖說前後兩個教室都是男生，可見了我們也有些畏縮。只是每當上課鈴一響，大家往教室裡去的時候，他們就「嗷嗷」地喊著，把同伴往我們身上推，惹得我們紅著臉罵「畜牲」，「不要臉」，他們並不回嘴，我們則凜凜然地進到教室，沖鄰座得意地歪嘴一笑。（蘇葉〈總是難忘〉）

9 爭辯

反駁

【辯駁】據理力爭地駁斥。

【駁難】反駁質難。

【回駁】反駁他人的意見。

【闢邪】駁斥邪說。

【反駁】用相反的意見加以辯駁。

【駁倒】辯論的理由勝過對方。

【貶駁】反駁，糾正錯誤並給不好的評價。

【操戈入室】根據對方論點，找其紕漏，反駁對方。

【駁斥】反駁、斥責。

【駁詰】反駁、質疑。

【批駁】批評、駁斥。

「哇！」貴仔一聽，忘了抽菸，伊揉一揉眼睛說：「哇，你說二塊錢。」「是的。」金牙齒把菸灰彈到他的破褲腳上。「頭仔，」貴仔忙來辯駁說：「你不要講故事好不好，從沒有這麼賤的價。」「你不知道，」山水走過來：「你看這堆青黃不一的瓜仔，運到市場去，能賣一塊半就好了。」「你們不要吃人。」貴仔有點火氣，他說：「我又沒叫你們把綠色的也摘下來。」「但是，我們已經摘了。」金牙齒說。（宋澤萊《打牛湳村系列‧笙仔和貴仔的傳奇》）

莫駁斥她好，火裡火發氣著，什麼齷齪底都會命拚著往外吐；萬發一大聲地「啊」起，示意聽不清

楚，多少遮蓋過去了。能夠恰當地運用聾耳，也是殘而不廢底。（王禎和〈嫁粧一牛車〉）

辯解

【辯解】對於他人的責問或批評，加以分辯解釋。

【辯護】為維護自己或他人權益，提出事實或理由，進行辯解。

【辯白】說明事情的真相或理由，以消除誤解或指責。

【答辯】答覆他人的批評、指責或控告，為自己的意見或行為提出解釋。

【強辯】自己理屈，卻強為辯解、辯論。

【分辯】說明、辯白。

【抗辯】對於他人的指責提出辯解。

【辯說】辯解說明。

【申辯】根據事實加以辯解。

【聲辯】公開辯解。

【狡辯】狡猾強辯。

【巧辯】強辯。

【詭辯】詭異狡猾地辯說。

【強詞奪理】雖理虧卻強行狡辯。

【不由分說】不容許分辯、解釋。也作「不容分說」。

在將軍仍能開口說話的時候，他總是禮貌地向這些偶爾來表達關切的人士道謝，並且為兒子維揚辯解。早幾年裡他還知道自己會在訪客面前撒些小謊——比如說虛報維揚回淡泊園來探視的次數或逗留的時日；可是日子一久，將軍就真的弄不清；究竟維揚是「前天上午剛走」？還是「昨兒晚上才回來過」？（張大春〈將軍碑〉）

我漲紅了臉試圖辯白，詩不是這樣讀的，文字、語言、敘述、結構，並不模仿現實，而是創造另一序的意義空間，那種有明確指涉的情詩浪漫，是最等而下之的……我的死黨們沒有耐心聽我誦唸東一點西一點從詩評裡拾撿來的理論，他們素樸而直截地嘲笑一切和現實邏輯脫節的東西。（楊照〈浪漫之

闕如〉）

當我們「信」的時候，就愛之欲其生，由於「信」得太多而變成「輕信」，於是遂擅於今天「信」這個，明天「信」那個的，總是忙著找可以一勞永逸的「最後的答案」。我們不知道我們的不幸來源裡有一大半其實源於我們自己的「輕信」。當我們在「輕信」的時候，會替錯誤強辯，會睜眼說瞎話，惡就是這樣被鼓勵出來的。（南方朔〈替自由派正名〉）

我一直不肯學唱，於是被指導員帶進辦公室。我模仿朱連長向副團長抗辯的態度，立正站好，姿勢筆挺，有問必答，一口一個「報告指導員。」他好像很受用，但是仍然厲聲斥責，「你已經解放了，為什麼不唱解放軍的歌？」我告訴他，我是唱八路軍的歌長大的。不待他考問，我自動唱起來。（王鼎鈞〈天津戰俘營半月記〉）

那麼，法官，我還有什麼可申辯的？法律和人情或許會原諒棄老的兒子，但他們永遠不會原諒殺嬰的母親。我應該去死，我應該走向荒草沒脛的刑場，我應該俯下我可恥的臉，倒在染著我自己血液的土地上。（曉風〈訴〉）

座上一人忽曰：「孔明所言，皆強詞奪理，均非正論，不必再言。且請問孔明治何經典？」孔明視之，乃嚴畯也。孔明曰：「尋章摘句，世之腐儒也，何能興邦立事？且古耕莘伊尹，釣渭子牙，張良、陳平之流，鄧禹、耿弇之輩，皆有匡扶宇宙之才，未審其生平治何經典。豈亦效書生，區區於筆硯之間，數黑論黃，舞文弄墨而已乎？」（明・羅貫中《三國演義・第四十三回》）

辯論

【爭論】爭相辯論，不肯退讓。

【爭執】各持己見，互不相讓。

【爭辯】爭吵、辯論。

【計較】爭辯、爭論。

【抬槓】各執一詞，互相爭辯、鬥口。

【辯論】爭論辯駁；為維護自己的主張而反駁他人看法。

【激辯】激烈地辯論。

【雄辯】強而有力的辯論。

【辯證】辯析論證。

【辯駁】據理爭辯反駁。

【理論】據理力爭。

【論戰】對哲學、科學、文學、政治等領域的問題，因意見不同而有理論上的爭議。

【論爭】爭辯是非曲直。

【舌戰】激烈地辯論。

【嚼舌】沒有意義地爭辯。

【針鋒相對】兩針尖鋒互相對立。雙方的勢力、言語、行為等尖銳地對立，不相上下。

【脣槍舌劍】脣如槍，舌如劍。比喻爭辯激烈，言詞犀利。

【脣槍舌戰】辯論時言語鋒利，爭辯十分激烈。

【辯口利舌】形容人長於辯論。

【據理力爭】根據事理，竭力爭辯。

【能言善辯】善於辭令辯論。

【高談雄辯】言詞豪放不羈，辯論堅強有力。

我同自己爭執了一天一夜，終還是敵不過心頭重重想見你的渴望，最後，我告訴我自己（雖然多少知道在欺瞞自己），我只想再見你最後一次。我略作收拾，才在鏡中看到自己。我多麼吃驚我整個樣子的巨大改變……（李昂〈一封未寄的情書〉）

虎妞更喜歡這個傻大個，她說什麼，祥子老用心聽著，不和她爭辯；別的車夫，因為受盡苦楚，說話總是橫著來；她一點不怕他們，可是也不願多搭理他們；她的話，所以，都留給祥子聽，當祥子去拉包月的時候，劉家父女都彷彿失去一個朋友。（老舍《駱駝祥子．四》）

其後就是一個下午的激辯，諸般不潔的顯示／語言只是一堆未曾洗滌的衣裳／遂被傷害，他們如一群尋不到恆久居處的獸／設使樹的側影被陽光所劈開／其高度便予我以面臨日暮時的冷肅（洛夫〈石室之死亡〉）

記得一次討論的進行，學生們已經掌握到反覆辯證探索的方向與方法。在圍坐成馬蹄型面面相向的研究室，一張張年輕的臉，為求知識真理的雄辯而漲紅，一雙雙眼睛亦隨亢奮而充滿炯炯的光彩。傳鐘響起，三個小時的課程已過。冬陽微煊，而辯論未已。（林文月〈在臺大的日子〉）

「意」，不太容易言傳，等於品味、癖好之微妙，總是孕含一點「趣」的神韻，屬於純主觀的愛惡，玄虛不可方物，如聲色之醉人，幾乎不能理論。（董橋〈說品味〉）

這樣簡單的設計，可笑的圖謀，就是男子在戀愛中做出的事情！這對於一個女子有什麼用處？這呆子，忘記了口原只是吃水果接吻用的東西，見到陳白能言善辯，以為每一個人的口也都有說謊的權利，所以應當喑啞卻做不到，想把蠢話充實自己，卻為蠢話所埋葬了。（沈從文《一個女劇員的生活》）

10 承認與否認

承認

【承認】對某事實、言論或行為表示同意、認可。

【公認】大家都承認。

【供認】承認所做的事情。

【默認】心裡已承認，而不說出來。

【確認】明確、肯定地承認。

【追認】事後承認。
【認同】承認與贊同。
【認可】承認、同意。
【認定】承認並確定。
【認帳】承認自己說過的話或做過的事。
【肯定】承認事物的價值。
【坦承】坦白承認。

相信我，文學裡頭有太多太多你意想不到的苦難敘述，令你髮指，令你切齒。最終你不得不承認，作家們果真隱藏了一座喧囂的地獄，在叫人喊痛的字裡行間。（陳大為〈細節〉）

唐招提寺的「講堂」部份是鑑真法師在世時建造的，在那裡我注意到彌勒如來坐像右側有一尊小小的「增長天立像」，豐滿生動，比起其他塑像更給人一種活潑愉悅的感覺；細看解說，竟然就是隨鑑真和尚東來的唐朝佛工的作品。而寺裡那尊右手臂已斷落的藥師如來佛的立像，是被公認具有西域壁畫的特徵，這在當時的日本佛像是看不到的，因而也有猜測是出自隨行的來自西土的「胡僧」之作。（李黎〈在奈良抄寫心經〉）

青少年視成人為寇仇，故而要做出一些背逆的事，並尋求認同。我年少時，能做的背逆之事就是整天不說一句話，也喜歡逛大街，吃夜市，站在書店看書，站功了得，好像也只有跟爸媽口角過一兩回，但我壞在讀大學後，亂交男朋友，交一個丟一個，根本不懂自己要什麼？那是另一種反叛。希望在男女關係中掌有權力，並盡快脫離父母的管束。（周芬伶〈青春一條街〉）

因為其變更是漸進的，一年一年地，一月一月地，一日一日地，一時一時地，一分一分地，一秒一秒地漸進，猶如從斜度極緩的長遠的山陂上走下來，使人不察其遞降的痕跡，不見其個階段的境界，而似乎覺得常在同樣的地位，恆久不變，又無時不有生的意趣與價值，於是人生就被確實肯定，而圓滑進行了。（豐子愷〈漸〉）

否認

【否認】不承認。

【否定】不承認事物的存在或真實性。

【抵賴】推脫過錯，不肯承認。

【狡賴】狡辯抵賴。

【悔賴】反悔抵賴。

【耍賴】賴皮不認帳，或是蠻橫不講理。

【賴帳】欠債不還，也指企圖抵賴自己做過的事，或說過的話。

【翻悔】因後悔而不承認之前允諾的事，或說過的話。

【推翻】否認既定的局勢，或者既有的說法、決定。

【翻口】推翻之前說的話而不承認。

【不認帳】不承認這事。

【矢口否認】完全不承認。

【全盤否定】完全不予肯定。

【一筆抹煞】輕率地全盤否定。

【一棍子打死】指全盤否定。

【無可否認】不得不承認。

我真的從不尊視別人的感情，所以我們過去的有許多事我們不必說它，我們只說我和也頻的關係。我不否認，我是愛他的，不過我們開始，那時我們真太小，我們像一切小孩般好像用愛情做遊戲，我們造作出一些苦惱，我們非常高興的就玩在一起了。我們什麼也不怕，也不想，我們日裡牽著手一塊玩，夜裡抱著一塊睡，我們常常在笑裡，我們另外有一個天地。（丁玲〈不算情書〉）

那時你對我說：「生、老、病、死苦嗎？這就是生命的全部意義，面對生活吧，生命是一件事實，也是一樁工作，要談到真正的解脫，恐怕除了死之外，沒有其他的辦法。何必呢？到宗教裡去尋求麻痺？」我知道你的意思，活著就勇敢地活，否定生活，就乾脆死去。（王尚義〈超人的悲劇——悼一位朋友的死〉）

歷史和舊文化，我們應該批判的接受，作為創造新文化的素材的一部，一筆抹煞是不對的。其實青年人也並非真的一筆抹煞古文古書，只看《古文觀止》已經有了八種言文對照本，《唐詩三百首》已經有了三種（雖然只各有一種比較好），就知道這種書的需要還是很大——而買主大概還是青年人多。（朱自清〈文物·舊書·毛筆〉）

11 認錯與反省

認錯

【認錯】承認錯誤。

【認罪】承認所犯下的罪行。

【引咎】承認自己有過失。

【招認】承認罪狀。

【招供】承認罪狀。

【抱歉】心中不安，感到過意不去。

【道歉】表示歉意。

【致歉】表示歉意。

【賠禮】向人施禮道歉。

【賠話】說道歉的話。

【賠罪】向人認罪道歉。也作「陪罪」。

【賠不是】道歉。也作「陪不是」。

【請罪】承認自己的過錯，主動請求處分。

【謝罪】承認自己的錯誤，請求原諒。

【負荊請罪】戰國時趙國大將廉頗與上卿藺相如不和，想汙辱相如。後來知道相如為社稷著想，每每退讓，廉頗深覺自己無知，便袒衣露肉，背負荊條，隨賓客到藺相如居所謝罪。後世用來形容向對方認錯，請求責罰和原諒。

【引咎責躬】承認過錯並自我責備。

【俯首認罪】低頭認罪。

【俛首自招】低頭招認罪狀。

【觳觫伏罪】惶恐地認罪。

【引頸受戮】伸長脖子等被殺。指不作抵抗，認罪就死。

【不見棺材不掉淚】比喻人非常頑固，在嚐到失敗的結果之前，是不會認錯或改正。

過了許久，大家勸阿芝嬸端了一杯茶給本德婆婆吃，並且認一個錯，讓她消氣了事。「大事化小事，小事化無事，媳婦總要吃一點虧的！」「倒茶可以，認錯做不到！」阿芝嬸固執地說。「我本來沒有錯！」「管它錯不錯，一家人，日子長著，總得有一個人讓步，難道她到你這裡來認錯？」於是你一句，我一句，終於說得她不做聲了。人家給她煮好開水，泡了茶，連茶盤交給了她。（魯彥〈屋頂下〉）

到了賈母跟前，鳳姐笑道：「我說他們不用人費心，自己就會好的。老祖宗不信，一定要我去說合。我及至到那裡要說合，誰知兩個人倒在一處對賠不是了。對笑對訴，倒像黃鷹抓住了鷂子的腳，兩個人都扣了環了，那裡還要人去說合。」（清・曹雪芹《紅樓夢・第三十回》）

一疊未回的信，就像一群不散的陰魂，在我罪深孽重的心底幢幢作祟。理論上說來，這些信當然是要回的。我可以坦然向天發誓，在我清醒的時刻，我絕未存心不回人信。問題出在技術上。給我一整個夏夜的空閒，我該先回一年半前的那封信呢，還是七個月前的這封？隔了這麼久，恐怕連謝罪自譴的有效期也早過了吧？在朋友的心目中，你早已淪為不值得計較的妄人。（余光中〈尺素寸心〉）

悔悟、反省

【悔悟】追悔前非，覺悟改過。

【悔過】悔改過失。

【後悔】事後悔悟。

【追悔】後悔。

【懺悔】悔過。

【痛悔】非常後悔。

【自悔】後悔、反悔。

【悛改】悔悟改過。

【反省】省察自己過去言行的是非好壞。

【反思】反省，自我檢討。

【自問】自省，自我檢討。

【自省】自我省察。

【悔過自責】後悔自己犯的過錯，並感到自責。

【悔過自懺】後悔自己犯的過錯，並感到慚愧。

【幡然悔悟】徹底地悔改醒悟。

【捫心自問】自我反省檢討。

【反躬自問】反過來責問自己。

【撫躬自問】反省。

【責躬省過】凡事責求己身，反省過錯。

【面壁思過】面對牆壁反省過錯。

【後悔莫及】事後懊悔，來不及了。事情已經無法挽回。

【死而不悔】就算死了也不後悔。

【死而無怨】就算死了也不怨恨後悔。

【九死不悔】歷經多次巨大危險，仍不後悔。比喻意志堅定，不動搖退縮。

我怎麼能再流浪下去？詩人，我怎麼能再幻想蘋果樂園裡，異國的院子，也會有一個子夜尋訪的連瑣？大理石砌起的廣廈裡會不會生長一株懺悔流淚的絳珠草？（楊牧〈作別〉）

我傾聽著一些飄忽的心靈語言。我捕捉著一些在剎那間閃出金光的意象。我最大的快樂或酸辛在於一個嶄新的文字建築的完成或失敗。這種寂寞中的工作竟成了我的癖好，我不追問是一陣什麼風吹著我，在我的空虛裡鼓弄出似乎悅耳的聲音，我也不反省是何等偶然的遭遇使我開始了抒情的寫作。（何其芳〈夢中道路〉）

有回少年興致高昂回顧硬碟裡江湖行走的照片，只覺得不同城市不同高樓的不同地景裡，表情總歸是微笑著，卻再回憶不起旅行當下真切的情緒。這才怵然自問，你為何能隨時保持微笑？（羅毓嘉〈側臉45度〉）

我意外的接過卷子，一節課，心潮都在翻湧著，他對學生要求的嚴是出了名的，如今卻那麼留給學生自勵自省的餘地，我呢？我呢？就在今天早上，孩子們考試差了，我惱怒極了，還對著他們咆哮，責罵他們不該如此辜負了老師的苦心，為什麼我沒有想過，他們這次考不好，或許另有原因？（白辛

〈星光〉

12 隱瞞與透露

隱瞞

【瞞】欺騙、隱藏事實的真相。

【隱瞞】瞞住不讓別人知道。

【隱諱】有所忌諱而隱瞞。

【掩瞞】隱瞞事實，不讓人知道。

【瞞住】隱藏真相。

【遮掩】掩飾，隱瞞。

【遮瞞】隱藏事實。

【諱言】有所忌諱而不敢明說。

【匿情】隱瞞實情。

【欺隱】欺騙隱瞞。

【口緊】說話嚴謹小心。

【忌諱】避忌、隱諱某些言行舉止。

【禁忌】忌諱。

【避忌】有所忌諱而迴避。

【避諱】避忌、隱諱某些言行舉止。

【守口如瓶】嘴像瓶口一樣封得嚴緊。比喻嚴守祕密。

【祕而不宣】隱瞞所知的事實，不說出來。也作「祕而不泄」。

【諱莫如深】隱瞞得非常嚴密。

【隻手遮天】隱瞞事情的真相。

【謾天昧地】昧著良心，隱瞞真相或以謊言騙人。

【實不相瞞】開誠布公，沒有欺騙隱瞞任何事實。

阿君雙親早早離異，全託阿嬤拉拔長大，這回阿君病況，至今仍盡力瞞著老阿嬤，白髮人送黑髮人的悲哀，明天得靠那畸零人似的父親來登場承受。這個婚姻失敗、職業不定四處漂泊、在阿君生命裡單薄得像隻影子的父親，對於阿君跟他在一起，結不結婚，去不去日本，請不請客，生不生小孩，從

來沒表示過贊同也沒表示過反對，但那陰鬱的表情、骨肉親情也化解不了的疲憊，總讓他感到背脊發涼。（賴香吟〈暮色將至〉）

他名正言順開始流露隱瞞多年的溫柔，買菜洗衣煮飯，細心地為母親擦身梳髮，黑高的一個大男人在屋裡輕手輕腳端茶送水，好天氣不忘體貼地抱母親到院裡曬去些藥霉味。父親幾乎不進母親的房間，一輩子的婚姻到了最後一程竟如此漠然平靜，他不懂。晚飯後父親在客廳看他的清裝連續劇，他踞坐在母親床邊的板凳上，打開收音機找警廣老歌節目陪母親一塊兒聽。聽到鳳飛飛唱的「相思爬上心底」，他不經意跟著嬝嬝哼唱——相思好比小螞蟻，爬呀爬在我心底，啊尤其在那靜靜的寂寞夜裡……（郭強生〈君無愁〉）

李卓吾並不隱諱他的大愛大恨的處世立場和思想情緒，他自己之所以老是用那種「暴怒」方式來對待世人，並不是沒有其中的因果作用的。因為眼前總是那些「欺天罔人之徒」，而不見有「光明正大之夫，言行相顧之士」，所以他真是欲愛不能，唯有痛恨了，所謂「暴」而至於「手刃」者，是恨到了極致。（費振鐘〈思想的黃昏·高潔之思〉）

我很清楚那是鄉間用來收容孤魂野鬼的小廟，如果在海邊想必是安慰海難的無主孤魂吧！氣氛奇異得很，我謹遵外地人不可隨便膜拜的禁忌，略過它，轉個彎，便撞見兩座爬滿馬鞍藤的大沙丘，從兩座沙丘中間的凹處走出來，視野頓時開闊起來。（王家祥〈無來無去〉）

那娼婦毫無心機，不懂避忌，直言不諱她的生肖。屈亞炳翻閱婚配生肖八字的相書，……相書上白紙黑字，娼婦腮邊那顆美人痣生的位置主殺五夫。屈亞炳心中一懍，相書一丟，雙膝落地跪在亡母影容前拜了又拜，感謝亡母庇護，令他免遭剋死之劫。（施叔青《遍山洋紫荊·第五章》）

透露

【透露】顯露、洩漏。

【表露】流露、顯示。

【吐露】說出來。

【坦露】透露，顯露。

【顯露】明顯地表現出來。

【顯示】明白表示。

【洩漏】不該讓人知道的事情傳出去。也作「洩露」。

【走漏】洩漏。

【洩底】洩漏祕密隱情。

【洩密】洩漏祕密。

【漏風】消息走漏。

【透風】透露消息、風聲。

【放風】有意地散布、透露消息。

【鬆口】不再堅守原有的祕密。

【失密】走漏消息或祕密。

【走漏風聲】洩漏消息。

【通風報信】暗中把消息或祕密告知別人。

【和盤托出】端東西連盤子一併托出，指毫無保留全部說出來。也作「全盤托出」。

【據實以告】根據實際情形說出真相。

諺曰：三世做官，才曉著衣吃飯。不自禁透露出舊日備豪筵及吃館子概屬官家之況。傳統上常民不但少上館子，也少講究穿衣。穿衣為了蔽體保暖，一如吃飯為了充飢及解饞，近年來講求時尚風格與名牌崇認，又挑選館子及各國菜餚，這套「生活格調」（lifestyle），老年代裡是沒有的。（舒國治〈粗疏談吃〉）

我曾愛在聊天或寫稿中備讚有些遊經的山村，用的句子大約像是「這裡的村民幾百年來不知道什麼叫咖啡，也一輩子沒喝過一杯咖啡」來吐露我無盡的羨戀。而今，不敢說自己能達簡樸之境，但生活上大可拋忘之物事的是頗有，咖啡絕對是。它令我太像假都市人。（舒國治〈癮〉）

他的口，他的眼，都洩漏著他內裡強自抑制，魔與佛交鬭的痕跡；說他是放過火殺過人的懺悔者，可信；說他是個回頭的浪子，也可信。他不比那鐘樓上人的不著顏色，不露曲折；他分明是色的世界裡

逃來的一個囚犯。（徐志摩〈天目山中筆記〉）

人權叔叔問我為什麼不到別的地方去，我告訴他爸爸說我們在別的地方反正找不到工作，如果到城裡去，我們孩子一定只好做乞丐。幾天以後，老闆找我去，問我那位外國人和我談了什麼？我據實以告。老闆告訴我這位人權叔叔不是好人，他會對我們不利的。可是我的感覺卻不同，我覺得他非常同情我們這些做工的小孩子。（李家同〈善意的人權〉）

揭露

【揭露】 顯露、揭示。

【揭示】 顯露、明示。

【揭發】 把事情揭露舉發出來。

【揭穿】 表露、顯示。

【揭底】 揭露底細。

【坦白】 毫無隱瞞。

【說穿】 坦白說出真相。

【說破】 說出隱情。

【道破】 說破、說清楚。

【拆穿】 揭穿、識破。

【戳穿】 說破、揭開。

【戳破】 說破。

【訐發】 揭發人的隱私。

如果文學不僅是描述，而在其中揭示了道德、美感與理想，那麼就文學與藝術而言，孤獨是必要的。人必須陷入極度的孤獨感之中，那種「前不見古人，後不見來者」的孤獨是絕對的，除了忘卻不可能消失，人必須將自己放在這個境地，才可能得到提升與救贖。（周志文〈溪山行旅圖〉）

我在台中，最惦念的就是祖母多咳的病，屢屢讓我想到鞭炮，爆裂後肉身即將支解的恐懼。每次我回家時，她總是隱忍在我的面前不咳，或許是相思使然吧！看到她倚門淒遲等待我回家的臉孔，實在不忍揭發她的濃痰隨處可見的事實，心知肚明祖母的病情，只是，我們之間有一個共同的默契，便是相

互隱瞞，不讓對方增加負擔。（葉國居〈暗夜娑摩〉）

那又是一個各趨極端的時代。政治與家庭制度的缺點突然被揭穿。年輕的知識階級仇視著傳統的一切，甚至於中國的一切。保守性的方面也因為驚恐的緣故而增強了壓力。神經質的論爭無日不進行著，在家庭裡，在報紙上，在娛樂場所。（張愛玲〈更衣記〉）

導遊疑惑地側過臉來，咦，你怎麼這麼熟悉，是讀歷史的，還是有家族關係……我慌張地低下頭來，總以為只要坦白承認，對方就會拿歷史裡將軍的形象和眼前這副肉身做比較，想起讀國中時，歷史老師在課堂上提起將軍的名字，全班同學的眼神全投在我身上，試圖從我的神情、身影裡尋找將軍的模樣，但就是有，也已是稀釋過的血液，如蒸發掉鹽分的海水，被馴服的獸類，我同樣緊張地低下頭來。（呂政達〈沒有戰爭的海岸〉）

我倚著亭柱，默默地在咀嚼著漁洋這首五言詩的清妙，尤其結尾兩句，更道破了雪景的三昧。但說不定許多沒有經驗的人，要妄笑它是無味的詩句呢。文藝的真賞鑒，本來是件不容易的事，這又何必咄咄見怪？（鍾敬文〈西湖的雪景〉）

許多年前的一個夜晚，我走過火車站附近一處昏暗的廊簷下。「喂！少年的，我要到汐止去找親戚，缺少車資，能幫助我幾塊錢嗎？」一個矮瘦的中年人攔住我，靦腆地向我伸手。我沒說什麼，給了他十五塊錢。半個多鐘頭後，回途再經過那兒，竟然發現他以同樣的說詞，向一位年輕小姐伸手要錢。我沒有拆穿他的騙局，說實在我怕他另一隻手正藏著一把「惱羞成怒」的尖刀。（顏崑陽〈陽光下的自囚者〉）

他雖是地主之子，卻樸實自愛，全無紈袴惡習，性情在爽直之中蘊涵著詼諧，說的四川俚語最逗我發噓。在隆重而無趣的場合，例如紀念週會上，那麼肅靜無聲，他會側向我的耳際幽幽傳來一句戲言，戳破台上大言炎炎的謬處，令我要努力咬唇忍笑。（余光中〈思蜀〉）

13 讚美與勉勵

稱讚

【讚】稱讚。
【譽】稱譽、讚美。
【誇】誇獎。
【稱讚】稱揚讚美。
【稱美】讚美。
【稱許】稱讚嘉許。
【稱道】讚揚述說。
【稱揚】稱讚褒揚。
【稱譽】稱揚、讚譽。
【讚譽】稱讚、稱譽。
【讚美】稱讚。

【讚嘆】讚美、驚嘆。
【讚賞】欣賞讚美。
【激賞】極為讚賞。
【驚嘆】驚奇、讚嘆。
【溢美】過分地讚美。
【喝采】大聲稱好。
【叫好】對於精彩的表演大聲喝采、喊「好」，表示讚賞。
【盛讚】非常稱讚。
【讚許】讚美、稱讚。

【嘉許】誇獎、讚許。
【推許】推崇讚許。
【誇獎】稱讚。
【誇讚】誇獎讚美。
【標榜】宣揚、誇獎。
【揄揚】稱揚、讚譽。
【稱羨】稱揚羨慕。
【嘆羨】讚嘆羨慕。
【嘆服】讚嘆佩服。
【讚佩】讚嘆佩服。
【過獎】自謙之詞，指過分地誇獎獲表揚。

【過譽】自謙之詞，指過分稱讚。
【讚不絕口】口中不停地稱讚。
【嘖嘖稱奇】咂嘴作聲，表示驚奇、讚嘆。
【拍案叫絕】拍著桌子大聲叫好。形容非常讚賞。
【嘆為觀止】形容事物極為美好，讓人讚嘆不止。

小明八歲了，有一天爺爺耳朵癢得不得了，他冒險的想到小明，要他試著輕輕替他掏耳朵。開始時小明覺得好玩，他小心的試了一下，爺爺竟驚豔的稱讚他手巧，很滿意的賞了錢，讓他去租連環漫畫看。從此之後，這一份替爺爺掏耳朵的工作就牢牢的跟在小明的身上了。（黃春明〈有一隻懷錶〉）

他覺得神祇創造美和愛，卻由人來創造讚譽這神工的言語。向美說一句話，為愛下一個註解，要適當合宜，不走失感覺所及的式樣，不是一個平常的能力所能企及。（沈從文〈月下小景〉）

武俠小說多以古代為背景，但多數作家只是虛寫，即便深受讚譽如金庸，也最多不過以歷史的宏闊背景當俠客展現英姿的舞台，事實上整體描寫與當時的社會情狀了不相涉，能在虛構的武俠小說中還原當代民間生活情狀的作家，雲老肯定是絕無僅有的！（林保淳〈虛無縹緲間的高山——悼念雲中岳先生〉）

俄國人亞麻色的頭髮在窗外的光線裡好像暗了許多，他們垂著微微傾斜的長眼睛，這是個非常善於表達憂傷的民族，他們心裡的憂傷很溫暖，很寬廣，很純淨。櫃台上的女人把紅紅的粗手指頭托著臉，她在看著外面，外面下雪了，俄羅斯的雪，是契訶夫、普希金、屠格涅夫、托爾斯泰、帕斯捷爾納克，幾乎所有的俄國作家都讚美過的。（陳丹燕〈俄羅斯在音樂裡哭泣〉）

吃晚餐後，我們去附近的超市，添購些旅行需要的雜物。路過食品部門的大冰櫃，我忽發奇想，想要請她們兩人吃一根我情有獨鍾的冰棒，結果真的給我買到了「伊利」酸奶冰棒。葉老師和怡真欣然接受，那又甜又酸又濃醇的奶味兒，讓她們讚賞不已。（席慕蓉〈天穹低處盡吾鄉〉）

而每次相約，她總是能讓我發出無數驚嘆，不是因為衣裝越來越摩登，不是談吐越來越有範兒，而是眼神，流轉之間一季一滄海，我記得的還是那個秋天的少女，但她這次登場，毫無懸念就變成了個女

人，未滿三十，怎能就在少女與女人之間，清清楚楚不帶一絲曖昧？（馬念慈〈女人的眼神〉）

《儒林外史》第三十回寫風流名士杜慎卿在南京名勝地莫愁湖舉辦唱曲比賽大會，竟有一百三十多個職業戲班子參加，演出的旦角人數有六七十人，而且都是上了妝表演的，唱到晚上，「點起幾百盞明角燈來，高高下下，照耀如同白日。歌聲縹緲，直入雲霄」。城裡的有錢人聞風都來捧場，僱了船在湖中看戲，看到高興的時候，一個個齊聲喝采，直鬧到天明才散。（白先勇〈我的崑曲之旅〉）

鑼鼓點有如萬馬奔騰，趙公明和白虎廝打正酣，白虎扭動著，漸漸處於敗勢，甩著虎爪，不支的癱軟下來。趙公明拿鐵鍊鎖住虎頭，倒騎跨上垂頭喪氣的虎背，揚長下場。在台口，虎臉被一塊布蒙住了，綠熒熒的暴睛吊眼消失了。黃得雲忘情的拍手叫好，心中感到莫名的痛快。（施叔青《她名叫蝴蝶·第四章》）

按照規定，應試者還要唱一支外國歌曲，她演唱了義大利歌劇「蝴蝶夫人」中的詠歎調「有一個良辰佳日」，以她燦爛的音色和深沉的理解驚動四座，一向以要求嚴格聞名的蘇林教授也不由頷首表示讚許，在他嚴峻的眼光下，隱藏著一絲微笑。（何為〈第二次考試〉）

摩爾也許太誇張了，他對巴爾扎克和屠格涅夫揄揚備至，一度說，除了這兩人，世上就沒有會講故事的人了。但他的看法、觀察都有意思，他從說故事的角度切入，捻出「生活」與「生活感」的標準，尤具參考價值。（楊澤〈閱讀輕經典2之2——初戀——文學的與人生的〉）

從神化的角度而言，寓言是使神話化石化的因素之一，然而從文學的角度而言，寓言卻是重建文學與神話想像力的橋梁，生在冷硬的二十世紀而能從事神化思考與寓言寫作，的確要有極難得的稟賦和生命處境。這是胡蘭成對鹿橋最嘆羨的地方。（王文進〈南方有佳人，遺世而獨立〉）

路一直是寬整的，只有探出身子的時候，才知道自己站在深不可測的山溝邊，明明有水流，卻聽不見水聲。仰起頭來朝西望，半空掛著一條兩尺來寬的白帶子，隨風擺動，想湊近了看，隔著遼闊的山溝，走不過去。我們正在讚不絕口，發現已經來到了座石橋跟前，自己還不清楚怎麼一回事，細雨打濕了渾身上下。原來我們遇到另一類型的飛瀑，緊貼橋後，我們不提防，幾乎和它撞個正著。（李健吾〈雨中登泰山〉）

米飯難煮，現代人大概不大覺得了。從前的「大同」，今日的「象印」，簡直是食米者的救星。到現在，留學生出國也都是幾乎人手一個大同電鍋，過海關時，看得那些美國關員嘖嘖稱奇。（盧非易〈好野蠻的西方女人——米〉）

頌揚

【頌揚】稱頌褒揚。
【讚揚】讚美稱揚。
【褒揚】讚美表揚。
【傳頌】廣為流傳、稱讚。
【稱頌】稱讚頌揚。
【讚頌】讚美頌揚。
【歌頌】以詩歌、言語文字來頌揚、讚美。
【頌讚】頌美稱讚。
【謳歌】歌頌、頌揚。
【表彰】表揚、獎勵。
【表揚】公開表彰顯揚。
【歌功頌德】歌頌功績和恩德。
【有口皆碑】人人都稱頌。
【口碑載道】形容人人到處稱頌讚美。
【可歌可泣】使人感動而歌頌。

一個有了工作能力的女人，而還能犧牲自己的事業去作為一個賢妻良母的時候，未始不被人所歌頌，但在十多年之後，她必然也逃不出「落後」的悲劇。即使在今天以我一個女人去看，這些「落後」份子，也實在不是一個可愛的女人。她們的皮膚在開始有褶皺，頭髮在稀少，生活的疲憊奪去她們最後的一點愛嬌。（丁玲〈三八節有感〉）

你再往上瞧，她的兩肩又多麼亭勻呢！像雙生的小羊似的，又像兩座玉峰似的；正是秋山那般瘦，秋水那般平呀。肩以上，便到了一般人謳歌頌讚所集的「面目」了。我最不能忘記的，是她那雙鴿子般的眼睛，伶俐到像要立刻和人說話。在惺忪微倦的時候，尤其可喜，因為正像一對睡了的褐色小鴿子（朱自清〈女人〉）。

勉勵

【勉勵】勸勉鼓勵。
【勸勉】勸告勉勵。
【嘉勉】嘉許勉勵。
【期勉】期許勉勵。
【勗勉】勉勵。
【訓勉】教導勉勵。

【鼓舞】鼓勵。
【鼓勵】鼓舞、激勵。
【自勵】自我勉勵、鼓舞。
【互勉】互相勉勵。
【打氣】激勵他人使其增加信心和勇氣。

【激勵】激發、鼓勵。
【策勵】督責勉勵。
【惕勵】心存危機感而自我激勵。
【砥礪】砥、礪都指磨刀石。引申為磨鍊之意。

【有則改之，無則加勉】有缺失就改正，沒有就勉勵自己不要犯錯。

五十周年過後一年半，老先生辭世，前一年，他已把棒子交給他的兒子；他的最後遺言中有一句話是「要勇敢」，勉勵他的子女與報館記者，他的最後遺墨中也有一句話是：「放眼前瞻，國事蜩螗，同仁要有抱負，無私無懼，留下一部百年青史」。我這幾年常常在想：老先生在講那句話寫那行字時，心裡究竟在想什麼？為什麼「勇敢」與「無懼」會成為他對報館的最後叮嚀？難道他憂心一旦他離開後，「勇敢」與「無懼」也將隨他而去、及身而止？（王健壯〈那些星星還掛在天上〉）

古代的詩詞作家曾經創造出來許多優美的音節之圖案，這是後人所應當充分欣賞，極端敬仰，並且因之鼓舞前進而努力於新的同等優美的創造的——填詩，填詞這一類的行為我們應該深惡痛絕。新詩的讀法異於舊詩，所以舊時平仄的律法不能應用到新詩的上面；新詩作者應當自家去創造平仄的律法。（朱湘〈詩的產生〉）

高樓倒下，五千人不見，多少家庭、多少親友們被波及。可是救援隊們前仆後繼，赴湯蹈火一樣壯烈，三百多位救火隊員就這麼不假思索的犧牲了。前者的無辜，後者的無私無畏在某種程度上啟發著人間。他們鼓勵著城市，也給予人性和人間關係新的高度。（李渝〈給紐約〉）

到渭水濱，那水，是我從來沒有看見過的，我只感覺它古老，並不感覺陌生；到咸陽城，那城，是我從來沒有看見過的，我只感覺它古老，並不感覺傷感。我曾在秦嶺中撿過與香山上同樣紅的楓葉；我也曾在蜀中看到與太廟中同樣老的古松，我並未因此想起過家，雖然那些時候，我窮苦的像個乞丐，但胸中卻總是有嚼菜根用以自勵的精神，我曾驕傲的說過自己：「我，可以到處為家。」（陳之藩〈失根的蘭花〉）

14 羞辱

譏諷

【譏】用尖刻的話來指責或挖苦別人。

【譏諷】以尖刻的話指謫、挖苦或嘲笑別人。

【譏笑】諷刺嘲笑。

【譏刺】譏笑諷刺。

【譏嘲】譏諷嘲笑。

【譏誚】以譏諷的話責問他人。

【嘲弄】調笑戲弄。

【嘲笑】諷刺譏笑。

【嘲諷】譏笑、諷刺。

【嘲謔】嘲笑、戲謔。

【諷刺】用隱微、含蓄或者比喻、誇張的方式譏諷或批評他人。

【調侃】嘲諷、挖苦。

【嘲侃】嘲笑、調侃。

【反諷】言語字面與真正意念相反，用以諷刺或加強語文力量。

【笑話】嘲笑。

【取笑】嘲弄、開玩笑。

【嗤笑】譏笑、嘲笑。

【見笑】被人譏笑。恥笑，多用於自謙之詞。

【訕笑】譏笑。

【誚訕】譏笑和毀謗。

【揶揄】嘲弄。

【奚落】譏笑嘲弄。

【挖苦】用尖酸刻薄的話譏笑別人。

【解嘲】因被人嘲笑而以言語或行動掩飾或解釋。

【齒冷】開口笑久了，牙齒變冷，譏笑之意。

【夾槍帶棒】言語中暗藏諷刺。

【冷言冷語】諷刺、譏笑的話。

【謔浪話頭】帶有挑逗意味、戲謔放蕩的話。

【冷譏熱嘲】尖酸、刻薄地嘲笑和諷刺。

【冷嘲熱諷】尖酸刻薄地嘲笑諷刺。

【反脣相稽】受到指責不服氣，反過來譏諷對方。

世間立德者少有，而立功、立言者多見。最可笑的的是，百無一能者也想功德圓滿，不學無術者也想著作等身，儘管他們最終被譏為不自量力和糟蹋斯文，卻使塵世添出了許多喧囂與煩聒。（王開林

〈入世之惑〉）

你初起手嘗試時，容易把船身橫住在河中，東顛西撞的狼狽。英國人是不輕易開口笑人的，但是小心他們不出聲的皺眉！也不知有多少次河中本來悠閒的秩序叫我這莽撞的外行給搗亂了。我真的始終不曾學會；每回我不服輸跑去租船再試的時候，有一個白鬍子的船家往往帶譏諷的對我說：「先生，這撐船費勁，天熱累人，還是拿個薄皮舟溜溜吧！」我哪裡肯聽話，長篙子一點就把船撐了開去，結果還是把河身一段段的腰斬了去！（徐志摩〈我所知道的康橋〉）

當我們逐步走入枯槁年歲，眼睛除了佈滿世俗血絲已找不到無邪的水波；我們臃腫了，攤在床上大口咀嚼肉體的滋味，譏笑宛如百靈鳥般在高空鳴唱的戀歌；我們也變成精算家，懂得追求情感裡的「利潤」。（簡媜〈雪夜，無盡的閱讀〉）

好生動的敘述，簡直是一幅幻麗的現代畫呢。我內心卻譏嘲道，笑死人，哪裡是教室的光暗，分明你眼中無物，就只看見她一個人罷。橫豎你們社、來了位漂亮女孩，又干我什麼事。（朱天文〈花問〉）

警察的語調十分溫柔，曹地衣立刻對洪說：「保母說我們吵醒了乖寶寶的甜夢。」警察維持著禮貌的笑容：「對不起。」曹地衣也轉身衝牆和圍觀的人群一鞠躬：「對不起。」於是她再一次感覺到曹地衣在表現荒謬的時候所顯示的複雜意圖。他一方面扮演著嘲弄者，成一個反面英雄；一方面又使被嘲弄者低估了這個小丑般的悲劇角色。（張大春〈牆〉）

這些裂縫在四處隨意出現，你要是被絆倒了還可以爬走，你若淺淺地暈眩了一會兒，也還有全身而退的可能，你要是整個人跌了進去，你就走不出這城了，你的囚禁比吉洛汀姑娘砍下的頭顱還悲慘，雅

各賓黨人也不寒而慄，瑪麗安東尼也要嘲笑你的無知，即使是波拿巴拿破崙也不能救你了，誰都不能救你了。（柯裕棻〈裂縫〉）

十一月初，我在丹麥奧胡斯（Aarhus）剛落腳，托馬斯就跟過來朗誦。我像傻子一樣，坐在聽眾中間。現在想起來，那是天賜良機，在托馬斯即將喪失語言能力以前。他嗓子有點兒沙啞，平緩的聲調中有一種嘲諷，但十分隱蔽，不易察覺。他注重詞與詞之間的距離，好像行走在溪流中的一塊塊石頭上。（北島〈藍房子〉）

菜剛上滿了，魯迅先生就到竹躺椅上吸一支菸，並且闔一闔眼睛。一吃完了飯，有的喝多了酒的，大家都亂鬧了起來，彼此搶著蘋果，彼此諷刺著玩，說著一些刺人可笑的話，而魯迅先生這時候，坐在躺椅上，闔著眼睛，很莊嚴的在沉默著，讓拿在手上紙菸的菸絲，慢慢的上升著。（蕭紅〈回憶魯迅先生〉）

小蠟燭明看乃「生命之光」，燭與年俱增，壽則隨歲遞減，一燭一華年，這種反諷未免殘酷強烈。而到了眾人準備鼓掌歡呼，高唱生辰快樂之歌，壽星待吹熄蠟燭之際，眼看光熱消退，前景慘澹淒涼，去日無多，就非得「鼓足勇氣」不可了。相形之下，終覺還是中國辦法比較開明適性，言為祝「壽」，足有年年看好之意，而無瞬息明暗之感。一碗壽麵，熱熱火火，皆大歡喜。（莊因〈春愁〉）

要是以這園子裡的聲響來對應四季呢？那麼，春天是祭壇上空漂浮著的鴿子的哨音，夏天是冗長的蟬歌和楊樹葉子嘩啦啦地對蟬歌的取笑，秋天是古殿簷頭的風鈴響，冬天是啄木鳥隨意而空曠的啄木聲。（史鐵生〈我與地壇〉）

我從來不相信魚是快樂的，現在我想，哲學家的聲辯和詰難算什麼呢？我現在想，那些反反覆覆的討論，帶著輕重的揶揄和嘲弄，是不真實的。（楊牧〈水蚊〉）

在阿Q的記憶上，這大約要算是生平第一件的屈辱，因為王胡以絡腮鬍子的缺點，向來只被他奚落，從沒有奚落他，更不必說動手了。（魯迅《阿Q正傳》）

往往，一連半個月，他活動的空間，不出一條怎麼說也說不上美麗的和平東路，呼吸一百二十萬人呼吸過的第八流的空氣，在二百四十萬隻鞋底踢起的灰塵。有時，從廈門街到師大，在他的幻想裡，似乎比芝加哥到卡拉馬如更遙更遠。日近長安遠，他常常這樣挖苦自己。（余光中〈地圖〉）

人造毛皮成為九〇年冬裝新寵，幾可亂真，又不違反保護動物戒令。但是何苦亂真呢，豈非蠢氣。不如贗品自我解嘲，倒更符合現代精神，一點機智一點cute。布希夫人頸上一組三串售價僅一百五十美元的人造珠，尚且於八九年冬末掀起配戴真珠項鍊熱潮。米亞的九一年反皮草秀，染紅染綠假皮毛及其變奏，俏達又蜚興。（朱天文〈世紀末的華麗〉）

去年暑天我穿的幾套舊的汗褂褲，與幾雙縫上底的線襪，已交給我的妻放在深山塢裡保藏著——怕國民黨軍進攻時，被人搶了去，準備今年暑天拿出來再穿，那些就算是我唯一的財產了。但我說出那幾件「傳世寶」來，豈不要叫那些富翁們齒冷三天？！（方志敏〈清貧〉）

侮辱

【侮辱】欺侮羞辱。
【羞辱】侮辱。
【汙辱】羞辱、恥辱。
【欺辱】欺壓侮辱。
【凌辱】欺負、侮辱。
【屈辱】受人侮辱。

【受辱】受人侮辱。
【輕侮】輕視侮辱。
【卑侮】鄙視侮辱。
【自侮】自己招來侮辱。
【侮蔑】輕視、怠慢。
【輕瀆】輕慢侮辱。

【唾面】吐口水在別人臉上，表示非常鄙棄和侮辱。
【蹧蹋】侮辱、嘲罵、蹂躪。
【討沒趣】自取侮辱。
【公然侮辱】在公開場合侮辱他人。
【胯下之辱】韓信在微賤時，受到淮陰無賴少年的侮辱，逼迫他由胯下爬過。後世比喻人尚未顯達時，曾被人鄙視、受辱。

石墳上松柏的陰森影子遮住我一切年少的心情，「春秋多佳日，山水有清音」，這二句詩冷嘲地守在那兒。十年前第一次到鄉下掃墓，見到這兩句對於死人嘲侃的話，我模糊地感到後死者對於泉下同胞的殘酷。自然是這麼可愛，人生是這麼好玩，良辰美景，紅袖青衫，枕石漱流，逍遙山水，這那裡是安慰那不能動彈的骷髏的話，簡直是無緣無故的**侮辱**。（梁遇春〈墳〉）

朱厚熜坐朝近半個世紀，對於臣下，殺、關、放逐、廷杖，無所不用其極，獨對如此**羞辱**他的海瑞，卻一根手指頭也不碰，令我詫異，後讀魯迅給曹聚仁信：「古人告訴我們唐如何盛，明如何佳，其實唐室大有胡氣，明則無賴兒郎。」便恍然大悟，明代很有幾位皇帝，愛跟臣下玩心思，逗咳嗽，耍無賴，搞小動作，頗具乃祖朱元璋的流氓作風。（李國文〈從嚴嵩到海瑞〉）

三 做人處世

1 信用

守信

【**守信**】遵守信用。

【**守約**】遵守約定。

【**重言**】重視、信守諾言。

【**信實**】誠實、有信用。

【**重然諾**】不輕易允諾他人託付，既允諾，必實踐。

【**抱柱信**】傳說古時尾生與一女子相約於橋下，女逾時未到，大水至。為了堅守信約，尾生抱著橋柱，而遭水淹死。比喻堅守信約。

【**說話算話**】信守承諾，絕不食言。

【**言而有信**】誠實有信用，說出來的話一定信守。

【**言出如山**】話說出口，有如山一般屹立不搖。形容出言慎重、有威信。

【**言出必行**】說出的話也一定做到。形容很有信用、遵守承諾。

【**一言為定**】一句話就說定了。用於強調遵守約定。

【**一諾千金**】一旦允諾，價值有若千金。意指非常信守承諾。

【**一言九鼎**】一句話的份量有如九個銅鑄的鼎那般重，指說話算話，絕不更改。也指說話很有份量。

【**駟不及舌**】話一說出去，用四匹馬拉的車也追不回來。比喻說話要慎重，不可失言。《論語‧顏淵》：「惜乎！夫子之說君子也，駟不及舌。」

【**說一不二**】說話算數，信守承諾。

【**季布一諾**】楚人季布非常重視對他人的承諾，當時人稱「得黃金百斤，不如得季布一諾」。

【**信及豚魚**】信用及於豬、魚等動物。比喻非常有信用。【一言既出，駟馬難追】話出口，便無法收回。【言必信，行必果】說話有信用，做事堅決果斷。

我向毛主席保證，我是一個一諾千金的。冬瓜的祕密，我沒有告訴任何人。我一點都不知道關山和老王他們，是怎麼發現冬瓜的祕密的。（池莉《懷念聲名狼藉的日子·三》）

飯罷，洪七公安睡休息。郭靖邀周伯通出外遊玩，他仍是賭氣不理。黃蓉笑道：「那麼你乖乖的陪著師父，回頭我買件好玩的物事給你。」周伯通喜道：「你不騙人？」黃蓉笑道：「一言既出，駟馬難追。」（金庸《射鵰英雄傳·二十三》）

失信

【失信】不守信。

【食言】不遵守諾言。

【背信】違背信約。

【失約】違背約定。

【背約】違反之前所定的約定。

【爽約】失約。

【負約】違背約定。

【輕諾】隨便答應他人要求，往往難以實踐承諾。

【言而無信】說話不講信用。

【食言而肥】春秋時，魯大夫孟武伯常失信於魯哀公，魯哀公十分不滿。在一次宴會中，孟武伯問哀公的寵臣郭重為何如此肥胖，魯哀公藉機諷刺說：「吃掉自己的話吃多了，能不肥胖嗎？」後以「食言而肥」形容人說話不守信用。

【自食其言】形容人說話不守信用。典故見「食言而肥」。

【輕諾寡信】隨便而輕率地答應他人的請求，確未必能實踐諾言。

【違信背約】違背信約，沒有遵守承諾。

【背信忘義】不守信用，未能重視道義。

【小忠小信】表面上講信

用忠誠，事際上只是取信於人的一種手段。

【有口無行】只說不做，言行不一。

【朝令夕改】早上下達的命令，到晚上就改變了。指政令、主張或意見反覆無常。

【出爾反爾】原指怎麼對待別人，別人也會怎麼待你，後用來比喻人的言行前後反覆，自相矛盾。

伯牙開囊，調弦轉軫，纔汎音律，商絃中有哀怨之聲。伯牙停琴不操。「呀！商絃哀聲淒切，吾弟必遭憂在家。去歲曾言父母年高。若非父喪，必是母亡。他為人至孝，事有輕重，寧失信於我，不肯失禮於親，所以不來也。來日天明，我親上崖探望。」叫童子收拾琴桌，下艙就寢。（明・馮夢龍《警世通言・卷一・俞伯牙摔琴謝知音》）

一盞水喝完了，手心溫熱的感覺便轉為冷冷的，他不得不站起來把盞放下。兩腳實在太冷了，冷到有點痛。他更想，早晚總要度這難關，不如早睡便宜了一雙腳。一腔勇氣鼓勵著他，就移那個燭盤擺在牀前的椅子上。然後坐上床，冒著險做那最困難的功課。當然咳喘是不肯爽約的，他才靠到牀頭，已咳得幾乎氣息不屬了。（葉紹鈞〈孤獨〉）

發誓

【誓】發誓，表示決心。

【發誓】立下誓言，表示決心或保證。也作「發咒」。

【立誓】發誓。

【起誓】發誓。

【矢誓】發誓。

【矢言】立誓。

【宣誓】參加某一組織或擔任某一職務時，在儀式中公開說出誓言，並嚴加遵守，表示忠誠和決心。

【盟誓】詛誓約盟。

【賭誓】發誓。

【誓言】發誓。

【誓死】立下誓願，表示至死都不改變。

【賭咒】發誓。

【信誓旦旦】誓言說得極為誠懇可信。

【指天誓日】指著天，對日發誓。表示誓言忠誠堅決。也作「指天為誓」。

【矢志不渝】發誓絕不改變自己的志向。也作「矢志不移」。

【誓死不渝】立下誓言，至死不變。

【山盟海誓】對著山與海盟誓，表示堅定永久。

【金石之盟】比喻誓言如同金石般堅固，不可改變。

德國人也吃雞，但不吃老母雞。不知德國老母雞真的是比別地方的老，還是怎樣。總之，德諺有云：「連海裡石頭都煮爛了，還煮不動老母雞」。這樣看來，中國情人立誓，總說的「海枯石爛」，要是碰到德國老母雞，那也沒辦法了。（盧非易〈從供桌到餐桌的漫漫生途——雞〉）

她的一個同學有了男朋友，這一對小情侶不斷偷偷的約會（那年代還需要避人耳目）。有一次，雷聲打斷了他們的情話，男孩指著空中說：「我若有二心，天雷劈死！」可是他仍然負了她。以後她為人妻、為人母，聽見打雷，悄悄的流淚，惟恐誓言靈驗，雷真的劈死了他，她還是愛他。為了轉變氣氛，我們互相挑釁，我問老妻是否也有男孩為她發誓，她問我年輕的時候是否也曾為女孩發誓，沒有答案，誰也不需要答案。我暗想，如果能再年輕一次，我倒希望在雷聲之下有男孩為她起誓，我也曾經為女孩起誓，十九歲以下的誓言才美麗。（王鼎鈞〈四月的聽覺〉）

在祈求安渡的禱告中，將它命名為基督教會城，新城建立在萬里沃野上，在那裡，全然沒有古堡，沒有政治或宗教糾葛傳說中的鬼魅在荒地上飄蕩。他們誓言將在城的中心蓋一座宏偉莊嚴的教堂，它高聳的鐘樓，裝上由故鄉運來的大大小小成套的鐘，由廣場到山丘，此起彼落地呼應，召喚拓荒的人早晚記得祈福謝恩，保佑他們的子孫和牛羊，麥黍果樹在此繁衍生根……多年前我在大英博物館讀到的那本最早紐西蘭移民史的封面，即是這座厚重樸實，創痕累累的十字架。（齊邦媛〈追憶橋〉）

當感情美好時，擁擠也是幸福，孩子、丈夫與我擠在狹窄的空間，自有挨緊的甜蜜與熱鬧，更何況丈夫信誓旦旦將給我們一個寧靜無爭的家園。我緊抱著這個誓言，任孩子的玩具衣物淹到床上來，衣櫃一打開總有什物掉下來，我們猶能翻滾嬉笑，寫作時依偎著衣櫃，挪出一尺見方的空間，在稿紙上創造另一個想像的次元。（周芬伶〈衣魂〉）

2 作假

說謊

【說謊】說不真實的話。

【撒謊】說謊話。

【扯謊】說謊，說假話。

【謊報】捏造事實報告。

【訛稱】謊稱。

【詐稱】謊稱。

【誑語】說謊。

【誑稱】謊報。

【捏詞】編造謊言。

【砌詞】編造不切實際的言語。

【謾語】謊言。

【圓謊】彌補謊話中的漏洞。

【口是心非】嘴巴說的和心裡想的不一樣。

【言不由衷】言詞與心意相違背。

【東誆西騙】四處說謊詐騙。

【混淆視聽】以假象或謊言讓人無法分辨是非真偽。

【訛言謊語】造謠說謊，偽詐不誠實的話。

【謊話連篇】形容謊話非常多。

【彌天大謊】天大的謊言。

【自圓其說】解釋自己牽強的說法、行為，好讓人看不出破綻或矛盾的地方。

我是真的迷路了，我不想說謊。在東張西望的同時，我看到無數個和自己一模一樣的頭，漂浮在空氣中追趕著我，這使我腳步錯亂，心跳加速，於是在慌亂中躲進了兩棟建築物之間。在陰影裡，我看不見我自己，猶如在黑暗中，看不到前方的路，我不知道我是迷了路？還是迷失了自己？（陳璐茜〈迷路〉）

娘家來了人，雖然大嚷大鬧，老王並不怕。他早有了預備，早問明白了二妞，小媳婦是受張二嫂的挑唆纔想上吊；王家沒逼她死，王家沒給她氣受。你看，老王學「文明」人真學得真到家，能瞪著眼扯謊。（老舍〈柳家大院〉）

「小姐貴姓？」「梅。」她胡亂回答，心裡直在罵三字經。全是廢話！幹這行誰會說自己的真姓？「梅小姐。梅，倒是很少有的姓。」那人倒會自圓其說。不過接著又是陳腔老調，問她讀哪個學校，學什麼的，幾年級。她細聲細氣憑情緒對答，反正準備了好幾套，不會有什麼破綻，這些臭老男生出來玩就玩吧！還要玩大學生，不要臉！比女人還虛榮。（郭良蕙〈冶遊〉）

欺騙

【欺騙】說假話哄騙人。
【欺瞞】刻意隱藏真相，不讓人知道。
【欺矇】說假話哄騙人。
【欺謾】說假話哄騙人。
【欺罔】欺騙蒙蔽。

【欺誣】欺瞞詐騙。
【欺隱】欺騙隱瞞。
【謊騙】用謊言欺騙人。
【誘騙】引誘拐騙。
【誆騙】欺騙。
【誑騙】欺騙。

【訛騙】欺騙。
【哄】欺騙。
【哄騙】說假話騙人。
【哄弄】欺騙、戲弄。
【瞞哄】隱瞞哄騙。
【瞞騙】隱瞞欺騙。

【矇騙】欺騙。
【胡弄】欺騙、耍花招。
【迷惑】迷亂他人心智。
【詐騙】欺詐騙取。
【詐欺】欺騙。
【撞騙】找機會行騙。

【拐騙】用欺詐的手段，誘拐人口或錢財。

【行騙】做騙人的事。

【造謠】捏造不實的說詞。

【搗鬼】暗中使用陰謀詭計。

【搞鬼】暗中使用計謀。

【自欺欺人】欺騙自己，也欺騙別人。指用自己都難以相信的話或事情來欺騙他人。

【連哄帶騙】不斷地說好話，誘使他人相信。

【招搖撞騙】假藉名義或聲勢，伺機詐騙。

【爾虞我詐】彼此互相詐騙，形容人與人之間的鉤心鬥角。

【欺上罔下】對上欺瞞，對下蒙蔽。也作「欺上瞞下」。

【唬鬼瞞神】比喻欺上瞞下。

【欺世盜名】欺騙世人，竊取名聲。

【故弄玄虛】故意玩弄花招，使人迷惑，無法捉摸。

【妖言惑眾】以怪誕的邪說去迷惑眾人。

【瞞天過海】比喻欺騙的手法高明。

【瞞天昧地】欺騙天地。比喻昧著良心，以謊言騙人或隱瞞事實真相。也作「昧地謾天」。

他每早上聽見他老人家叫他，心裡實在有點難過，覺得對他不住，對他慚愧。他這麼大的年紀，破曉的清早，就要爬起來督店員們洒掃、整理、買賣。自己日夜流連酒賭之間，睡到日出三竿還不起來，而且毫不幫忙，有的是奉行故事，欺瞞人眼，甚至要勞到他老人家來叫。（王詩琅〈沒落〉）

牧羊橋下的白色睡蓮開了兩朵，托在一片嫩綠浮萍上，橋底下的水沿著觀海亭流出去。流到什麼地方呢？蓮呢，你這就載著我走了罷，我原本不是這世上的，不過謊騙人間二十年，如今要嫁做東風隨水而去啦。（朱天文〈牧羊橋，再見〉）

這一場，來來往往，鬥經三十回合，不見強弱。八戒又使個佯輸計，拖了鈀走。那怪隨後又趕來，擁波捉浪，趕至崖邊。八戒罵道：「我把你這個潑怪！你上來！這高處，腳踏實地好打！」那妖罵道：「你這廝哄我上去，又叫那幫手來哩。你下來，還在水裡相鬥。」（明・吳承恩《西遊記・第二十二

回》）

不論什麼樣的痛苦都被隱匿，以至於未婚的女孩對這種痛楚一無所知，她到生產時，才知道「女人是被矇騙長大的」，那不知來自何方的被支解被撐脹的痛楚，亦無止盡地延續，就像千軍萬馬在她身上踐踏而過……。（周芬伶〈汝身〉）

她沒有去警局報案，因為覺得自己「羞愧至極」，因為她手上沒半點證據，她甚至不敢告訴朋友跟家人，只能兼兩份工作省吃儉用慢慢把債都還清，但心理的創傷卻無論如何無法平復，我問她最覺得受傷的是哪一部分，她說：「我覺得我是被自己的夢想給詐騙了。」她說如果不是她一心嚮往那種豪門生活，又怎會糊里糊塗把畢生積蓄交給一個才認識一個月的男人。（陳雪〈愛情騙子〉）

回家的時候太陽把路上汽車的影子映在人行道旁的灰牆上，照得扁扁的、長長的，於是她建議我們來「跳汽車影子」。在每個汽車影子滑過牆上的時候，我們縱身一躍，說時遲那時快，整個車身已悄然掠過。於是在自欺欺人之際，我們也就以為自己跳過了整個車身。每天放學的時候，這幾乎成了我們必做的遊戲。（叢甦〈霧天憶青島〉）

大自然母親張開溫柔的懷抱接納我，森林裡的萬物成為充滿善意的朋友，雪霸國家公園的伙伴們只以「義務解說員王裕仁」來對待我，誰也不管我的是非爭議、流言蜚語，大家在意的只是一棵樹的成長、一朵花的綻放、一隻鳥的鳴唱，甚至一朵雲的漂流……在這裡，沒有爾虞我詐，沒有浮誇矯飾；在這裡，我重新學習做一個真誠面對自己、面對世界的人。（苦苓〈直到你們回來〉）

3 胡扯

胡說

【胡說】毫無根據地亂說話。

【胡扯】沒有根據或沒有道理地亂說。

【胡謅】隨意亂說；信口瞎編。

【扯淡】胡扯、瞎說。

【亂講】胡說八道。

【亂道】胡說。也作「亂說」。

【瞎扯】沒有根據或主題地亂說。

【瞎說】亂說。

【妄說】隨便亂說。

【妄語】說虛妄不實的話。

【咬舌根】信口胡說，搬弄是非。

【胡言亂語】沒有根據、條理地隨便亂說話。

【胡說八道】沒有根據地亂說。

【妄言輕動】隨便亂說、亂動。

【數黑論黃】隨意亂說。

【數黃道白】隨意評論。

【信口雌黃】不顧事情真相，隨意亂說。

【信口開河】不加思索隨意亂說。

【一派胡言】完全胡說八道。

【睜眼說瞎話】比喻胡說八道，信口開河。

甘夫人曰：「二叔因不知你等下落，故暫時棲身曹氏。今知你哥哥在汝南，特不避險阻，送我們到此。三叔休錯見了。」糜夫人曰：「二叔向在許都，原出於無奈。」飛曰：「嫂嫂休要被他瞞過了！忠臣寧死而不辱。大丈夫豈有事二主之理！」關公曰：「賢弟休屈了我。」孫乾曰：「雲長特來尋將軍。」飛喝曰：「如何你也胡說！他哪裡有好心！必是來捉我！」（明‧羅貫中《三國演義‧第二十八回》）

我常和理工科的男同學**胡扯**，他們常坦白承認他們是大老粗，不會念詩作賦，也不會舞文弄墨，可是他們卻喜歡一些中國古典詩詞裡的名句，像「小樓昨夜又東風，故國不堪回首月明中」，「枯藤老樹昏鴉……斷腸人在天涯」等等。他們的電腦檔案中常有這些句子，隨時叫出來欣賞。（李家同〈我所嚮往的副刊〉）

仲琪一直是很擁護政府的，平時一個蛋大的領袖像章總是端端正正掛在他胸口，早已不時興了的語錄袋，一逢會議也總是掛在他肩上。一般來說，他講話有政治水準，嘴巴也緊，也沒有**胡言亂語**的惡習。（韓少功《馬橋詞典・馬同意》）

張無忌淡淡一笑，說道：「晚輩略明醫理，前輩若是信得過時，待此間事情一了，晚輩可設法給你驅除這些病症。只是七傷拳有害無益，不能再練。」宗維俠強道：「七傷拳是我崆峒絕技，怎能說有害無益？當年我掌門師祖木靈子以七傷拳威震天下。名揚四海，壽至九十歲，怎麼說會傷害自身？你這不是**胡說八道**麼？」（金庸《倚天屠龍記・二十一》）

空談

【空談】 空泛而不切實際的談論。

【空言】 空泛而不切實際的言論。

【虛談】 空談。

【唱高調】 比喻提出好聽而不切實際的言論。

【紙上談兵】 不切實際的空談、議論。也作「紙上空談」。

【痴人說夢】 原指不能對呆傻的人說夢，以免他信以為真。今指不切實際地空談。

【光說不練】 空談而沒有實際行動。或作「光說不做」。

【言而不行】 說而不做。

【空口說白話】 光說不做，沒有實際行動。

原本我的功課還不壞，總在班上前幾名，這樣一來，成績就一落千丈了。上學彷彿只是等卯架似的。反正也不在乎。雖然很多心理學的書都說那是反叛期，我自己是不信那一套的，空口說白話誰不會，別人吃麵你叫熱，隔岸觀火還要指揮消防隊從哪裡著手，個案、分析，說的比唱的還好聽，其實那些寫心理學書籍的學者專家們，我就不信他們中學的時候幹過架？（吳鳴〈打斷手骨顛倒勇〉）

誇口

【誇大】言語超過原有的事實。

【誇張】誇大。

【誇口】說大話。

【誇耀】誇示炫耀。

【誇示】向人炫耀自己得意之處。

【誇誕】言語虛假，不切實際。

【渲染】文字過度吹噓誇大。

【炫耀】誇耀。

【奢言】誇張的話。說大話。

【侈言】誇口。

【揚言】言語誇張不實。

【自誇】自己誇耀自己。

【自詡】自誇、自耀。

【吹牛】說大話。

【矜誇】驕矜誇大。

【吹捧】誇張地讚揚某人。

【吹噓】說大話，過度地宣揚或編造優點。

【說嘴】自誇。

【賣弄】誇耀，顯露本事。

【賣功】誇耀自己的功勞。

【言過其實】言詞虛妄誇大，與實際的情形不相符。

【過甚其詞】話說得太誇大，超過實際的情形。

【加油添醋】比喻傳述事情時，任意增添情節，誇大、渲染內容。

【自賣自誇】自己賣什麼，就誇什麼好。指自我哄抬、吹捧。

【自吹自擂】自我吹噓。

【大吹大擂】本指吹吹打打，非常熱鬧，後來比喻任意吹噓，誇張不實。

【誇誇其談】言語或文章浮誇，不切實際。

【大放厥詞】發表誇張的言詞。

【大言不慚】不顧事實誇大言談，卻不感到羞恥。

【危言聳聽】故意說些誇大、嚇人的話，讓人感到驚駭。

【聳人聽聞】故意說新奇誇大的言詞，讓人震驚。

【刮刮而談】得意而盡情地大發議論。

海嬰在玩著一大堆黃色的小藥瓶，用一個紙盒盛著，端起來樓上樓下的跑。向著陽光照是金色的，平放著是咖啡色的，他招聚了小朋友來，他向他們展覽，向他們誇耀，這種玩意只有他有而別人不能有。他說：「這是爸爸打藥針的藥瓶，你們有嗎？」別人不能有，於是他拍著手驕傲的呼叫起來。（蕭紅〈回憶魯迅先生〉）

大門口是一排落葉喬木。我認真觀察研究的結果，知道一半是毛山櫸，一半山楂。喬木植成一行，作為圍牆的延續。盛夏季節，兩種樹都結了紅色的小菓子，午後雀鳥成群飛來，駐滿樹顛，啁啾之聲不絕於耳，搶啄樹上的菓子。樹葉茂密，低垂到西向的窗口，葉影中是粗壯渾厚的梗幹，和窗內的吳昊版畫相映，好像是倒影，互相誇示年輪。（楊牧〈西雅圖誌〉）

啜飲著熱茶，你再度對此行的疑惑。理由何在？《冷山》的情節跌跌撞撞來到你眼前；你彷彿查爾斯・佛瑞哲看到英曼困頓的身姿，那段耗費了他數月或者年餘的逃難山路。走向冷山是英曼的歸宿是他的桃花源，是愛情的所在，是反戰的終點。你的玉山行呢？只是炫耀嗎？炫耀你征服了這座台灣人的聖山，這座永遠的山。向誰炫耀呢？（方梓〈這個世界上只有山嶺〉）

用現代科學知識責難左拉小說，勢必有失公允，但誰叫左拉當年侈侈奢言，他的小說注重科學，經得起解剖學一般的檢驗。左拉如果來到二十一世紀，除了短暫的羞赧，對從前的無知感到抱歉外，一定很沉迷基因圖譜新發現。說不定他覺得小說已經不重要了，要改行當有實權的國會議員。（莊裕安

〈虛擬家族也會有基因圖譜〉）

又有一位詩人名Kilmer，他有一首著名的小詩——「樹」，有人批評說那首詩是「壞詩」，我倒不覺得怎樣壞，相反的，「詩是像我這樣的傻瓜做的，只有上帝才能造出一棵樹」，這兩行詩頗有一點意思。人沒有什麼了不起，侈言創造，你能造出一棵樹來麼？樹和人，都是上帝的創造。（梁實秋〈樹〉）

年紀大了，她另一句擾人的口頭禪是，「恁老爸如果不是我致蔭（蔽蔭）伊，伊甘會有今日？」這在老爸耳裡當然是不怎麼受用。但不知道為什麼，這句話總讓我有很強烈的戀愛的感覺，可能在這個看似自誇的句子裡，隱隱讓人感到所講述的對象是複數的意涵吧？至少那似乎暗示了，他們曾經以某種相互致蔭的姿勢，飛行過一段人生。（吳明益〈飛〉）

鬧完芋頭的洞房出來，張吹說：「你們再準備個紅包，本大爺也快了。」我們當然不會相信，這小子以吹牛起家，說話從來不兌現，何況他長得其貌不揚，又瘦又排，連頭帶腳加起來還不到四十六公斤，怎麼會有小姐愛上他？然而事實擺在面前，他不但正正式式地結了婚，而且他的太太是所有我們結婚的同學當中最漂亮的。（隱地〈結婚．結婚．結婚〉）

沿著住處附近的小巷子快走，直達附近的小學操場，真不敢想像這個小學一直都在這裡，據說有五十年歷史了，我爸老是得意地吹噓我爺爺當年還是這學校的家長會長，說他當年國小六年都是模範生跟班長，每次他這麼講我就會氣得抓狂，除了吹牛他還會什麼！（陳雪〈晚餐〉）

我還記得有一陣子自豪「國語」講得流利，到被誤認作外省人的地步，因而當被問到籍貫時，會大言不慚地說：「我祖籍是甘肅。」把人唬得一愣一愣的。（楊照〈繡有蓮花的一方手帕〉）

花言巧語

【花言巧語】說虛假而動聽的話騙人。

【巧言令色】話說得很動聽，臉色裝得很和善，卻一點也不誠懇。

【巧言如流】形容言詞巧偽，流利動聽。

【鼓舌】多話詭辯，多指花言巧語。

【搖脣鼓舌】鼓動嘴脣與舌頭，指利用口才說些花言巧語，搬弄是非。

【鼓舌如簧】形容人花言巧語，能說善道，動舌如鼓弄簧片一般。

【天花亂墜】傳說佛祖講經說法，感動上天，紛紛落下各色香花。後用來形容說話言詞巧妙、動聽，卻不切實際。

【口甜如蜜】形容人說話動聽，討人歡心。

【甜言蜜語】為了討人喜歡，或者哄騙人而說得甜美動聽。

鍾萬仇叫道：「我去尋老婆要緊，沒功夫跟你纏鬥。」刀白鳳道：「你到哪裡去尋老婆？」鍾萬仇道：「到段正淳那狗賊家中。我老婆一見段正淳，大事不妙。」刀白鳳問道：「為甚麼大事不妙？」鍾萬仇道：「段正淳花言巧語，是個最會誘騙女子的小白臉，老子非殺了他不可。」（金庸《天龍八部．七》）

至誠的君子，人格的力量照徹一切的陰暗，用不著多說話，說話也無須乎修飾。只知講究修飾，嘴邊天花亂墜，腹中矛戟森然，那是所謂小人；他太會修飾了，倒教人不信了。（朱自清〈說話〉）

附會

【附會】把兩件沒有關聯的事物勉強湊合在一起。

【比附】把兩件事物拿來相比較。

【牽強】勉強。

【穿鑿】勉強、牽強地解釋。

【鑿空】憑空附會。

【穿鑿附會】道理說不通，卻牽強湊合，以求合理。

【郢書燕說】郢人在給燕相的信中誤寫了「舉燭」二字，燕相便解釋為尚明、任賢的意思。後世比喻穿鑿附會，扭曲原意。

【牽強附會】將不相關或關係不大的事物湊合在一起，勉強比附。

【牽合附會】把不相干的事物硬湊合在一起。

【望文生義】只從字面上穿鑿附會地加以解釋，而不能理解詞句真正的涵義。也作「緣文生義」。

但假如我存心要和楊柳結緣，就不說上面的話，而可以附會種種的理由上去。或者說我愛它的鵝黃嫩綠，或者說我愛它的如醉如舞，或者說我愛它像小蠻的腰，或者說我愛它是陶淵明的宅邊所種，或者還可引援「客舍青青」的詩，「樹猶如此」的話，以及「王恭之貌」、「張緒之神」等種種古典來，作為自己愛柳的理由。（豐子愷〈楊柳〉）

我每次做完一篇文字，總是先捧到母親面前。她是我的最忠實最熱誠的批評者，常常指出了我文字中許多的牽強與錯誤。假若這次她也在這裡，花香鳥語之中，廊前倚坐，聽泉看山。同時守著她唯一愛女的我，低首疾書，整理著十年來的亂稿，不知她要如何的適意，喜歡！（冰心〈我的文學生活〉）

4 詼諧

有趣

【滑稽】詼諧有趣的言語、動作。

【詼諧】說話幽默風趣。

【諧趣】詼諧有趣。

【幽默】含蓄而充滿機智的言談、辭令，可使聽者發出會心一笑。英語「humor」的音譯。

【發噱】指發笑。
【風趣】幽默風雅，耐人尋思。
【風趣橫生】非常幽默、詼諧。
【妙語如珠】說話很風趣。

Gogol的著作人們都說是笑裡有淚，實在正是因為後面有看不見的淚，所以他小說會那麼詼諧百出，對於生活處處有回甘的快樂。中國的詩詞說高興賞心的事總不大感人，談愁語恨卻是易工，也由於那些怨詞悲調是淚的結晶，有時會逗我們灑些同情的淚，所以亡國的李後主，感傷的李義山始終是我們愛讀的作家。（梁遇春〈淚與笑〉）

我獨自倚著鐵闌，沉思契訶夫今天要是在著他不知怎樣；他是最愛「幽默」，自己也是最有諧趣的一位先生：他的太太告訴我們他臨死的時候還要她講笑話給他聽；有幽默的人是不易做感情的奴隸的，但今天俄國的情形，今天世界的情形，他要是看了還能笑否，還能拿著他的靈活的筆繼續寫他靈活的小說否？（徐志摩〈契訶夫的墓園〉）

師娘這幾年顯然老多了，記得去年她剛搬到鄉下，我去時還從她頭上拔下好幾根白頭髮來。可是她永遠這麼富有風趣，說說笑笑和十年前沒有兩樣，但是她目前的情景和十年前卻是不同了。（林海音〈陽光〉）

要把幾百個頗有見識的觀眾逗得失聲發笑，哄堂大笑，而又笑聲不斷，絕非易事。臺上妙語如珠，臺下笑聲成潮，這時你會覺得：這齣戲是臺下和臺上合作演成的。笑劇惹笑，等於提前鼓掌，最令演員增加信心，提高士氣。在這種氣氛中加入笑陣的臺下人，更感到人同此心、與眾共歡的快意。（余光中〈一笑人間萬事〉）

開玩笑

【開玩笑】以言語、動作來戲謔或捉弄人。

【戲謔】開玩笑。

【戲稱】開玩笑地說。

【調笑】戲謔嘲笑。

【耍笑】嘻笑玩耍。

【笑謔】開玩笑。

【諧謔】詼諧戲謔。

【打趣】取笑、開玩笑。

【湊趣兒】逗趣取笑，使人高興。

【尋開心】逗樂、開玩笑。

【打哈哈】開玩笑。

【打諢】戲劇表演中以笑話、諧語相戲謔，使劇情生動有趣。後也指開玩笑。

【插科打諢】戲曲演員在表演中穿插引人發笑的動作和口白。也指逗樂取笑。

【謔而不虐】開玩笑，但不過火，不會讓對方難堪。

【不苟言笑】不隨便說笑。常用來形容人一板一眼，不容易親近。

大學畢業後，紀祥因為扁平足不需服預官役，兩人幸運地又同時考上了系裡的研究所，熟知他們過去、並且愛開玩笑的同學，一見了面，總不期然地問：「什麼時候有好消息啊？」對於這類問題，他們只是淡然一笑，不做回答，有時紀祥也不免回敬一句：「哎！快了！快了！你等著吧！」雖然只是打著哈哈，可是紀祥和伊芙心裡明白，這也確是實話，只要第二年一畢業，一切就會按部就班、順理成章來到眼前。（陳幸蕙〈昨夜星辰〉）

城裡人並不以為菱蕩是陶家村的，是陳聾子的。大家都熟識這個聾子，喜歡他，打趣他，尤其是那般洗衣的女人，——洗衣的多半住在西城根，河水渾了到菱蕩來洗。菱蕩的深，這才被她們攪動了。太陽落山以及天剛剛破曉的時候，壩上也聽得見她們喉嚨叫，甚至，衣籃太重了坐在壩腳下草地上「打一棧」的也與正在槌搗杵的相呼應。（廢名〈菱蕩〉）

戲弄

【戲弄】愚弄他人，藉以取笑。

【捉弄】戲弄，對人開玩笑。

【調戲】用輕佻的言語或行為調引戲弄。

【愚弄】欺騙玩弄。

【糊弄】欺騙、愚弄。

【作弄】戲弄。

【狎褻】輕慢、戲弄。

智深聽了他這篇話，又見他如此小心，便道：「叵耐幾個老僧戲弄洒家！」提了禪杖，再回香積廚來。（明・施耐庵《水滸傳・第六回》）

在濃濃的枝梢，仍是一片閃閃的明亮天空，但必須抬起頭來，人類已習慣於低頭走路了，甚至閉上眼睛。眼睛呵！在愚弄夠了自己之後，何時能看到自以為明的自己的瞳子呢？樹木們便沒有眼睛，總是挺胸而立，沐著天光而笑。（蕭白〈六月〉）

啊，三年十班的教室。有時你經過學校旁邊的燒餅油條店，穿著白背心卡其短褲的老劉會像唱戲那樣扯著嗓子作弄你：「楊延輝吔——咱們底小延輝兒白白淨淨地像個小姑娘吔。」你紅著臉跑開。燒得薰黑的汽油桶頂著油鍋，老劉淌著汗拿雙很長很長的筷子翻弄著油條，老劉積著一小粒一小粒汗珠的胳膊上照例刺著青：一條心殺共匪。（駱以軍〈降生十二星座〉）

5 驅使

慫恿

【慫恿】從旁勸誘或鼓動。

【唆使】指使他人去做壞事。

【唆弄】叫唆指使。

【調唆】挑撥、教唆。

【挑唆】挑撥、教唆。

【教唆】指使他人做不正當的事。

【煽動】從旁鼓動，挑撥事端。

【煽亂】鼓動作亂。

【煽惑】鼓動迷惑。或作「扇惑」。

【熒惑】煽動，使迷惑。

【敲邊鼓】從旁幫腔、鼓動，以助長其勢。

【煽風點火】鼓動慫恿，以挑起事端。

我只要不再做天井底下的蛙，耳畔不再聽見喧鬧的車馬聲，於願已足，住屋就說狹小，外邊曠廓清美的景物，是可以補償這個缺點的；所以康接到聘書之後，心裡尚在躑躅不決，我卻極力的慫恿，呵！西簡先生的小羊，已經厭倦了柵和圈了，牠要毅然投向大自然的懷抱裡去。（蘇雪林〈綠天〉）

媽媽一向冷靜，具有最正確的判斷力，絕不可能以貌相起人來。何況她已是年上四十的人，當然不會像個十幾歲的女孩，只憑一時的衝動，決定下婚姻大事。倩如左思右想，終於斷定必是趙剛趁著媽媽新寡寂寞，用各種花言巧語，唆使媽媽答應嫁他的。媽媽啊，你聰明一世，卻也會糊塗一時啊！（歐陽子〈魔女〉）

襲人聽了，復又驚慌，說道：「這還了得！倘或碰見了人，或是遇見了老爺，街上人擠車碰，馬轎紛紛的，若有個閃失，也是頑得的！你們的膽子比斗還大。都是茗煙調唆的，回去我定告訴嬤嬤們打你。」茗煙撅了嘴道：「二爺罵著打著，叫我引了來，這會子推到我身上。我說別來罷，——不然我們還去罷。」（清・曹雪芹《紅樓夢・第十九回》）

後來我長大了，赴他鄉入學，不復有釣魚的工夫。但在書中常常讀到贊詠釣魚的文句，例如什麼「獨釣寒江雪」，什麼「漁樵度此身」，才知道釣魚原來是很風雅的事。後來又曉得有所謂「遊釣之地」的美名稱，是形容人的故鄉的。我大受其煽惑，為之大發牢騷；我想「釣魚確是雅的，我的故鄉，確是我的遊釣之地，確是可懷的故鄉。」但是現在想想，不幸而這種題材也是生靈的殺虐！（豐子愷〈憶兒時〉）

逗引

【逗引】用言語或行動逗弄、吸引人。

【逗弄】打趣、捉弄。

【挑逗】用言語、動作去引誘人。

【引逗】挑逗、引誘。

【撩撥】挑引；招惹。

【撩逗】挑逗、引動。

我們不妨這樣說：有了門，我們可以出去；有了窗，我們可以不必出去。窗子打通了大自然和人的隔膜，把風和太陽逗引進來，使屋子裡也關著一部分春天，讓我們安坐了享受，無需再到外面去找。古代詩人像陶淵明對於窗子的這種精神，頗有會心。〈歸去來辭〉有兩句道：「倚南窗以寄傲，審容膝之易安。」不等於說，只要有窗可以憑眺，就是小屋子也住得麼？（錢鍾書〈窗〉）

寶玉也不知是何原故，忙趕來時，賈政便問：「該死的奴才！你在家不讀書也罷了，怎麼又做出這些無法無天的事來！那琪官現是忠順王爺駕前承奉的人，你是何等草芥，無故引逗他出來，如今禍及於我。」寶玉聽了唬了一跳，忙回道：「實在不知此事。究竟連『琪官』兩個字不知為何物，豈更又加『引逗』二字！」說著便哭了。（清・曹雪芹《紅樓夢・第三十三回》）

誘惑

【誘惑】引誘、迷惑他人的心智。

【引誘】本指引導幫助他人，使其走向正途，今多指誘惑他人做壞事。

【利誘】以財利引誘他人。

【誘使】以誘惑的方式使人做某事。

【誘脅】以利誘或脅迫的手段逼人就範。

那往往是歲暮的時節，家家都得預備糕和餅，想藉此討好誘惑不徇情的時光老人，給他們一個幸福的新年。於是便不惜寶貴的膏火，夜以繼日的借自然的水力揮動笨重的石杵，替他們舂就糕餅的作料和粉，於是這平時僅供牧羊人和拾枯枝的野孩兒打盹玩著「大蟲哺子」的遊戲的水碓，便日夜的怒吼起來了。（陸蠡〈水碓（故鄉雜記之一）〉）

我也不願意獨自在月下眺望了，想起中古時候的修道士，遇見山川美景，就不敢抬頭，因為凡是美，都是誘惑人的。美景更增加人的寂寞，更引誘人的悲哀，所以古人獨自對月的時候，總是愛飲酒，恐怕連他們都不知道是什麼緣故。酒，真是一個寂寞人最好的伴侶，能把冷漠化成朦朧。（方令孺〈憶江南〉）

你不喜歡寒酸，為此，你半迫半求的誘使老母親割捨了相連五十年的心肝，田不值錢，你在意的是老母親不富泰的樣貌，種田一世人就會這樣面相。你換掉老母親的木板床，你換掉老母親的舊時裝，你換掉老母親的老磚房，你能給的都給了，你卻弄不清楚何故老母親日日面色不清爽。（阿盛〈六月田水〉）

指使

【指使】指派、使喚。

【支使】差遣使喚。

【派遣】差遣、派任。

【差遣】派遣。

【發遣】派遣。

【打發】派遣。使人離開。驅使。

【使喚】差遣、任用。

【吩咐】叮囑，有派遣的語氣。

【指派】派遣、委任。

【推派】推舉派遣。

【委派】委任、派遣。

【頤指氣使】以高傲的態度指使別人。

原來懶人也不是蠢子可以勝任的，恰如我家這位懶貨，偏有指使人的本事。話她當然懶得多講，可是，注意：懶人往往是精簡語言的天才，簡單一兩句話，她就能哄得你透早起床燒茶煮飯打水洗衣，中午憋住一腔怒火柔順和藹地蒸梨削瓜，晚上再忍著轆轆飢腸陪她躺在床上看漫畫……有時餓得兩眼迸出火星，正想大肆咆哮；禁不得她慵懶困倦地一聲喚，霎時雷霆住威、雨霽風清：「嘿嘿，不餓不餓」！——這真應了那句古話：天生懶於余，先生其如余何？（龔鵬程〈懶妻〉）

她一摔倒，男人們的事就多起來了。她支使這個給她拍灰，要求那個給她挑指頭上的刺，命令這個去給她尋找遺落的斧子，指示那個幫她提著剛剛不小心踩濕了的鞋子。她目光顧盼之下，男人們都樂呵呵地圍著她轉。（韓少功《馬橋詞典・不和氣（續）》）

命令

【命令】發出號令，使人遵行。

【下令】下達命令。

【指令】指示、命令。

【飭令】命令。

【敕令】命令。天子的詔令。

【勒令】以命令的方式強迫他人遵從。

【號令】傳呼命令。

【申令】命令、號令。

【授命】發布命令。

【發落】命令。

【一聲令下】一發出命令。

【遵命】遵循指示的命令。

【從命】遵從命令、旨意。

與李顒相比，黃宗羲是大人物了，康熙更是禮儀有加，多次請黃宗羲出山未能如願，便命令當地巡撫到黃宗羲家裡，把黃宗羲寫的書認真抄起來，送入宮內以供自己拜讀。這一來，黃宗羲也不能不有所感動，與李顒一樣，自己出面終究不便，由兒子代理，黃宗羲讓自己的兒子黃百家進入皇家修史局，幫助完成康熙交下的修《明史》的任務。（余秋雨〈一個王朝的背影〉）

曾經有一位總長，聽說，他的出來就職，是因為某公司要來立案，表決時可以多一個贊成者，所以再作馮婦的。但也有人來和他談教育。我有時真想將這老實人一把抓出來，即刻勒令他回家陪太太喝茶去。（魯迅《而已集》）

恐嚇

【恐嚇】以脅迫的言語或行動威嚇人。

【威嚇】用威權或武力恐嚇他人。

【恫嚇】虛張聲勢，恐嚇他人。

【嚇唬】恐嚇。

【先聲奪人】搶先以聲勢壓倒別人。

年輕時候讀《聖經·啟示錄》，非常非常痛恨那些宣揚教義的這樣不擇手段恫嚇人，但到得現在這個年歲，你已經完全不怕它了，因為它不會先來，或者退一步說那種天地異變、轟然一響的劫滅方式就算不幸先來，倒也不失之為乾脆磊落不是嗎？（唐諾〈咖啡館和死亡〉）

強迫

【強迫】以強力逼迫。
【逼迫】催逼、迫使。
【強逼】勉強逼迫。
【強制】施加力量，強行逼迫。
【威脅】以威力脅迫。
【威迫】威脅逼迫。
【脅迫】強行逼迫。
【要脅】用威勢利害強迫別人服從。
【威逼】以威勢逼迫。
【強人所難】勉強別人做不願或做不到的事。
【威逼利誘】以威勢逼迫，以利益引誘。

現實的風暴與海嘯，是只能退在遠處逞凶咆哮了；也許，仍偶有浪花水星濺起髮梢頰邊吧？但都已不再能威脅什麼、傷害什麼；枉折桅傾的一顆心，有此涯岸可以依附，便終能修補或重綴開朗自信的帆，期待另一次完美的出航。（陳幸蕙〈岸〉）

這許許多多的東西，究竟怎麼住進我家？已記得不很清楚了。但他們明明都在那兒，佔領了大部分的空間。有的像大北極熊盤據著牆角，他說：「我是冰箱，你不能沒有我！」有的像獅子張大嘴巴蹲踞在櫃面上，他說：「我是電視，你不能沒有我！」有的像大豬公躺在客廳中間，他說：「我是皮沙發，你不能沒有我！」其他酒櫥、衣櫃、音響、放影機、電話、除濕機、冷氣機、餐桌椅、瓦斯爐……一呼百應，眾聲喧嘩向我高喊：你不能沒有我！你！不能沒有我！這些痞子，他們在要脅我。

我真的非要他們不可嗎？他們究竟怎麼住進我家？已記得不很清楚了。（顏崑陽〈被拋棄的東西也有他的意見〉）

6 做事

委託

【託】請求幫助。
【委託】委任、付託。
【託付】委託。
【交託】交給、託付。
【寄託】委託、託付。
【囑託】吩咐、託付。
【拜託】請託。
【請託】以某事相託付。
【轉託】輾轉相託。

關山到底不是一般人，比大家都沉得住氣。在暗地裡，他還是首先做了豆芽菜的思想工作。由於豆芽菜拒不接見關山，關山只好委託老王和馬想福。馬想福沒有多的話，只是說傻豆豆真是太傻，傻豆豆要想這輩子過好日子，還是應該選擇關山作為夫婿。（池莉《懷念聲名狼藉的日子・五》）

我那時真是聰明過分，總覺他說話不大漂亮，非自己插嘴不可。但他終於講定了價錢；就送我上車。他給我揀定了靠車門的一張椅子；我將他給我做的紫毛大衣鋪好坐位。他囑我路上小心，夜裡要警醒些，不要受涼。又囑託茶房好好照應我。我心裡暗笑他的迂；他們只認得錢，託他們直是白託！而且我這樣大年紀的人，難道還不能照料自己麼？唉，我現在想想，那時真是太聰明了！（朱自清〈背影〉）

催促

【催】促使行動開始，或加速進行。

【催促】催趕。

【催迫】催促逼迫。

【催命】形容催促得很急迫。

【頻催】接連地催促。

【督促】監督催促。

【敦促】誠懇地催促。

【鞭策】督促，誠懇地催促、鼓勵。

【三催四請】多次催促、相請。

【千呼萬喚】頻頻呼喚、催促。

荊軻應該說是一個十分幸運的人，因為他曾經接觸和交往過的幾位朋友，也都是那樣的決絕、壯烈和高曠。鄭重地將他推薦給燕太子丹的隱士田光，只是因為聽到太子丹告誡自己切勿訴諸旁人的一句囑咐，竟在催促荊軻趕快晉見太子丹的時刻，決絕地拔出寶劍自刎了。太子丹提醒他不要洩露這個消息，當然是表示對他莫大的信任，他卻懼怕這種疑慮的念頭即或像絲線那麼細微，也可能會影響這轟轟烈烈的義舉，於是用死亡之後的永遠沉默，表示出自己忠貞的承諾。（林非〈浩氣長存〉）

「喂，你怎麼還不切牛肉？」不該說做媽的督促得真嚴，女大不中留，看那一派神不守舍的樣子！其實，做媽的再狠得下心來，也不能耽誤女兒的青春，誰攔著你呢？守在灶前還忙著講戀愛，與那個姓王的學生不是好過一陣？人家當了學生不再來了，也怨媽？生兒育女，談什麼孝順？不清算你，就是大好事。忙？這個世界不忙一點，哪裡賺得夠吃喝？老娘也懂得閒時的快樂呢！兒女長大，嫁的嫁，娶的娶，只要口袋裝滿，要不懂得逍遙，那才怪。（孟瑤〈白日〉）

彷彿是為增加這點自然勁兒，教育局局長笑著請警局局長訓話。警局局長當然不肯。教育局局長當然再敦促；當然又得到更多的謙拒。實在沒了辦法，教育局局長只好恭敬不如從命的立了起來，笑得微

微發僵，而面上的筋肉力求開展。（老舍《蛻》）

強調、保證

【強調】對某事物或觀念，特別鄭重表示，以提醒人注意。

【中重】再三強調。

【保證】表示負責做到；對於他人的資產或信用負責。

【擔保】承擔保證的責任。若出問題，擔保者須負責任。

【包管】擔保。

【管教】保證必然如此。

【確保】確實的保證。

老子說空才能容，就像一個杯子如果沒有中空的部分就不能容水。真正有用的部分是杯子空的部分，而不是實體的部分。一棟房子可以住人，也是因為有空的部分。老子一直在強調空，沒有空什麼都不通，沒辦法通，就沒辦法容。（蔣勳《孤獨六講・思維孤獨》）

母親是民國七年生的，辛亥革命的事她也是從年長的人聽來的，正不正確我不能保證。稍稍長大了，學校教歷史，辛亥革命當然沒有母親講的那一段，歷史課本裡說的是「腐敗的滿清」，我回到家，覺得自己大義凜然，指著母親說：「腐敗的滿清！」母親在我頭上一巴掌，罵道：「小雜種！」（蔣勳〈故事〉）

行程集中在東京，原想就此一次看盡「洛城花」，誰知看花真要緣遇，春天氣候陰晴不定，寒暖難測，去年花期未必和今年相若，只能提供參考，誰也不能擔保。何況櫻花與桃李、流蘇一樣，一旦盛開，即是零落之始，幾乎轉瞬擦肩就會錯過。（方瑜〈春城無處不飛花〉）

決定

【決定】對事情做判斷與主張。

【決斷】作決定、拿定主意。

【決意】拿定主意。

【決計】決定。

【審定】審查並加以核定。

【核定】調查審核後決定。

【裁奪】斟酌考慮，決定可否。

【裁決】經考慮而判定。

【裁度】衡量取捨。

【定奪】決定事情的去取可否。

竟然對自己的決定反悔，沒有嫁給交往多年的好男孩，長達一年多的時間，我處在眾叛親離的氛圍裡，所有人都在生我的氣。天熱了，秋收冬藏，我把衣櫃上層的夏衣拿出來，因為嚴重過敏，戴著口罩仍然淚涕不止。母親不在人間了，沒有人幫我整理衣服了。在那處境下，我多渴望聽她輕哼一聲：什麼大不了呢！（宇文正〈水兵領洋裝〉）

飛乃入縣，正廳上坐定，教縣令來見。統衣冠不整，扶醉而出。飛怒曰：「吾兄以汝為人，令作縣宰，汝焉敢盡廢縣事！」統笑曰：「將軍以吾廢了縣中何事？」飛曰：「汝到任百餘日，終日在醉鄉，安得不廢政事？」統曰：「量百里小縣，些小公事，何難決斷？將軍少坐，待我發落。」隨即喚公吏，將百餘日所積公務，都取來剖斷。吏皆紛然齎抱案卷上廳，訴詞被告人等，環跪階下。統手中批判，口中發落，耳內聽詞，曲直分明，並無分毫差錯。（明・羅貫中《三國演義・第五十七回》）

一個小木偶亮一顆東瓜頭，頂尖束一撮髮，他狼狽地奔到教主的座前來。「報告呀，報告。」東瓜頭的木偶喘著氣，他說：「啟稟教主，黑曠山的妖道前來叫陣，殺傷咱派弟子不計其數，他指名要教主親自出馬。教主裁奪。」「這……」大江湖站直了身子，顫顫的肢體猶豫著。（宋澤萊《打牛湳村系

列・大頭崁仔的布袋戲》）

我的罪惡感如許深重，有兩次在宿舍裡，也不管同房們都在，我不由自主地跪在地上，一句話也說不出來。瑜，我心裡沒有一個神，但我不得不跪下，因為我覺得我的錯處已經到了不能由自己來裁決的地步。（鍾玲〈輪迴〉）

負責

【義不容辭】在道義上不容許推辭。

【自告奮勇】自願要求擔任某種職務。

【在所不辭】無論如何絕不推辭。

【責無旁貸】自己應盡的責任，不能推卸給別人。

【無怨無悔】沒有怨尤，不會後悔。形容用心付出，不求回報。

我隨著他走出演講廳，自告奮勇替他拿幻燈片盒子，他連說謝謝。他講英文，我也只好講英文，邊走邊聊到了他的辦公室。他一邊掏鑰匙開門，一邊說他暫借一位教授的房間，那位教授休假一年去羅馬尼亞做研究。（保真〈斷蓬〉）

那一陣子，不知為什麼，好像所有阿貓阿狗之輩都藉考察之名出國觀光來了，觀光之餘偏偏下定決心要擠上報屁股風光風光，所以當時，如何在跟著他們疲於奔命的空檔中，製造出一些可大可小的握手言歡事件，也是我責無旁貸的職務。（平路〈玉米田之死〉）

藉口

【藉口】假託的理由。也作「借口」。

【藉故】假託事由作為藉口。

【借故】假借某事為理由。

【藉詞】假藉言詞，以為推託的理由。

【假託】藉口、托詞。

【推託】藉口推辭規避。也作「推托」。

【矯託】假託。

【託病】假託生病而推辭。

【託詞】推託的言詞。

【託言】假託言詞。

【託故】藉故。

【托詞】假借理由推託事情。

【搪塞】敷衍了事。

【推諉】尋找藉口推託不負責任。

【推搪】推諉搪塞。

【遁辭】理屈詞窮或是不願意說出真相時，為了逃避他人的責問，而說些推託應付的話。

【藉端】假託事由。也作「借端」。

【擋箭牌】比喻推託或掩飾的藉口、理由。

明莉正睡眼惺忪的走出臥房，在鄭芸製造的抽水馬桶聲中發覺異狀，問道誰來了。蕭駿只說是一個朋友，心裡只想趕快把她送走。鄭芸補了妝出來，以鬥雞的眼光打量明莉一眼，剎那間又回復木然的表情，攏了攏頭髮，端坐在沙發上聽莫札特《長笛協奏曲》，無視於明莉的地位。明莉也大方的招待茶水，然後藉口給家人寫信，回房去了。（孫瑋芒〈女難〉）

由臭溝去六塊壩，是他跑熟的一條老路，就因為跑得熟，他才和那個夷家女子混得非常有感情，他對臭女人說是純為做生意，那種話，自然是搪塞之詞……（余之良〈家·鳥窩和浮萍〉）

7 限制

制止

【制止】強迫停止。
【壓抑】對人的思想、情感、行為等加以抑制或限制。

【阻止】阻攔制止。
【阻攔】阻止、攔住。
【阻撓】妨礙、阻攔。
【嚇阻】使人害怕而停止某種行為或言語。

【禁止】制止、不許。
【遏止】阻止、防制。
【遏阻】制止。

【遏制】阻止。
【喝止】大聲制止。

小雨送上兩瓶台啤，那男人竟摔了杯子，「看不起我啊？我只喝得起台啤嗎？」小雨於是收下台啤，送上海尼根。男人一邊喝酒，一邊繼續咒罵小雨，酒吧裡一屋子男客，沒有人出言制止。（胡淑雯〈婊子們——前線的女孩〉）

愛情是一種致命的吸引力，人們可以為了愛情，改變他的航道，甚至發動一場戰爭。愛情的滋味使人釋放出連鋼鐵都會融化的溫柔，如果這種溫柔受到阻礙，也有可能轉化成一種連他自己都討厭的邪惡手段，不惜摧毀敵人的生命，或摧毀他最親愛的人的生命，沒有人可以阻止。（柏楊〈權力癡呆症候群〉）

拼命往上衝，上面吶喊的聲音劈頭蓋臉落下來，聲音愈來愈急躁，愈來愈熱情。究竟是什麼人、什麼事情，吵個沒完？那聲音也是一種語言。我聽不懂，這種語言要喝醉了的人才聽得懂。我沒醉，我只是在做夢。那聲音像是一種督促，又像是一種嚇阻。你愈想聽個清楚，那聲音反而愈隱約、模糊、遙遠、而又在你的身體裡面綿延無盡，好像一個人在聽自己的耳鳴。（王鼎鈞〈人頭山〉）

我一聽到牠，寫文的時候真會撅斷筆，讀書的時候真會扯碎書，所有的工作興趣都將因此沒有，甚至當我在注意一個美貌姑娘時，一陣鐘聲的震響，我驟然會感到這女子是老了一陣似的；在注意圓月時，一陣鐘聲的陣響，我驟然會感到月兒也瘦了一暈似的。但是誰有法子禁止牠，避開牠呢，牠是幽靈，也是鬼，跟著你，釘著你，一步不放鬆你，這實在可怕！（徐訏〈魯文之秋〉）

勸告

【勸告】用道理說服別人，使人改正錯誤或接納意見。

【勸導】規勸開導。

【勸勉】勸導勉勵。

【勸戒】勸勉告戒。

【勸說】勸人做某事或同意某意見。

【勸諫】以正直的言詞勸說居於上位的人。

【勸阻】勸告別人不要做某事。

【勸解】勸導排解。

【勸慰】勸說、安慰。

【勸誘】勸勉開導。

【苦勸】極力勸導。

【奉勸】勸告。

【規勸】鄭重地勸告。

【忠告】誠懇地勸告。

【宣導】勸導。

【諫】直言規勸，使改正錯誤或接納意見。

【諫言】勸諫的話。

【遊說】以言語說動他人，使人接受自己的意見或主張。

【開導】勸導、啟發。

【開解】開導勸解。

【告誡】警告、勸戒。也作「告戒」。

【申誡】告誡責備。

【警告】告誡他人，使人警覺。

【警惕】告誡以使人注意。

【針砭】規勸過失。

【箴諫】規戒勸諫。

【切諫】直言極諫。

【諍諫】用正直的言詞規勸他人。

【批逆鱗】直言極諫。逆鱗，龍喉下倒生的鱗片。

【說好說歹】費盡心思，用各種理由或方式反覆勸說。也作「好說歹說」。

【苦口婆心】懇切、竭力地再三勸告他人。

【直言極諫】以正直的言詞極力勸諫。

【犯顏苦諫】冒犯尊長而極力規勸。

我以前反對拔牙，一則怕痛，二則我認為此事違背天命，不近人情。現在回想，我那時真有文王之至德，寧可讓商紂方命虐民，而不肯加以誅戮。直到最近，我受了易昭雪牙醫師的一次勸告，文王忽然變了武王，毅然決然地興兵伐紂，代天行道了。而且這一次革命，順利進行，迅速成功。武王伐紂要「血流標杵」，而我的口中剿匪，不見血光，不覺苦痛，比武王高明得多呢。（豐子愷〈口中剿匪記〉）

當博覽會未開幕以前，當局者都竭力宣傳，而島內的新聞亦附和著鼓吹，就是農村各地，也都派遣鐵道部員前去勸誘，本來不怎麼有益的博覽會，一經宣傳的魔力，竟然奏了效果，引起熱狂似的人氣（好名聲）。「去！到大臺北看博覽會去！」凡是生長在臺北以外的人們，誰都抱著這個念頭，簡直像一生中非看他一次不可的一件痛快的事情。（朱點人〈秋信〉）

將到寺的幾百步，路旁有一小澗，湍流而下，過崖石時，自然成小瀑布，水擊石潺潺之聲可愛。我看見一個父親苦勸他六歲少爺去水旁觀瀑布。這位少爺不肯，他說水會噴到他的長衫馬褂，而且泥土很髒。他極力否認瀑布有什麼趣味。我於是知道中國非亡不可。（林語堂〈杭州的寺僧〉）

父親在盼了幾十年終於可以回鄉之後，一次的返鄉之旅，他對返鄉即已充滿疑懼，他的姊姊弟弟們也規勸他，以後不要再回鄉了，因為過去的戰況太慘烈，尤其父親他們的滇緬游擊隊一直打到民國五十幾年，打下了雲南幾個省份的他們，造成了共產黨在雲南莫大的損失。父執輩們變成共產黨到處懸賞捉拿的「X匪頭子」，即使改了名追殺令仍舊存在。（師瓊瑜〈蒼山雪，洱海月〉）

（貼）小姐，你自花園遊後，寢食悠悠，敢為春傷，頓成消瘦？春香愚不諫賢，那花園以後再不可行走了。（旦）你怎知就裡？這是：「春夢暗隨三月景，曉寒瘦減一分花。」（明・湯顯祖《牡丹亭・寫真》）

還有另類混世的，娼鴇。打聽清楚所有非升學班高年級女生的身家與長相，不嫌煩地婉轉遊說那些父母，尤其是無正業且子女多的父母。遊說時備妥大筆現金及現成約契，約契中絕不提到買賣人口，而是書明彼此債務如何。（阿盛〈蟋蟀戰國策〉）

我們仍然很用功，我們失學太久了，太飢渴，也都熟知二先生的傳奇，覺得屋梁上有一個感傷的靈魂，目不轉睛的望著下面。我們怕他，同情他，惟恐自己像他。每一個學童都在父母面前受到嚴厲的告誡：科舉並沒有真正廢除，社會上有各種名稱的新科舉，也就是說，種種的挑戰和考驗，等著我們去拚命，也值得我們去拚命。否則，人生將沒有意義，我們想在梁下弔死，卻沒有這樣高大幽靜的房子。（王鼎鈞〈哭屋〉）

進入韓國以前，張爺爺的部隊給了每位志願兵三天的乾糧，也警告他們要省著吃，不到餓得吃不消，絕對不要吃，暗示他們，志願部隊是沒有什麼補給的。張爺爺進入韓國，不到一週，乾糧就一點都不剩了，這些志願軍在田裡看到任何能吃的東西就吃，地瓜是大家吃得最多的，至於水，就喝河水。（李家同〈蘋果〉）

英國十九世紀的小說，作者也喜歡直接向"Dear Reader"說長道短，但王禎和這個作者化身的敘事者，

卻轉化成喜劇的角色，有點像京劇開場，插科打諢的丑角，嬉笑怒罵，卻暗含針砭。（白先勇〈花蓮風土人物誌〉）

我說好說歹的求了盧先生半天，他才調起弦子，唱了段「薛平貴回窯」。我沒料到，他還會唱旦角呢，挺清潤的嗓子，很有幾分小金鳳的味道；十八年老了王寶釧——聽得我不禁有點刺心起來。（白先勇〈花橋榮記〉）

勸人讀書，有點勸人信教的味道，苦口婆心，未必有效。讀書有用？不學而成功的人太多了，讀書的用處比天堂還要渺茫，有人連上天堂都不情願，要請他們讀書，談何容易？（亮軒〈反書族〉）

所以不折不扣的「直言極諫」之臣，到底是寥寥可數的。直言刺耳，進而刺心，簡直等於相罵，自然會叫人生氣，甚至於翻臉。反過來，生了氣或翻了臉，罵起人來，衝口而出，自然也多直言，真話，老實話。（朱自清〈論老實話〉）

糾正

【糾正】矯正錯誤。

【駁正】糾正錯誤。

【改正】把錯誤的改成正確的。

【更正】改正錯誤。

【匡正】糾正、改正。

【指正】糾舉錯誤使其改正。也用為請人批評自己意見或作品的客套話。

【斧正】請他人改削文字的謙詞

【糾舉】糾正舉發。

【析疑匡謬】解析疑義，改正謬誤。

在忙碌的現代社會，誰能叫世界停止三秒鐘呢？誰也不能，除了攝影師。一張團體照，先是為讓座擾攘了半天，好不容易都各就神位，後排的立者不是高矮懸殊，就是左右失稱，不然就是誰的眼鏡反光，或是帽穗不整，總之是教攝影師看不順眼，要叫陣一般呼喝糾正。大太陽下，或是寒風之中，一連十幾分鐘，管你是君王還是總統，誰能夠違背掌控相機的人呢？（余光中〈誰能叫世界停止三秒？〉）

我們和當地華僑討論保留中華文化、崇尚儒家學說時，偶然提起繁體字，他們竟駁正說應是正體字才對，其愛鄉愛國的行誼，已成信仰。看他們胼手胝足，真是幾條楊柳，沾來多少啼痕；三疊陽關，唱徹古今離恨的無奈……。（黃光男〈檳城椰影〉）

8 破壞

擾亂、干預

【擾亂】破壞、騷擾。

【打攪】擾亂。也可作為受人幫助或招待的客套話。

【叨擾】打擾，感謝對方款待的客套用語。

【攪擾】叨擾、搗亂。

【干擾】擾亂、打擾。

【搗亂】故意破壞或擾亂。

【攪和】無端生事。

【攪局】擾亂別人已安排好的事。

【喧擾】聲音吵雜、混亂。

【瞎鬧】亂鬧，無理取鬧。

【糾纏】可比喻煩擾不休。

【歪纏】無理糾纏。

【胡鬧】無理取鬧。

【無理取鬧】不合情理地吵鬧或故意搗亂。

【干預】干涉、過問。

【干涉】干涉；強行過問他人的事。

【過問】干預、查問。

【概不過問】不去干預、干涉。

休看這些「失心人」弄出來的亂象只是擾亂社會，搖動人心，但如此流風積習，染蝕朝堂，使得「弄」家們藉權張勢，行險僥倖，愚弄、作弄、唆弄、盤弄、撈弄、誣弄、挑弄、和弄、搬弄、拖弄、糊弄、挖弄、咬弄、抹弄，花招齊出，弄得人目不暇給，頭昏腦脹，許多鋒頭人物，全成了專業「大弄家」，爭利時秤斤論兩，爭權時頭破血流，做秀時拚命塗抹，賴賬時死不認錯，搶票如狗爭骨頭。（司馬中原〈弄的藝術〉）

我背起我徒手潛水的用具，自製魚槍，不打擾家人的睡眠，挾著中年男子膽識，在暗夜裡獨自走「我要走的路」，如我的朋友夏曼‧馬洛努斯一樣，心中早已沒有「惡靈」的困擾，有的只是唯一的，也是單純的，成熟的達悟男人在海裡實踐生計的本能，孕育膽識，貯存與海共生的能量，也是我們島上眾多無產階段者獲得原初食物，唯一的技能。（夏曼‧藍波安〈讓風帶走惡靈〉）

我那時希望他們知道山谷旅棧有一部車子，每隔一小時開到小鎮一次，希望他們搭那車子去，不要這樣一路走到小鎮去，太累了。可是這種事到底並非我所能干涉的。我看他們走過，計算他們應該在我後方二十公尺的地方，忍不住好奇地回頭看他們，原來他們也正好奇地回頭看著我，我們彼此都嚇了一跳，趕快別過臉去。（楊牧〈山谷記載〉）

挑剔

【找事】找藉口挑剔別人，製造事端。

【找碴】挑毛病，故意找人麻煩。

【挑剔】苛求責備，吹毛求疵。

【搜剔】搜索挑剔。

【抉擿】挑剔揭發。

【挑飭】挑剔，飭責過於嚴苛。

【找麻煩】找藉口挑剔別人，製造事端。

【吹毛求疵】故意挑剔別人的小毛病。

【挑三揀四】對事物反覆揀選，挑剔甚苛。

【抉瑕掩瑜】挑剔玉石的小缺點以掩沒其光彩。比喻透過嚴刻的議論抹煞他人優點。

【雞蛋裡挑骨頭】雞蛋內並沒有骨頭，因此指無中生有地故意挑剔、找麻煩。

所有在教堂講不得的閒話是非，此時此地全出籠了，逐一從當天禮拜堂高官夫人的穿著從頭到腳評論一番，挑剔港都夫人帽子的絹花顏色花式不夠新款，抱怨殖民地的天氣和枯燥的生活，讚揚自己或別人的丈夫。最後低下聲音，交頭接耳，掩嘴議論男人的風流韻事，甚至情婦。社交圈流傳的閒言閒語，不少是從這源頭流傳開來的。（施叔青《她名叫蝴蝶．第六章》）

有一次，連續在幾個月裡，提米西一共被奧利逮到了八次。法官氣極了：「提米西，你為什麼這樣無恥？」提米西嘻皮笑臉地答：「不是我無恥。是奧利這小子太厲害，換了別的警官，我就不會老來給您找麻煩啦。」（喻麗清〈奧利和手套〉）

混淆

【混淆】擾亂觀念、事物，使人無法分辨。

【混同】混淆、等同。

【混淆是非】顛倒是非對錯，讓人觀念混亂。

【混淆黑白】將黑的說成白的，白的說成黑的，指顛倒是非、製造混亂。

【指鹿為馬】秦國趙高有奪權叛變之心，但不知道自己權勢如何，於是獻了一頭鹿給秦二世，故意說是馬，群臣畏懼他的威勢，都說是馬。比喻故意顛倒是非。

【指皂為白】指黑為白，意為混淆黑白，顛倒是非。皂，黑色。

【混為一談】把不同的觀念、事物當成同樣的來說。

【本末倒置】事物的主次

顛倒。比喻不知事情的輕重緩急。

【喧賓奪主】賓客聲勢強大，超越了主人，反客為主。比喻外來、次要的勝過或占據原有、主要的地位。

【張冠李戴】把姓張人的帽子戴到姓李的頭上。比喻名實不副或搞錯對象、事情。

【一概而論】不管問題的性質如何，都以同樣的標準來看待。

【循名責實】根據其名來責求其實。也作「求名責實」、「循名督實」、「循名考實」。

虛與實，在那個世界中是混沌的。莊周夢蝶，**混淆**了現實與夢境。然而，是我夢蝶抑或是蝶夢我，早已非核心所在。虛幻夢境中遵循著夢境中的邏輯，作為彩蝶的我在那裡真正的飛翔過，那飛翔的快感與自由著實存納在我的心裡，即使回到現實，那樣的感覺依舊真實地印在心裡，現實中的我遵循著現實中的規範，但誰能否認我曾在那個世界裡所得到的自由與快樂是真實的？誰能否認我帶著那個世界裡的感動在這個世界裡存在？（李衣雲〈漫畫懺雲〉）

非命的好處便是在於他的突然，前一刻鐘明明是還活著的，後一刻鐘就直挺地死掉了，即使有苦痛（我是不大相信）也只有這一刻，這是他的獨門的好處。不過這也不能**一概而論**。十字架據說是羅馬處置奴隸的刑具，把他釘在架子上，讓他活活地餓死或倦死，約莫可以支撐過幾天；荼毗是中世紀衛道的人對付異端的，不但當時烤得難過，隨後還賸下些零星末屑，都覺得很不好。（周作人〈死法〉）

9 合理性

合理

【合理】合乎道理、事理。

【有理】合理。

【得理】所持的理由受到支持，而得以伸張。

【像話】言行舉止合情合理。

【言之成理】言論合乎道理。也作「言之有理」。

【理所當然】以理而言應當如此。

【順理成章】順著條理自成章法，比喻言行合情合理，有條不紊。

【名正言順】名義正當，言詞順暢。

【持平之論】客觀公正的意見或評論。

【理直氣壯】道理正確、理由充分，因此說話氣勢壯盛。

【義正詞嚴】義理正當，措詞嚴厲。

【通情達理】說話、做事合情合理。

【振振有詞】自認為有理，說個不停的樣子。

【不在話下】事情理所當然，或者告一段落，不用多說。

【自不待言】不用言語表達就已清楚明白。

老人的眼淚和孩子們的眼淚拌和在一起，使這種歷史情緒有了一種最世俗的力量。我小學的同學全是漢族，沒有滿族，因此很容易在課堂裡獲得一種共同語言。好像漢族理所當然是中國的主宰，你滿族為什麼要來搶奪呢？搶奪去了能夠弄好倒也罷了，偏偏越弄越糟，最後幾乎讓外國人給瓜分了。於是，在閃閃淚光中，我們懂得了什麼是漢奸，什麼是賣國賊，什麼是民族大義，什麼是氣節。（余秋雨〈一個王朝的背影〉）

九〇年代喧騰不歇的「台灣結」和「中國結」，雙澤在將近二十年前就用他的歌詞嘗試去紓解。他要我們擁抱台灣，他期望對岸古老中國少年化。相較於他對這項問題的早熟，向為眾人津津樂道的推展民歌運動一事，實在只是順理成章的發展而已。（王文進〈淡水情懷——七〇年代淡江行〉）

黃得雲來到姻緣石前雙膝落地款款拜了下去，一時之間不知是祈求石神讓男人重振陽剛，使她享受魚水之歡，抑或求石神撮合她的姻緣。風塵裡久經打滾的柳如仙，猶可埋街飲井水，她自己為何不能名正言順做個歸家娘？（施叔青《遍山洋紫荊・第四章》）

母親把自己的謎語帶進墳墓裡去。「媽不願說，那是因為她還在恐懼中，像許多二二八的劫後餘生者。」在大學任教文學的妻子惠瓊振振有詞地說。李澤旭最初也相信了，但隨著參加越多的紀念會，揭露更多的真相，真相反而更撲朔迷離，他感覺母親活著不談這事恐怕不只是因為恐懼。（蔡秀女〈消失的罪行〉）

不合理

【不合理】不合乎事物的道理。

【理虧】言行違背常規而於道理上有所虧欠。

【理屈】道理上有所虧欠。

【歪話】不合理的話。

【違言】不合理的言論。

【非語】不正經、不合理的話。

【不像話】言行不合乎道理、常軌。也作「不像樣」、「不成話」、「不是話」。

【說不過去】情理上有所虧欠，無法交待。

【豈有此理】那有這種道理，意謂斷無此理。表示憤怒之詞。

【不平之鳴】針對不公平事物發出抗議的呼聲。

【姑妄言之】姑且隨便說說，不合情理或沒有根據的言詞。

【扯三拉四】東拉西扯地隨便說說。

【耳食之言】沒有根據的傳言。

【不經之談】荒誕、毫無

根據的話。

【無稽之言】沒有依據，無從考查的話。

【理屈詞窮】因為理虧而被反駁得無話可說。

段譽見這位王夫人行事不近情理之極，不由得目瞪口呆，全然傻了，心中所想到的只是「豈有此理」四個字，不知不覺之間，便順口說了出來：「豈有此理，豈有此理！」王夫人哼了一聲，道：「天下更加豈有此理的事兒，還多著呢。」段譽又是失望，又是難過，那日在無量山石洞中見了神仙姊姊的玉像，心中何等仰慕，眼前這人形貌與玉像著實相似，言行舉止，卻竟如妖魔鬼怪一般。（金庸《天龍八部·十二》）

那一年我三歲時，聽得說來了一個癩頭和尚，說要化我去出家，我父母固是不從。他又說：「既捨不得他，祇怕他的病一生也不能好的了。若要好時，除非從此以後總不許見哭聲，除父母之外，凡有外姓親友之人，一概不見，方可平安了此一世。」瘋瘋癲癲，說了這些不經之談，也沒人理他。（清·曹雪芹《紅樓夢·第三回》）

四 公共事務

1 法律

指控

【指控】指出某人的罪行加以控告。

【控告】告狀、投訴。在法律上指向法院提出告訴，指控某人的罪證。

【控訴】受害人向社會大眾或司法機關指陳事實，揭發罪行。

【告訴】被害人或者有告訴權人，向司法機關申告某人的犯罪事實，並提出請求訴追意思。

【告狀】向人訴說自己的委屈或他人的不是。向上級或司法機關投訴，以揭發某人罪行。

傷痛並無明確體積，但卻有其龐大沉甸的迫人重量！這幾個月以來，陽光風雨交替，每當我一想起判決書上那冰冷嚴峻的文字，是如此強烈地指控著你曾經道德缺席、加害這個人間的事實，每一個字，甚至每一枚標點，都如此揪心地重挫著我對愛情的全部綺想、對一名偉岸英挺男子的深厚信心時，我便墜入一種前所未有的衰弱虛無裡。（陳幸蕙〈相聚，是我們對天堂的全部了解——試擬一名新婚妻子的心情〉）

陽光很強烈，從頭頂上灑過來，茶園的泥土熱得燙人。從茶樹蒸發出來的氣息，幾乎使人窒息。寶島的夏天來得快，而這山上的茶園，儼然已是仲夏的溽暑時節了。這時候，春茶剛摘完，夏茶又還沒開始，因此園裡很靜。「噗咕咕——噗咕咕——咕——」班鳩的啼聲也是那麼懶洋洋的。遠近的蟬聲時斷時續。一切都彷彿在控訴著這天氣太熱了。（鍾肇政《魯冰花・七》）

審訊

【審訊】審查偵訊。

【審問】詳細地查究訊問。

【受審】接受訊問。

【訊問】審問追究。

【問案】審訊案件。

【對證】為了證明事實而相互比對言詞。

【對質】數人共同犯案，預審時令各犯及證人互相質問應答，以證明是否同謀。也泛指與問題有關連的各方當面對證。

【提訊】將犯人自關押處提出來審訊。

【偵訊】為找出犯罪行為的事實真相而進行偵察訊問。

【拷問】用刑審問。

【逼供】強迫嫌犯招認。

【辯護】訴訟進行時，律師或經法院許可的辯護人，依據證據調查、事實認定等，為被告作有利的防禦論述。

【對簿公堂】打官司。對簿，依據文狀審問，以使符合事實。

如果有陽光，從西邊牆壁上方的花磚間射入的幾塊菱形光線，現在應該落在第七條地板的橫木上了。那也就是老林右腿附近的位置。等到陽光移到第八條地板，有時候會聽到獄吏的鐵底皮鞋在長廊上的聲音，而後是某個鐵門開啟和關閉的轟然撞擊聲。我們知道，下午的審訊和工作又開始了。（陳列〈無怨〉）

當年大家都在穿拖屐的日子，生活都過得艱窘，但監獄的牢飯更差。不過，嘉義的牢飯大概還保留日治時代的遺風，是一木製小飯盒，人各一份，是雜加著番薯簽的糙米飯，飯上有塊鹹魚和一撮菜脯，或醬黃瓜之類。最初常被提審，往往誤了飯頓，同室難友憐我年幼，把飯盒留下，等我受審回來吃。他們圍坐我身旁，關心地摸摸我，問我受刑了沒有，我扒著滿嘴的冷飯，搖搖頭，眼淚落在飯盒裡。（逯耀東〈餓與福州乾拌麵〉）

「公館」一方面是軍民情報搜集單位，一方面也是個準司法單位。在裡面可以問案、可以羈押人犯，也可以求處刑罰。主事的特務非但能通中國話、還能說在地方言，他們也有中國同僚，所謂鷹犬爪牙者流，像馬群空就是其一。（張大春《聆聽父親・第八章》）

借錢，需要勇氣，不借，恐怕需要更大的勇氣吧。這時「受害人」的貸方，惶恐觳觫，囁嚅沉吟，一副搜索枯腸，藉詞推託的樣子。技巧就在這裡了。資深的借錢人反而神色泰然，眈眈注視對方，大有法官逼供犯人之概。（余光中〈借錢的境界〉）

侯迪士先生替人辯護的時候固然厲害，他如果是控方，更是永遠是勝訴，他所提出的證據，往往出乎對方意料之外。他的兒子認為侯迪士先生看到自己的兒子受傷得如此嚴重，絕對會控告狄克森先生的，因此他一開始就不肯說出他父親是誰，後來決定親筆寫下車禍的經過，使狄克森先生免於被控。（李家同〈無名氏〉）

供認

【供認】承認所做的事情。

【招供】承認罪狀。

【服罪】承認自己所犯下的罪行。

【伏罪】承認自己的罪。

【招認】承認罪狀。

【認罪】承認自己有罪。

【串供】同夥的嫌犯彼此串

通，商定供詞，捏造一樣的假話，以掩蓋事實真相。

【翻供】犯人已經承認其罪，後又改變供詞。

【翻案】推翻前人定論；或推翻已判定的罪案。

【不打自招】未經用刑，就自己招認罪狀。也用來比喻主動或無意洩漏自己的祕密或虧心事。

那時節老婆偷人是天下第一大新聞，而且還是結婚不久的新娘子，旺村兄這一氣之下把老婆揍的半死不活，雖然沒當場逮住那萬惡的偷香賊，依新娘子自己招的供，想不到竟然是那位相親迎親時旺村兄借了他的小白臉去展露的那位仁兄。旺村兄一聽之下，整個人都愣了，也不知道是氣是恨是惱是怒，只是傻木木地僵立著。（沈萌華〈鬼井〉）

判決

【判決】法院對訴訟事件，根據法定程序作出裁定。

【裁定】審判機關對訴訟事件作出斷定，是否合法或正當。

【裁判】審判機關依照事實和法律，對訴訟事件作出決定，包括判決與裁定。

【宣判】審判單位在雙方言詞辯論終結後，宣告對於受裁判者的判決。

【論處】判定處分。

他被他人欺侮的時候，每把他兄長拿出來作比：「自家的弟兄尚且如此，何況他人呢？」他每達到這一個結論的時候，必盡把他長兄待他苛刻的事情，細細回想出來。把各種過去的事蹟列舉出來之後，就把他長兄判決是一個惡人，他自家是一個善人。他又把自家的好處列舉出來，把他所受的苦處誇大的細數起來。他證明得自家是一個世界上最苦的人的時候，他的眼淚就同瀑布似的流下來。（郁達夫

《沉淪》）

這天，一個喝醉了的駕駛者，以六十哩的速度，對準樹幹撞去。於是人死。於是交通專家宣判那樹要償命。於是這一天來了，電鋸從樹的踝骨咬下去，嚼碎，撒了一圈白森森的骨粉。那樹僅僅在倒地時呻吟了一聲。這次屠殺安排在深夜進行，為了不影響馬路上的交通。夜很靜，像樹的祖先時代，星臨萬戶，天象莊嚴，可是樹沒有說什麼，上帝也沒有。（王鼎鈞〈那樹〉）

追究

【追究】事後深入調查。

【查究】查明罪狀，予以懲罰。

【盤究】仔細、反覆地追查究竟。

【深究】明察詳情，探求真象。

【追查】追究調查事故的原委。

【追根究柢】追查、探究事物的根本。

她或者以為我現在必定是哭喪著臉，像個到刑場的死囚，萬不會想到我正流連著這葉尚未凋，草已添黃的秋景。同情是難得的，就是錯誤的同情也是無妨，所以我就讓她老是這樣可憐著我的僕僕風塵罷；並且有時我有什麼逆意的事情，臉上露出不豫的顏色，可以借路中的辛苦來遮掩，免得她一再追究，最後說出真話，使她平添了無數的愁緒。（梁遇春〈途中〉）

檢舉

【檢舉】舉發他人行為的過失或違法情事。

【告發】檢舉揭發。

【告密】告發他人的祕密。

【舉發】檢舉揭發。多指揭露私密不法的事。

【彈劾】監察或民意機關，對違法、失職的政府官員提出控訴，以監督其行為。

【自首】犯罪者於犯罪事實尚未被舉發之前，自行向偵查機關坦承，表明願意接受制裁。

在萬曆十二歲的那一年，他幾次接到彈劾張居正的本章。有人說他擅作威福，升降官員不是以國家的利益為前提，而是出於個人的好惡。有人更為尖銳，竟直說皇帝本人應對這種情況負責，說他御宇三年，聽信阿諛之臣，為其蒙蔽，對盡忠辦事的人只有苛求而沒有優待，這不是以恕道待人，長此以往，必將導致天意的不再保祐。（黃仁宇《萬曆十五年·第一章》）

律師將蓋上血紅大印的起訴書給我們看。起訴書指控的罪刑是說，公公於三十六年在上海就讀大學期間，曾參加非法組織，並且參與策動學潮，來臺潛伏多年而不肯自首，經人檢舉，依法偵訊後提出公訴。（莘歌〈畫像裡的祝福〉）

誣陷

【誣陷】捏造罪狀以陷害他人。

【誣告】以虛構不實的事控告他人，企圖使無罪者受到刑責或懲處。

【誣賴】誣指他人有罪。

【栽贓】將贓物放在他人處，以誣陷入罪。泛指偽造證物陷害別人。

【構陷】設計陷人於罪。

【讒害】以讒言陷害他人。

【反咬】被控告的人反過來

誣賴檢舉人或是控告人。

【嫁禍】將自己應負的罪責，轉移給他人。

【欲加之罪，何患無辭】存心誣陷別人，不怕找不到藉口。

黃蓉聽他們胡亂猜測，心中暗自好笑：「我爹爹和老毒物只是和老頑童比賽腳力，又不是打架。若真打架，你們這幾個臭牛鼻子上去相幫，又豈是我爹爹和老毒物的對手？」她適才聽丘處機大罵自己爹爹，自是極不樂意，至於楊康誣陷她爹爹殺了郭靖，反正郭靖好端端的便在身邊，她倒並不在乎。（金庸《射鵰英雄傳‧二十五》）

申冤

【申冤】說明冤屈。

【訴冤】對人陳述自己受到的冤屈。

【喊冤】申訴冤情。

【叫屈】喊訴冤屈。表示遭受冤屈。

【鳴冤】申訴冤屈。

還有未開之蕊，隨花而去，此蕊竟槁滅枝頭，與人之童夭何異。又有原非愛玩，趁興攀折，既折之後，揀擇好歹，逢人取討，即便與之。或隨路棄擲，略不顧惜。如人橫禍枉死，無處申冤。花若能言，豈不痛恨！（明‧馮夢龍《醒世恆言‧卷四‧灌園叟晚逢仙女》）

人生原是這樣，從醜和惡裡提煉出美和善。就像桌子上新鮮的奶、雪白的糖、香噴噴的茶、精美可口的點心，這些好東西入口以後，到我們腸胃裡經過生理化學的作用，變質變形，那種爛糊糟糕的狀態簡直不堪想象，想起來也該替這些又香又甜的好東西傷心叫屈。（錢鍾書《貓》）

我要為過去那無數的無名的犧牲者「喊冤」！我要從惡魔的爪牙下救出那些失掉了青春的青年。這個工作雖是我所不能勝任的，但是我不願意逃避我的責任。（巴金《春》）

2 教育

教育

【教育】 教導培育。

【教導】 訓誨指導。

【教養】 教導培養。

【教化】 教導感化。

【教誨】 訓導教誨。

【教訓】 教導訓誡。

【訓示】 教訓指示。

【訓誨】 訓導教誨。

【訓誡】 訓誨告誡。

【訓導】 訓誨教導。

【訓話】 上級對下級作教導、告誡性的談話。

【說教】 以言語教訓他人。

【言教】 以言語教示他人。

【受教】 接受他人的教誨。

【承教】 接受教誨。

【親炙】 親承教誨。

【雅誨】 稱人教誨的敬詞。

【循循善誘】 循序漸進地教育、誘導。

【諄諄善誘】 誠懇耐心地啟發、引導他人。

【諄諄教誨】 懇切耐心地指導、教誨。

【耳提面命】 當面叮嚀教誨。指教誨殷勤懇切。

【耳提面訓】 懇切地教誨。

【金玉良言】 比喻非常珍貴的勸告或教誨。也作「金玉之言」、「金石良言」。

【言者諄諄，聽者藐藐】 教導者有耐心而不知疲倦，聽者卻心不在焉。形容白費脣舌，徒勞無功。

【誨爾諄諄，聽我藐藐】 教導者有耐心而不知疲倦，聽者卻心不在焉。形容白費脣舌，徒勞無功。

是的，讀懂黑土地這部博大恢弘、幽遠深邃的自然、歷史和人生的巨卷，需要時間的穿鑿和精神的反芻。如今，我頭上的野草榮而又枯，年已不惑，似乎才領略了一點她的教誨。她從我呱呱墜地的一刻起，就用日出日落、陽春嚴冬和風霜雨雪教導我。她要我生來就成熟，就懂得什麼是滄桑，什麼叫堅韌，什麼叫忍耐，什麼叫不屈。（韓靜霆〈黑土地〉）

前面的是二十六，後頭是二十八，她正是二十七。而且，大家也確實想起這個年輕女人一直老老實實地站著，連窩都沒挪。掌秤的女人把魚倒給她，一邊教訓道：「以後曉得了哦？別把號頭寫在衣服裡面，要什麼好看？要好看就不要吃魚。」（王安憶〈流逝〉）

老太婆出門，全身整齊乾淨，她們一律纏過足，醬菜車再慢，也往往追不上，這時候她們急了，擠尖嗓音：「喂——賣醬菜的——」，十幾戶以外的人都聽見了，醬菜販當然不例外，停車，等著看著，老太婆這又悠閒踱步了，她們從小被訓示要細步緩行的。「老祖太康健哪，」醬菜販在與老太婆相聚十大男人步時就喊了：「康健多子孫哪。」他是認清來人才這麼稱讚的，來人若是兒孫少或子不肖孫不賢，他可沒膽量隨便阿諛，他會說：「老祖太愈老愈精神，走路真穩哩。」決不提子孫兩字。（阿盛〈煙火醬菜〉）

我自己從被父母耳提面命：「不准碰政治」，到在巴黎時，聽到每一個人在午餐、晚餐、下午茶時間都在談政治，感受到六八年後法國人對政治的熱烈激昂，隨時可能會有一個同學站起來高聲朗誦出聶魯達的詩。我突然發現，革命是一種激情，比親情、愛情、比世間任何情感都慷慨激昂。（蔣勳《孤獨六講・革命孤獨》）

教學

【傳授】將知識、技能教給他人。

【面授】當面授予。

【口授】口頭傳授。

【教授】傳授知識、技藝。

【授課】講授課業。

【講課】講授功課。

【講授】講解傳授。

【講解】講論、解釋。

【講學】有關學術方面的講授。師生或朋友間，相聚研討學問。

【講習】共同討論，互相研習學問。

戴老師一上課就引了陶成章的話做開場白，然後談義和團的形成和白蓮教源流，把中國的祕密社會和宗教做了一個概略的介紹。我坐在方型桌靠右的位置，聽著戴老師講授從未接觸過的祕密社會和宗教史，腦子一團胡纏亂結，有一點茫然。（吳鳴〈春雨〉）

鄭先生具有文人特有的敏感稟質，他看來倒是不像一位膽量特別大的人，但我又記得在講解詩鬼李賀的作品時，因話題及於鬼而告訴過我們：「你們不必怕鬼。若真遇著鬼時，只要想一想：我頂多變成跟他一樣！」這雖是說笑的話，但對於膽小的我，一直是很好的信條。其實，凡事只要有最壞的打算，也就沒有什麼得失的計較。（林文月〈因百師側記〉）

大抵山水佳處，總是自然景物的美點發揮得最完美，最深刻的地方；孔夫子到了川上，就覺悟到了他的栖栖的一代，獵官求仕之非；太史公遊覽了名山大川，然後才死心塌地，去發憤而著書，從知我們平時所感受不到的自然的威力，到了山高水長的風景聚處，就會得同電光石火一樣，閃耀到我們的性靈上來；古人的講學讀書，以及修真求道的必須要入深山傍大水去結廬的理由，想來也就在想利用這一點山水所給與人的自然的威力。（郁達夫〈山水及自然景物的欣賞〉）

指導

【指導】指引；教導。

【開導】勸解、引導。

【指示】對下屬或晚輩說明處理的原則和方法。

【指點】指示、引導。

【指引】指示、引導。

【引導】領導。

【誘導】勸誘開導。

【調教】指導、教育。

【點撥】指點。

「隊長，我們這樣找要找到過年啊？」阿吉仔滿臉愁容，十分鐘前開始飄落的毛毛細雨讓他整張臉看起來像是流滿汗水。「阿吉仔，聽好，找不到鱷魚我們都不必過年了。」隊長的口氣像市長，說完話順便歪歪嘴巴，要他的手下注意水溝旁邊站了一個看熱鬧的記者。記者問話：「是市長要你們來的嗎？」這人一臉落腮，穿吊帶牛仔褲，看起來像四十幾的三十幾歲人。「難道是你祖嬤叫我來的哩？」隊長心裡這麼想，嘴巴那麼說：「是的，我們奉市長指示。市長很關心這隻鱷魚，他焦慮得快要變成一隻恐龍了。」（林宜澐〈惡魚〉）

我好多次看到他讀起同時代的人的詩文，不免大罵「簡直胡說霸道！」「這真是豈有此理！」「他根本不懂，儘管亂寫！」給他一指點，我真的發現他所讀的那篇東西或者是文字上念不下去，結構上重複零亂，或者是前後矛盾，立意有不妥當等等的毛病。他很直率地說，「我是講究風格的。」他讀到好的詩文，那種奮激不下於他讀到劣作，「沒有話說！沒有話說！好極了！」然後他詳細說出那些妙處來。（思果〈藝術家肖像〉）

啟發

【啟發】誘發開導，使人明白事理。

【啟蒙】開導無知的人，使明白事理。也指教導初學者。

【啟示】經由某些事的引發而領悟通曉。

【啟迪】啟發引導。

【提示】把別人沒有設想到的地方提出來，以啟發思考。

【提醒】從旁叫人注意，或加以指點。

【當頭棒喝】佛教禪宗接引弟子時，常用棒一擊或大聲一喝，使其領悟。後比喻使人立即醒悟的教訓。

我們如真能夠像盧先生那麼靜觀默會天空的雲彩，雲物的美麗，也許會慢慢的陶冶我們，啟發我們，改造我們，使我們習慣於向遠景凝眸，不敢墮落，不甘心墮落。我以為這才像是一個藝術家最後的目的。（沈從文〈雲南看雲〉）

嚴老先生是到英國學習海軍軍事科學的，他卻自己研讀了哲學和社會科學。林老先生為了介紹西方的文學和文化，他不懂外文，只得請人口述，而自己執筆。這兩位老先生，在當時，都起了啟蒙和溝通中西文化的作用。（冰心〈漫談「學貫中西」〉）

……當太陽西傾，突出的樹杪紛紛將形象拋落那危亢的山頭，我獨坐高處，雙手抱膝，懷裡有些奇怪的心事，如絃琴緩緩訴說——樹影在游移，時間以它不平凡的耐心對我啟示著什麼，而我愚頑不能理會。（楊牧〈藏〉）

唯一的時刻。唯一的你自己。你甚至確信不可能在陽光明媚的上午做任何那樣的事。那時思考、體驗、啟示和沉湎都不會完整、深刻和意想不到。你在很想讀很想寫很想愛的白天常常這樣提示著、按捺著，消閒地去做一些半假半隨意的勾當，把腦子和精氣餘下來——你學會從白天就很公正地開始把自己如此珍貴地留給唯一了（這很危險，是麼）。（劉烽園〈榫〉）

缺少對公路的那一份尊敬，我坐巴士很容易暈眩，短短四十分鐘的車程，就會暈頭轉向，嘔吐不已，而且屢試不爽。有幾次與同學相約坐巴士到羅東看電影，心情盡量保持輕鬆愉快，車子過了冬山，感覺還好，身旁的同伴不斷關切：「會不會吐？會不會吐？」禁不起一再提醒，臨下車前還是忍不住又「嘔嘔」地吐了。（邱坤良〈坐火車向前行〉）

3 宗教

祈禱

【祈禱】禱告求福。

【禱祝】祈求、祝告。

【禱告】祝告鬼神或上帝，以求福佑。

【默禱】不發出聲音，在心中禱告。

【祈禳】祈禱上天降福，並消除災禍。

我的確是有點在意與那初戀情人般的北淡線的劫後重逢。雖然已是不易動情的風霜中年，但是我怎能忍心讓自己夾在觀光團似的人潮中去會晤那些珍藏二十多年的祕密和矜持呢？所以我決定第一次重新搭上北淡列車時，一定要選一個寂寥人稀的午後。然後我還要在車中祈禱：當列車從關渡隧道豁然衝出來時，希望左岸的觀音山能夠依然圈繞著那海拔三百公尺高的被自己年輕歲月癡迷簇擁過的霧樣的山嵐。（王文進〈北淡線拾憶〉）

她仰起那又美麗又哀愁的臉，看了月亮好像是問月亮，她為什麼這麼不快樂？好像是求月亮反過來告訴她應該禱告甚麼，應該怎麼祈求。（鹿橋《人子．皮貌》）

女孩的父母信佛，男孩的父母信主，兩個年輕人戀愛了，雙方家長都堅持對方必須改變宗教信仰才可以結婚，於是這一對戀人開始互相說服，但是誰也沒有「投降」。有一天，男孩出了車禍，生命垂危，這個信佛的女孩連日進教堂跪拜禱告，祈求「他信的神保佑他」。男孩終於不治，遺言葬禮儀式照女孩信仰的佛教辦理。（王鼎鈞〈四月的聽覺〉）

想到這裡，我從衣袋裡掏出一張自己的名片，對著滾滾東去的黃河低頭默禱了一陣，右手一揚，雪白的名片一番飄舞，就被起伏的浪頭接去了。大家齊望著我，似乎不覺得這僭妄的一投有何不妥，反而縱容地贊許笑呼。（余光中〈黃河一掬〉）

祝福

【祈福】祈求上天賜予福祉。

【祈願】祈求許願。

【祝告】向神明禱告。

【祝願】向神明禱告，以祈求實現願望。

【祝禱】祝告神靈以祈福保平安。

【祝福】本指求神賜福，今多指希望對方得到福分。

【祝讚】向神明禱告，以祈求福祉。

八點多，隨著桂川河中流滿的水燈，遠處嵐山山頭也「轟」的一下，燃起了火光。火光蔓延，燒成一個「大」字，霸佔了整個山頭。燒「大」字也是一種祈願，由願主各買一尺長的木柴，上書「息病無災」等字樣，為某某人送疫或祈福，上千上萬的木柴積疊成「大」字，在山頭燃燒。每年盂蘭盆節，京都五

處山頭都有這種燒字的習俗，卻不一定限於「大」字，也有燒成船形，鳥居形的。（蔣勳〈緣起〉）

但那名燃煙祝禱的老婦人畢竟曾帶來短暫的感動，我懊悔自己太過鄙吝。我自責不該因為先前經歷而全然抹殺人性的真善美好。在瓦拉那西住過幾天，這愧疚卻像胸口的汗漬，在暑天裡很快便揮發乾淨，只殘留淡淡的黏膩感。（林志豪〈異地眾生〉）

拜懺

【拜懺】佛教徒誦經拜佛、懺悔業障。

【禮懺】禮拜佛、法、僧三寶，懺悔所造的罪業。

【懺悔】佛教用語，指請他人容忍、寬恕自己的悔罪。

【拜禱】跪拜祈禱。

【告解】天主教的一項儀式。教徒為自身過錯，單獨向神父表示懺悔，神父代表天主，赦免過錯。

長老聞言，滿眼垂淚道：「可憐，可憐！這才是人離鄉賤。我弟子從小兒出家，做了和尚，又不曾拜懺吃葷生歹意，看經懷怒壞禪心；又不曾丟瓦拋磚傷佛殿，阿羅臉上剝真金。噫！可憐啊！不知是那世裡觸傷天地，教我今生常遇不良人。……」（明．吳承恩《西遊記．第四十四回》）

有一次和他談到了祈禱和懺悔，我說：我們的愁思，可以全部說出來全交給一個比我們更偉大的牧人的，因為我們都是迷了路的羊，在迷路上有危險，有恐懼，是免不了的。只有赤裸裸地把我們所負擔不了的危險恐懼告訴給這一個牧人，使他為我們負擔了去，我們才能夠安身立命。（郁達夫《迷羊》）

國家圖書館出版品預行編目資料

如何捷進寫作詞彙. 語言動作篇 / 謝旻琪 編. --
初版. -- 臺北市：商周, 城邦文化出版：
家庭傳媒城邦分公司發行, 2011. 04
面； 公分 -- （中文可以更好；23）

ISBN 978-986-120-712-4（平裝）

1.漢語　2.作文　3.寫作法　4.詞彙

802.7　　100004716

中文可以更好　23

如何捷進寫作詞彙——語言動作篇

編　　者／謝旻琪
責任編輯／程鳳儀

版　　權／林心紅、翁靜如
行銷業務／甘霖、蘇魯屏、朱書霈
總 編 輯／楊如玉
總 經 理／彭之琬
發 行 人／何飛鵬
法律顧問／台英國際商務法律事務所　羅明通律師
出　　版／商周出版
台北市中山區民生東路二段141號9樓
電話：(02)2500-7008 傳真：(02)2500-7759
E-mail：bwp.service@cite.com.tw
發　　行／英屬蓋曼群島商家庭傳媒股份有限公司 城邦分公司
台北市中山區民生東路二段141號2樓
電話：(02)2500-0888 傳真：(02)2500-1938
讀者服務專線：0800-020-299 24小時傳真服務：02-2517-0999
讀者服務信箱：service@readingclub.com.tw
劃撥帳號：19833503
戶名：英屬蓋曼群島商家庭傳媒股份有限公司城邦分公司
香港發行所／城邦（香港）出版集團有限公司
香港灣仔駱克道193號東超商業中心1樓
E-mail：hkcite@biznetvigator.com
電話：(852) 25086231　傳真：(852) 25789337
馬新發行所／城邦（馬新）出版集團 Cite (M) Sdn. Bhd.
41, Jalan Radin Anum, Bandar Baru Sri Petaling,
57000 Kuala Lumpur, Malaysia.
電話：(603) 90578822　傳真：(603) 90576622

封面設計／鄭宇斌
插　　畫／陳婷衣
排　　版／唯翔工作室
印　　刷／韋懋實業有限公司
總 經 銷／高見文化行銷股份有限公司
電話：(02) 2668-9005 傳真：(02) 2668-9790 客服專線：0800-055-365

城邦讀書花園
www.cite.com.tw

■2011年04月07日初版
■2014年09月15日初版8.5刷

ISBN　978-986-120-712-4
定價／240元